岑嵘 —— 著

看不见的证人

中国国际广播出版社

图书在版编目（CIP）数据

看不见的证人 / 岑嵘著. —北京：中国国际广播出版社，2021.9
ISBN 978-7-5078-5013-0

Ⅰ.①看… Ⅱ.①岑… Ⅲ.①长篇小说－中国－当代 Ⅳ.①I247.5

中国版本图书馆CIP数据核字（2021）第205425号

看不见的证人

出 品 人	宇　清
著　者	岑　嵘
责任编辑	张娟平
校　对	张　娜
设　计	赵冰波

出版发行	中国国际广播出版社有限公司〔010-89508207（传真）〕
社　址	北京市丰台区榴乡路88号石榴中心2号楼1701
	邮编：100079
印　刷	环球东方（北京）印务有限公司

开　本	880×1230　1/32
字　数	198千字
印　张	11.75
版　次	2022年1月 北京第一版
印　次	2022年1月 第一次印刷
定　价	42.00元

版权所有　盗版必究

目录

序　章	/ 1
金盆洗手	/ 11
鸟的禁忌	/ 47
关键证人	/ 83
宫灯之谜	/ 119
海岛之恋	/ 151
毒　药	/ 189
跑步机上的男人	/ 217
三个人的旅行	/ 247
茶馆灵异事件	/ 287
无声告白	/ 325
后　记	/ 365

序　章

序　章

一

地铁发出哐当哐当声在地下世界里行驶着，安全门上的报站指示灯一闪一闪地亮着，出风口像一个口吐白气的怪物，毫不吝啬地吐着冷气，仿佛车厢中运送的不是乘客，而是生鲜冻肉，生怕它们会变质。

车厢里站着的人们拉着吊环，身体微微摇摆，如同洋流中的海葵。

童理坐在角落里，冷风让他不由自主地用力抱紧双臂。

此刻他正打量着车厢里的乘客。

两个老太太坐在他的对面，她们正热烈地交流着炒股的心得，并不时地冒出几个专业术语。她们的声音里，似乎带着一股钱的味道。

一个四十岁左右的女人坐在一对情侣边上，她手里拿着一张报纸，膝盖上放着一个面目可疑的名牌拎包，凸出的眼球盯着报纸上的彩票栏，仿佛彩票大奖号码可以通过意念想出来似的。

童理的边上站着几个互相聊天的中年男子。这些男子体格健壮，相对于周围乘客的短袖短裤清凉的穿着，他们一身长袖长裤似乎有点正式了。

他们说话的声音不大，别人无法听清楚他们究竟在说什么。尽管这些人高矮俊丑差别很大，但他们之间有着某种共同的气质，就像某个不熟练的家庭主妇，把自己刚出烤箱的面包整抽屉地被搬到这里，尽管每个面包的样子不同，但彼此有着某种内在的联系。

这群人的核心人物是一个黑衣中年人，他身材壮实，戴着一块欧米伽手表，左手套着一个假小拇指。他很少参与讨论，大部分时间眯着双眼，一动不动地看着前方的某一点，好像是蜡像馆忘了搬走的一个蜡制人像。

"金融中心站到了，请下车的乘客做好准备。"地铁广播中传出一个优美的女声，这声音中似乎也带着这足量空调的冰冷。

自从鹿州市旧城改造后，知名金融机构陆续搬到了这个新建的金融中心，因此这里也被称为"鹿州的华尔街"。虽然这里的租金昂贵得惊人，但是金融机构趋之若鹜，它们拼命往金融中心挤，因为在这里办公才显得有实力，而在其他地方则会被人看作实力不够雄厚。

地铁车门打开，"蜡像"仿佛忽然醒来，随着这些男子鱼贯而出。

车厢里紧接着上来了五六个乘客,童理注意到其中有几个身穿正装、打着领带的年轻人。他们的西装质地精良、裁剪考究,随身携带的公文包也不是普通货色。

他们这身穿着和地铁中那些穿着短裤T恤的乘客同样显得颇为不同。他们一上车,不是在打电话,就是在翻资料。

过了一会儿,西装男们就在不同的车站分别下了车。

二

童理在广电中心站下了车,步行前往不远处的鹿州市广电大楼。

户外明晃晃的阳光格外刺眼,和地铁里是截然不同的两个世界。

在他身边,一个中年妇女正在数落一个看上去疲惫不堪的中年男子,男子像是耷拉着尾巴的小狗,无精打采地跟在她的身后;一个留着长发的青年男子拎着一个古驰标志的袋子靠在栏杆上,袋子里放着一只新买的包包,另一只手捧着一束鲜花,看到一个年轻的女子便热情地迎了上去拥抱,女孩则笑脸相迎,这笑容仿佛是从知道生存不易时就开始反复练习的。

这段路，童理一年多来已经走了几十遍了。在广电大楼的电台直播间，他要录制一档名为《经济学现场》的关于生活和经济学的节目。

童理是鹿州大学金融学院的经济学副教授，今年35岁，单身一族。一年前，也就是2007年，他接受电台邀请开始录制这档节目。

这档节目刚开播的时候，收听率很一般，听众似乎对"经济学"这样的东西毫无兴趣，就像是听到"三角函数"和"化学方程式"一样，觉得无聊得要死。

很多听众直接打电话问："童教授，你说这些有什么用？不如推荐几只能涨的牛股，或者告诉我们明天的大盘涨不涨。"

每当这时，童理只有无奈苦笑。那个时候股票和房产行情异常火暴，台里的领导也一度想停掉这个节目，换成股票和房地产投资的谈话节目。

另一方面，童理的大学同事也给了他善意的提醒，作为经济学家的研究方向应该在宏观经济、产业政策或企业决策上，不仅有助于申请到课题研究经费，也能出成果，而这样的电台节目工作则显得太非主流、太小儿科，不符合大学教授的身份。如果真想出名，不如上电视台做一些国家宏观经济分析的财经类节目。

不过童理不以为然,依然劲头十足地做着这档不太起眼的节目。渐渐地,听众开始发现了这档节目的趣味——原来经济学也可以这么有趣,于是反响也越来越热烈。

节目直播时间到了,童理和他的搭档——年轻的电台女主持人葛娜聊了几句天气和当下的热点。

葛娜拿起手中的资料说道:"言归正传,我们来看看统计部门发布的经济数据,这个季度的PMI,也就是采购经理人指数是50.1,波罗的海干散货指数是……"

"不不,小葛,你知道的,我不想聊这些数据,"童理打断了葛娜,"我就聊聊我今天所看到的事物吧。"

三

于是童理讲述起他今天的所见所闻。

"我是坐地铁到电台来的,最近这段时间当我坐在车厢里的时候,总是看到大伯大妈在热烈地谈论着股票,大家可能都听过那个经典的故事,如果一个擦鞋的小童也来和你谈论股票,这意味着什么?同时我还多次观察到一些奇怪的人,他们身板结实,我看见有些人在脖子或手腕处还有文身的痕迹,奇怪的是他们的穿着却规规矩矩,既没有穿大裤衩,也没有戴粗金链子,而是长袖长裤皮鞋,仿佛要去见什么重要的人。

"当他们总是在金融中心这一站下车时,对这一现象我便有了答案,他们应该是讨债公司的。如今金融中心那些金融机构坏账开始越来越多,并且无法收回,他们甚至无奈到想办法找社会上的人去收坏账。如果这些人是去存钱,那用不着这么多人去,也用不着穿着正式,他们是怕别人注意到他们进出,并且觉得自己是在和金融机构而不是混混打交道,才故意穿得这么正式。这些人有时还拎着有金融机构标志的环保袋,估计是上次金融公司给的坏账客户资料,其中一些需要更详细的资料,有些则需要继续讨价还价。

"很多人会说,我们看到的经济很景气啊。可是也许你忽略了这些繁荣之下的危机征兆。如果你注意报纸上的法院拍卖公告,会发现无论是个人还是企业开始无法偿还所欠的债务,这说明投资利润率在不断下降,经济或许并没有公开财报上看到的那么靓丽,亏损的亏损,倒闭的倒闭,跑路的跑路,这些状况在悄悄地增加。

"我最近还观察到另一个现象。当我到了金融中心这一站的时候,总会上来一些穿着体面的年轻人。有些人在车上会联系客户,还有一些人会看手提包里的资料,从他们的穿着、谈话和资料封面的标志,我推测他们来自知名投资机构。然而我发现了一个变化,去年这个时候他们的穿着都很随意,很多都是运动衫。这说明那时他们的业绩完成得很好:他们要么去看比赛,要么去健身,要么想保持低调,总之形势很好。

"可是从今年开始却在发生变化,他们的休闲服装变成了正装,并且神情没有那么放松了,没错,穿得这么正式,通常意味着他们遇到了麻烦,他们要如约去见某个可能给他们钱的重要客户……"

"我非常喜欢福尔摩斯说过的一句话:'你们是在看,而我是在观察'。在事物的表面之下总有一些有趣的东西等着我们去发现,我们能看得多远,不取决于我们的视力,而取决于我们的思维方式。"

金盆洗手

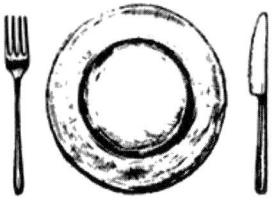

人们总以为时间是一个小偷,偷走了我们所爱的一切。

但,时间是先给予再拿走,每天都是一份礼物,每小时,每一分,每一秒。

——刘易斯·卡罗尔《爱丽丝梦游仙境》

一

周小念注意到眼前这位客人和别人有些不一样。

周小念是巴克斯牛排馆的服务员,牛排馆位于翡翠购物城七楼。

翡翠购物城是鹿州最繁华的购物中心,购物城呈波浪状环形分布,中庭从一楼直通到七楼,巨大的水晶灯从购物城的穹顶上垂下来,像一个水晶瀑布。这里到处悬挂着购物海报、发光的装饰球,一派圣诞来临前的热闹气氛。交叉错落的电动扶梯让人看着有点晕眩,药丸状的观光电梯像一艘艘正在下潜或浮起的小型潜水艇。

巴克斯牛排馆是一家西班牙高档餐厅,这里的消费并不便宜。顾客大多是情侣或者家庭聚餐,偶尔也有商务人士单独用餐。而周小念眼前那个人,约莫五十来岁,穿着普通的灰色夹克,衣领处已经磨得有些发白,下身穿蓝色便裤,一双普通的旅游鞋,但不论是衣服还是鞋子,都干干净净。

他单独一个人来用餐。

"先生,您要点什么?"周小念端上水杯并递过菜单。

男子接过菜单,随意翻看着,似乎有些不知所措。

"您要是一个人的话,我建议您点这款牛排。"周小念向他推荐了"马德里牛排",虽然也要三百多块钱,但在这家店还算是便宜的,并且食材和口味都不错,分量也足,性价比很高。

男子看了一下,含笑点点头,问:"我想看看你们店里最贵的牛排。"

周小念愣了一下,随即把菜单翻到最后一页,这款名为"圣马可奇迹"的牛排是镇店之宝,价格是1688元,有最好的牛排和松露,还配有法国知名红酒。

"先生,你看这个可以吗?"

男子仔细看着菜单上的介绍,似乎想了很久,抿了一下嘴唇,忽然吐了一口气,仿佛做了一个重大的决定:"看起来很不错,不过,我还是想要你刚才推荐的那个,谢谢你了。"

周小念没有露出任何不悦:"好的,先生,这款马德里牛排性价比很高,的确是个不错的选择,吃过的客人都说好。您想要几分熟?"

"七分好了。"男子点头道谢。

"您稍等。有什么需要随时叫我。还有,如果您办一张会员卡的话,以后消费可以打九折,您可以凭本次消费金额免费办一张会员卡。"周小念对眼前这位说话彬彬有礼的客人颇有好感。

"会员卡?谢谢,不用了,对了,我一会儿有急事,我先把钱付了可以吗?"

"当然可以。您是付现金还是刷卡?"

那人从随身的包里摸出一个钱包。这是一个用得很旧的钱包。他小心翼翼地打开钱包,里面有一沓钱,他抽了几张数了一下递给周小念。

周小念收了钱道:"请您稍等。"

不一会儿,她又折回来道:"我还是给您免费办了一张VIP卡,并向经理申请了这次消费就给您打九折,这是找您的钱,希望您经常光顾。"

男子明白了周小念的善意,充满感激地点点头。

食物很快被端了上来,那人不紧不慢地吃了起来,他使用刀叉的姿势和他说话的态度一样彬彬有礼。面对如此美食,他没有狼吞虎咽,而是把牛排切成一小块一小块,一边若有所思,一边细嚼慢咽。

他把食物吃了个精光,盘子里干干净净,红酒和面包也一点儿不剩。然后他用餐巾把嘴仔细地擦干净,将刀叉和汤勺整整齐齐地放在同一侧,露出一丝满意的神情。

"先生,您用餐还满意吗?要是没有吃饱的话,我们这里还可以继续提供免费的甜点和饮料。"

"不,不,我吃得很饱,我很满意。"他起身说。

"那欢迎您下次继续光临。"

"噢,对了,这是给您的小费。"说着男子递上一百元钱。

"先生,我们这里不收小费,您不用客气,为您服务是我们的工作。"

"既然都说顾客是上帝,所以我给您的小费,请您务必收好,这样做也是尊重客人。"

看到周小念收了小费,那人非常满意。

周小念把客人送到门口,微微鞠躬,真挚地说了声:"欢迎您下次再来。"

周小念转身忙着接待其他顾客,工作间隙她从窗户往外瞥了一眼,发现男子站在不远处,他靠着栏杆,看着翡翠购物城的全景。

交叉层叠的电动扶梯和直上直下的观光电梯在这个巨大的空间穿梭,数不清的璀璨吊灯和玻璃、镜面的互相折射,让这一切显得有些魔幻。

周小念正在记录食客所点的食物,忽然间听到"砰"的一声沉闷的巨响,接着有人尖叫:"有人跳楼了。"

周小念有个奇怪的预感,她抬头透过窗户向刚才那人站着的地方看去,那里已经空无一人。

二

半个月前。

鹿州东城区棉纺厂路,半夜十一点突发大火,消防队接到火警火速赶到现场。

经过一个小时的灭火作业,大火被扑灭。大火的起火点是一家名为中达进出口公司的总经理室,消防人员在现场还发现了一具烧焦的尸体。

鹿州刑侦支队接手调查此案。

死者名叫周武林,是中达公司的保安。经过法医检验,死者的致命伤是胸部和腹部的刀伤。也就是说,在着火之前他就已被人杀害,而火灾的发生很可能就是为了销毁犯罪现场。

刑侦人员通过现场细致勘查发现,总经理室有被盗的迹象,多个柜子已被撬开,并有财物遭到失窃,有个柜子曾保存有一箱用来招待客户的知名白酒,在现场成为一堆碎片,这些白酒疑似为大火的引燃物品。

警方推断，凶手是从公司临着马路的储藏间的老虎窗撬开后钻进去，然后直奔总经理室的。

警方还走访了附近群众。据周围群众反映，死者周武林通常会在晚上十点半左右，锁上大门到不远处的小摊吃点儿夜宵，十一点多的时候回到公司继续值班。凶手很可能已经摸熟了保安的作息规律，等保安出去后才翻墙盗窃的。可是碰巧周武林提前回来，双方因此发生搏斗，凶手持刀杀害了周武林，并焚烧了作案现场。

周武林常去吃面的摊主说，周武林的确几乎每天都来，但每次时间都不是很长，也就半小时左右，但那天他的确没有来。同时附近有一位居民汇报了一则重要信息，那天夜晚他从棋牌房回来，正好是在大火发生前的时候，迎面遇到一个陌生男子，这名男子身材中等，体型偏瘦，年龄大约五十岁，穿一件黑色运动服，戴一顶棒球帽。

这位居民注意到，这名男子提着一个包，神情非常慌张，男子看到他时故意拉低帽檐遮住脸，不过当时的路灯明亮，他还是基本看清了男子的长相。他配合警方的画像师画出了嫌疑人的肖像，警方立即把肖像传到全市各个分局摸底调查。

虽然这是一起恶性杀人纵火案件，但警方认为，从以往的经验来看，这类盗窃杀人案破案概率还是很高的，因为从作案手法来看，作案人通常有前科，而非临时起意，这就比较容易排查；同时有非常清晰的目击证人，身高、年龄、容貌都有了大致方向，作案人对这一带情况以及保安的作息非常了解，这也说明并非随机流窜作案，因此，破案并没有太大难度。

因为发生了纵火案，加上杀人案，此案也成了鹿州媒体的关注焦点，警方通过报纸、电台征集线索，他们相信，此刻犯罪分子正如坐针毡，他被包围在警惕的群众的汪洋大海中，很有可能在压力下逃窜，甚至还有可能投案自首，因此警方在重要的车站码头布置了警力，他们坚信，要不了多久案件就会真相大白，犯罪分子就会被绳之以法。

三

正如警方预想的那样，棉纺厂路杀人纵火案很快就破了。

凶手朴道元是鹿州供销社的一个副科长，迫于压力，其已在翡翠购物城跳楼自杀。那天朴道元在购物城七楼用餐完毕后，随即跳楼自杀，跳楼处留下一个随身小包，里面有一份遗书，详细说明了他的作案动机和过程。

遗书大致是这样写的：

> 我考虑再三，做出这个决定。我这么做，对社会来说，少了一个祸害；对警方来说，也节省了社会资源。对死者我深表歉意，无奈人死不能复生，我自忖该下地狱，希望我的死能略微平息一些家属心中的痛苦。
>
> 熟悉我的人一定奇怪，我这样一个人为什么会干杀人放火的勾当，你们一定想不通，但我要细细说来，你们就不会奇怪了。
>
> 鹿州市供销社的老人们一定记得20年前发生的一系列供销社门市部失窃案，这些失窃案断断续续发生了好几年，那些年间警方也不断投入警力侦破此案，最后认定是内部人作案，因此很多人被列入嫌疑人，有的被调离工作岗位，有的甚至丢了工作，相关领导被撤职，警方也接到群众各种举报，但始终没有抓住真正的罪犯。
>
> 这个谜团一直在供销社所有人的心头盘旋，于是同事之间互相猜疑揭发，大家互不信任，彼此都生活在怀疑中，一些人越看越像犯罪分子，遭到集体排挤，

最后，他们不得不离开供销系统。

现在，我要把这个困惑了大家20多年的疑团解开。你们此时可能已经猜到了，这个罪犯就是我。

我从来不被怀疑是因为我每次都离风暴眼很远，并且我一直给人一个老实人的印象。另外我还有一个特别的天赋，就是看到钥匙后能够迅速记住形状，并能在事后把它配制出来。当然这也是因为以前都是一字锁，钥匙和锁都比较简单，即使配得有点出入也能打开。

因为这个能力，我轻易配到了各个门市部的钥匙，并且详细掌握了驻店人员的行动规律，因此总能找到衔接漏洞下手。而每次得手后，那些保管钥匙的同事或者值班人员总是第一个被怀疑。每次保卫科和警方调查来调查去，却一次也没怀疑到我身上。

从第一次失窃开始的三年后，窃贼忽然仿佛人间蒸发了，供销社再也没有发生过失窃案，大家一定很奇怪。其实原因很简单，我决定金盆洗手了，对盗窃我再也提不起劲了。

因为我为人低调，人缘好，所以后来还当了副科长。可是有一天，发生了一件我自己也想不到的事情。

那天我去看望一个生病的同事，出来觉得时间还早,就到附近看了一场电影。等电影散场后,已是十点多钟,当时觉得很饿,本想回家烧点东西吃,可就在这个时候,我闻到了边上一个巷子里传出的大排档的香气,那香气仿佛是一只有力的手,鬼使神差地把我拽向那里。

我点了一碗炒年糕,在等候的时候,和边上另一个食客随便聊了几句。原来他是附近一家公司的保安,他说这家大排档的味道特别好,他每天都过来吃个夜宵,说完指着自己的肚腩说,你看,人都吃胖了一圈。

就在那一刹那,我体内的某种东西仿佛被激活了,我看到了这家公司的安保有着巨大的漏洞,就像一个带球的前锋突然发现,对方的防守有个巨大的漏洞等着他射门。

是的,这个漏洞就像是一个黑洞,强有力地把我吸引过去,漏洞本身似乎比漏洞里有什么东西更吸引人。我年轻时在供销社门市部作案的种种刺激惊险,本来都已经快淡忘了,可现在像冬眠的动物一样醒了过来。虽然我知道自己年纪也大了,不像年轻时那样手脚灵活,但跃跃欲试的紧张心情比那时还要兴奋。

就干这一次,最后一次,我体内有个声音不断地对自己说。于是,我决定再干一次。

这次我比以往任何一次都小心,用了一个月的时间踩点策划,所有线路都被完美策划好,保安每天离开的时间像闹钟一样准时,储存室的老虎窗脆弱得连个老太太都能一脚踹开。这条路没有监控,到了晚上根本看不到人。说实话,这实在没什么难度,这也隐隐让我觉得有点儿遗憾,这和以往任何一次作案相比,技术含量似乎太低了。

我准备好工具,晚饭后出了门。一切如我所料,保安差不多准时出来吃夜宵,公司里空无一人。我麻利地把老虎窗的铁栏杆卸下来,然后翻窗进去,这比我想象得略微困难一点,毕竟我没有年轻时那样敏捷的身手了。

公司的结构我早摸得一清二楚。我来到总经理办公室,之所以不去财务室而去总经理办公室,是我估计财务室值钱的东西通常都被锁在保险柜里,而撬开总经理办公室的抽屉则难度不大,这点时间足够了,通常也不会空手而归。更重要的是,我觉得自己好像并不太在乎钱,而主要是为享受那份刺激。

一切都很顺利,虽然值钱的东西不是太多,但财物加起来大约也值近万把块钱,还有一箱茅台,可惜我觉得太重不方便拿走。我想着这又是一起完美的作案，可当我关上经理室的门时，猛然间大脑一片空白，此刻，那个保安正站在门外直勾勾地看着我。

我不知道为何他这么快就回来了，通常最快他也要再过二三十分钟后才回来。当他看到我时，也同样愣住了。很快，他就反应过来，大叫一声："你是干什么的？"

无论是体型还是力量，我都不是他的对手，我拿出随身携带的一把刀，本想吓唬他一下，可是没料到他猛然扑了过来，接下来我的记忆也有点短路，我不记得和他是怎样搏斗的，他倒在地上，捂着伤口，口里吐着血沫。他挣扎了一会儿，就不动了。

我转身想走，可是想起刚刚的搏斗留下了太多痕迹，我自己也被刀割伤，他的指甲也抓破了我的皮肤——我不能留下任何有用的线索。我想到了我刚刚看到的那箱茅台，这或许是个办法，我把酒倒在房间家具上、地毯上、窗帘上以及那个保安身上，用打火机点燃之后，迅速离开了现场。

也该是老天的报应，当我离开后在不远处碰到了一个人，我在匆忙中忘记了戴口罩，他瞥了我一眼，我赶紧拉下帽檐，可是在当时的路灯亮度下，我估计他完全看清了我。

回来后，我把血衣和作案工具分别丢在家附近的垃圾箱和河道里，可是我已经预感到会出事。果然，我猜得没错，媒体公布了嫌疑人肖像，向公众征集线索。这张画画得实在太像了，只要稍微往这方面想一下，就能看出我和这幅肖像的关联。

年轻时我作案十余起，从没失手，可没想到，重出江湖一下子就栽了，而且彻底栽了。被警察查到只是迟早的事。我惶惶不可终日，每时每刻都仿佛有人在我背后指指点点：快看，这个人像不像凶手，又仿佛时时刻刻能听到警车的鸣笛声，我本该去自首，可是我害怕法律的惩罚。这种痛苦和压力是无法想象的，唯有一死才能解脱。

这就是我自杀的原因，我是罪有应得，可是我给被害人家属带来了巨大的痛苦，我本来并不想伤害谁的，对此我深感歉疚，尤其是那个死者，我和他并没有任何冤仇。

遗书的字迹确认无疑，目击证人对着朴道元的照片肯定地说：那天遇到的就是这个人。小区的门卫当天也看到朴道元半夜匆匆回家。警方最后在朴道元家不远处的河中发现了作案凶器。

"鹿州市12.4棉纺厂路杀人纵火案"就此告破，二十年前的鹿州供销社连环失窃案也真相大白。

四

"刚才童教授给我们讲了夫妻在婚姻中该如何合理分工，履行好自己在家庭中的职责，如果听众朋友还有什么问题，可以继续拨打我们的节目热线。"电台主持人葛娜说道。

导播接进了一个女子的电话："童教授，娜娜，你好，我有个问题想问，你们知道的，这个月月初，媒体在香港中环的一家酒吧内拍到了倪震和一个年轻女孩的热吻照片，后来周慧敏与倪震同时电告香港各大媒体，宣布分手，做回朋友，可是不可思议的是，前两天倪震发表声明，宣布已和周慧敏注册结婚。我是周慧敏的粉丝，我觉得这件事太不可思议，不知道童理教授能不能帮我们分析一下？"

"这么巧，周慧敏也是我的女神，"童理笑道，"我也有关注这件事情。我之前在节目中已经给大家介绍过芝加哥大学的加里·贝克尔，这位经济学家曾经获得过诺贝尔经济学奖。关于爱情，加里·贝克尔有独到的看法。他说：

我们会选择能够给自己带来物质利益的配偶，而且只要配偶带来的物质利益超过相应成本，我们就会留在这种关系中。当成本上涨而收益减少时，我们就会结束这段关系。"

童理接着说道："根据贝克尔的说法，曾经相爱的人分手并没什么可奇怪的。当他们相遇时，他们能给对方想要的东西，因为他们都能从这一过程中获得收益。接着，情况开始发生变化。对于至少其中一个人来说，留在这种关系中的收益已经不够了，而相关的成本却在不断上升，比如说失去了和其他美女约会的机会。当成本超过收益的时候，关系就解体了。"

"这样的解释果然很特别。"葛娜说道。

"倪震觉得，虽然失去周慧敏很可惜，但从此可以过上自由自在的生活，想和谁约会就和谁约会，因此分手也是值得的。但是很快，他发现分手的成本远远超过他的预期，周慧敏的粉丝群体太强大了，而他则背着渣男的骂名，无形资产大大缩水。而收益也同样比想象中的小，尽管外面的女孩子比周慧敏年轻，可是相处下来，又怎么能和自己这个聪明知性的前女友相比。因此，为了挽回损失，最好的办法是尽快和周慧敏复合。"

"这么说虽然有道理，可是想想这些轰轰烈烈的爱情，居然只是些成本收益的考量，不免叫人失望。"女听众说。

"你说的没错,这种分析只是体现了经济学家如何看待浪漫关系的一个模式:它就是我们理性地开始一段关系,理性地结束一段关系,而爱情只不过是一种事后的想法。不过,毕竟人性是最复杂的事情,除了成本收益,我们还需要其他一些东西,比如信任、承诺和牺牲。"

"又有一位听众打进电话,我们听听他要说什么。"葛娜说。

电话里沉默了好久,传来一个怯生生的女孩断断续续的声音:"我也遇到了一件不可思议的事情,我只是不明白……我也是第一次遇到这样的事情,他为什么要把刀叉摆得整整齐齐……并给了我小费,然后就死了。"

"这位听众朋友,您能不能说得清楚一点,我们不太明白你在说什么,你能不能说得再详细一点。"葛娜说。

"我在一家餐厅工作,半个月前,来了一位客人,我刚好接待了这个人,他看起来彬彬有礼,他点了食物。吃完以后,他就跳楼了……这件事这两天你们可能也听说了,就是那起杀人纵火案的凶手。我想不通的是,这位客人——据说是个穷凶极恶的人,可是怎么看也不像是个坏人,还有,我从没遇到这样的食客,他为什么要在吃完后,把餐盘刀叉放得整整齐齐,然后再去自杀呢?"

童理愣住了,显然他也无法回答这个问题。坏人未必都长得穷凶极恶,但人都要死了,哪有心情去把刀叉摆放整齐,这听起来的确有些奇怪。

五

童理此前也在电视上看到过这则新闻,不过细节倒是没怎么注意。

他把所有报道又仔仔细细地看了一遍,这些文章中提到的任何细节他都没有放过,有些段落他甚至逐字逐句去读。

一个20年前的惯犯,侥幸一直没有落网,20年后再次作案,可是这次的运气没这么好,迫于警方强大的压力,他在某一天去餐厅吃了一顿,然后自杀了结——这也符合逻辑。

可是童理脑海里又冒出那位女服务员说的话,他的眼前反复出现这一幕,凶手来到牛排馆,态度彬彬有礼,用完餐后还整理好刀叉,并给了小费。抱着必死的心情还做好每个细节,这个人也真是奇怪。

也许,这是他在生活中的习惯,可是作为单身汉,吃完饭收拾好并清洗干净的习惯还说得过去,但把刀叉摆放整齐倒真不常见。

也许——童理想到——他习惯把任何东西恢复原样，书和茶杯摆在原来的位置，椅子朝着某个固定方向，作为一个十多次作案从没被怀疑的惯偷，所有碰到移动过位置的物体都有恢复原样的冲动，这倒也说得过去。

可是，对童理来说，既然有人问了这个问题，他就需要明确的答案，当然也不仅是为了提问的听众，好奇心一旦打开，不把这个缺口合拢，像他这样的人就会寝食难安。

童理坚信，人的行为无论看起来怎么古怪，其背后都有一个合理的解释，那这个合理的解释又是什么呢？

一种大胆而刺激的想法冒了出来，他想要了解这个凶手。

经济学家加里·贝克尔说，婚姻、犯罪都受经济规律支配。除非这个人是精神异常或心理变态者，而这个凶手朴道元，显然做事非常理性，无论是在作案时还是自杀，都给自己安排得井井有条。

童理很快打听到了朴道元的住址——这对有着广泛人脉的童理来说不是难事。

朴道元住在市区一个不起眼的小区里，估计这里的所有人都已经知道了这件事。

童理问了门卫朴道元的住址，那个大伯看了一眼问："你也是来看房子的吧？"

童理有些困惑，含糊地"嗯"了一声问："怎么，有很多人来看房子吗？"

"是的，老朴在遗书里委托亲戚尽快把他的房产处理掉，一部分他希望给他乡下的母亲拿去养老，另一部分他希望赔偿给受害者。他的亲戚带着好多人来看过房子，但别人觉得杀人凶手的房子不太吉利，压价压得太凶，最后还是没有成交。"

"是这样啊，我就是看一下。"

"警察半个月前把封条撤了，他们亲戚也在我们门房放了钥匙，屋子里值点钱的东西都处理完毕了，就剩一些没用的杂物了，你要看房子，就拿着这钥匙，去3幢602自己去看。要我说，老朴这个人平时也不坏，对人挺和善的，见到我们都会递上一支烟打个招呼，真没想到会出这档子事，哎……"说着，门卫从抽屉里取出钥匙嘱咐道，"你出来时别忘了把钥匙还给我。"

当童理推开602室的门时，里面已经空空荡荡。童理走了一圈，房子两室两厅，一个人住还算宽敞，家电家具都搬走了，地上扔满了旧衣服、报纸、旧书，一双中间破了的拖鞋，居然简单地用订书机订了几个钉子将就着在用。

童理没有发现什么有价值的东西。正要开门出去，他看了一眼门后的挂历，上面写着一些常用的电话，比如水电维修电话、回收旧报纸电话，还有一些可能是顺手写下的。另外在一些日期边上也备注了一些事情，比如某某女儿满月、某糕点房蛋糕券到期等一些小事。

原来朴道元是个挺细心的人，童理想着便关上门离开。

路上，他忽然想到了一件事。

六

童理走进鹿州市刑侦支队，一个身材魁梧、看上去很干练的中年人已在门口等待。

"瑞光。"童理喊道。

苏瑞光是鹿州市刑侦支队的刑警，他和童理曾是高中最要好的同学，后来童理在大学读了经济学，而苏瑞光则去了公安大学。

"老同学，我有事情想向你询问。"童理开门见山地说。

"到底是什么事情？"苏瑞光从童理的面部表情来推测事情的重要性。

"是关于最近那起棉纺厂路杀人纵火案的。"苏瑞光说道。

"怎么，你也听说这起案件了？"在苏瑞光的职业生涯中，这起案件平常得排不上号，没有负隅顽抗，也没有故布疑阵，在警方的强大压力下，歹徒自己先崩溃了。苏瑞光说："你这个大忙人特地跑来找我，该不是汇报什么情况吧？"

"没错，我是作为一个市民来这里，"童理停顿了一下，接着说，"我觉得这起案子中有很多疑点，我想向警方汇报一下。"

"欢迎，欢迎，来，我们到办公室谈。"

苏瑞光给童理泡上茶说："你说你都多久没上我这里来了，记得读高中那会儿，你喜欢破案，我喜欢赚钱，结果命运开了个玩笑，我当了警察，你成了经济学家。你小子最近是不是找到发财的门路了？"

"我要指出你的错误，瑞光，经济学和发财是两码事，很多一流的经济学家生活都是很清贫的。我不和你绕弯子了，我把我的疑问和你说一下，也是仅供参考，如果对你有用那就最好。"

"嗯，很好，你等等，"苏瑞光收起笑嘻嘻的表情，一下子严肃起来，他从办公桌上拿起笔和本子道，"童理，这个案子我们已经有了结论，这个结论也是相当慎重的，简单地说，我们警方掌握的证据形成了闭环，从现场发现的痕迹到目击证人，再到作案凶器、血衣、作案动机，还有凶案遗书中的供述，可以说是证据链严丝合缝。不过，我也挺想听听你的意见。"

下面是童理的讲述，而对面的苏瑞光一直一言不发，不停地在笔记本上记着东西。

  有一天，有个听众打到我做节目的热线，她是餐厅服务员，说起一件事情，就是朴道元临死前在她这家餐厅用餐，然后把餐具放得整整齐齐离开，接着就跳楼自杀了。她问我，为什么一个人临死前，还要把餐具放得整整齐齐？

  当然，这个问题我现在还没答案，但这个案件却引起了我的好奇，事实上是我对这个人的行为很好奇，人们为什么会这么做而非那么做？

  我去了朴道元的住所，我知道警方早已搜得底儿朝天了，该找到的早就找了，所以，我什么都没发现。

  但说什么都没发现，也不是绝对的，我还是有一点点收获的。我看报纸上说，这个朴道元就是20年前市供销社系列盗窃案的主犯。之所以从没有怀疑到他，是因为人们压根儿不会想到是他，他根本不具备作案的条件。而朴道元在遗书中的供述是，他通过一种特别的手段作案，就是观察钥匙的形状，然后迅速画下来并自己配制出来，因此才能轻易作案。

  理论上这是成立的，20年前的钥匙大小式样都比较接近，可是要记住那些钥匙不同的齿纹，还是要非同寻常的大脑，像你和我，虽然自认为记忆力都不差，但显然都办不到这件事。

假使朴道元真的能做到，那他一定记忆力过人，可是我在他家的月历上看到他记满了普通的事情，比如常用的电话号码、谁谁谁的生日、到哪里去乘几路车……所以，他的记忆力是普通的，根本没办法做到记住钥匙形状这种高难度的事情。

那么也就是说，他在这件事情上撒了谎。或者当时他是用其他办法盗窃的。可是人都决定要死了，为什么要撒这个谎呢？

我的推断是他只有证明自己是20年前的系列盗窃犯，才能证明他是棉纺厂路杀人放火案的真凶，要不然，人们一定会怀疑他的动机。

如果他不是20年前的真凶，那么他同样可能不是如今杀人案的真凶。当我心里冒出这个念头后，忽然有一件事更加证实了我的猜想。

七

"下面是我想说的重点，"童理喝了口水，理了下思路，

"也就是关于他提到的金盆洗手。"

"据朴道元说，20年前他就已经金盆洗手了。这件事我用我的经济学本行来分析一下：既然选择犯罪，那就意味着高风险。俗话说'人在江湖飘，哪能不挨刀'，再高明的罪犯如果不及时收手，迟早会被警察抓住。但犯罪中所谓的风险和成本并非一成不变。

"假设有两个人都有盗窃10万元的动机，成功的概率也相同，因此也同样面临被警察抓住坐牢的可能性。这两人中一个是刚刚闯荡社会的20岁的新人，口袋里有1000块，而另一个是50岁的老江湖，有房有存款有社会地位，所有资产加起来有100万。这个时候，他们自身的情况不同，对风险的理解也不同。

"新人会认为，虽然有被警察抓住的可能，但这是赚取全部家当100倍利润的大好机会，并且自己也没什么前科，判不了几年，这个险当然值得冒；而50岁的老江湖却认为，如果失手遭受的损失不但是失去现有的一切，而且会把以前侥幸漏网的案子都翻出来，搞不好要坐一辈子牢。

"他们面临相同的成功概率，但可能发生的结果却大不相同。"

"我再说得通俗点吧，"童理抓起苏瑞光的杯子放在桌子一头，又把一个烟灰缸放在另一头。"我们假设这一头的杯子代表的是收益，另一头的烟灰缸代表的是风险。"

童理继续拿起一个打火机，从烟灰缸的一头向杯子的那一头缓缓移动。

"一开始作案，风险很小，但收益很大，但慢慢地，我们会来到一个风险和收益的平衡点，"童理在两者中间停下移动的打火机，继续说道，"人为什么会'金盆洗手'，就是因为随着作案次数越来越多，风险就变得越来越大，普通盗窃案已经变成了系列盗窃的大案，累积的风险终于有一天超过了收益，作案就会停止。

"随着年纪不断增长，朴道元已经获得了一定的社会地位，也就是供销社的副科长，有一定的职务，有稳定的收入，有医疗保险，还有可以望得到的退休金，这就意味着再次作案的成本变得极高，一旦被抓这些就全部清零，还可能在牢里过完下半辈子。

"我们假设朴道元的确是20年前供销社系列盗窃案的真凶，那么20年前就到了风险和收益的平衡点，那时的朴道元就意识到，再干下去只会风险大于收益了。因此，朴道元决定金盆洗手。"

童理开始继续移动手中的打火机向着杯子这一端移动，"瑞光，你看到了吗？ 20年过去了，天平两端的砝码在不断变化，重新犯罪只能意味着高风险、低收益。既然20年前就过了收益和风险的平衡点,那金盆洗手20年后的朴道元就更不可能蠢到再去犯事了。"

"因此,我认为他所谓的突然技痒难忍,根本就是谎话,可是他为什么要撒这个谎呢?他在掩饰什么呢?"童理最后说。

八

苏瑞光看着笔记本陷入沉思。

"童理,谢谢你提供的这些线索,你说的这些也是我们警方没有考虑到的。"苏瑞光合上笔记本说。"我们会重视你的这些意见的,所有证词和证据我们会重新再审核一遍。其实有个细节我当时心中也有疑惑,不过也只是一闪念,现在放到一起想就有些意思。"

"什么细节?"

"我们在朴道元跳楼后,查看了当时购物城的监控,我注意到一个细节,他走到栏杆这里,数次想跳下去,但是他一直看着身边的一个拿着气球的小男孩,可能是怕惊吓到这个男孩,他一直没这么做,直到大人带着这个小男孩走远了,他又观察到下面没有行人,才一跃而下。一个要死的人,既要考虑餐厅服务员的感受,又要考虑小朋友的感受,还怕伤到路人,这的确不太寻常。"

"你这么说,倒让我觉得这个案子更特别了。其实这段时间我一直在想一个理论。"

"什么理论?说来听听。"

"经济学家发现,在各类博弈中,谈判双方都是经济人,各自寻求最大化的利益回报。而在面对家庭问题时,我们却不是遵循理性经济学家所谓的博弈规则,而是使用另一种完全不同的规则,经济学家把这类博弈称为'亲属博弈'。

"亲属博弈可以用进化生物学中最有影响的一个理论——'内含适应性'理论来解释:这个理论是这样的,由于进化偏爱有助于DNA的传播行为,所以人类自然希望拥有共同基因的有机体之间进行更多的合作,我们跟血亲之间拥有某些相同的基因,从遗传的角度来说,这意味着帮助亲人也就是帮助自己。

"在动物世界也同样遵循这个原则,白额蜂虎跟亲兄弟姐妹分享食物的可能性,会大于与同母异父和同父异母的兄弟姐妹分享食物的概率;地松鼠看到捕食者逼近时,它们会为了救自己的兄弟姐妹而冒着生命危险发出大声的警告信号,但如果对方是远亲表亲,它们未必会这么做。

"人类家庭中的援助通常也是沿着基因分布进行的，人们遗嘱中留下的财富，92.3%会留给家人，只有7.7%留给非家人；而在留给血缘亲属的财产中，有84%给了与本人有50%共同基因的亲属，14%给了共同基因为25%的亲属，而只有不到2%的财产给了共同基因在12.5%及以下的亲属。

"我说得再通俗点，就是人们常说的'血浓于水'，按理说，朴道元的收入还可以，一个人也没什么大的支出，可是我发现他过得相当拮据，破了的拖鞋还在修补使用，于是我想到这个理论。"

"我有点明白你的意思了，"苏瑞光说，"如果案件不是我们表面所看到的那样，而是为了掩饰什么的故布疑阵，那除非……可是这个朴道元不是单身吗……不，不，你说得对，我马上去查。"

九

半个月后。

教学办公室半掩的门有人在敲，随即探进一颗留着短发大脑袋。

"瑞光。"童理喊道。

苏瑞光走进办公室，握住童理的手道："按理说，我得买束鲜花，再带上一面锦旗，来好好感谢你一下，但一想，我们之间也不用这么矫情。这么说吧，你上次和我谈的那个案子，我们有新的结果了。"

"是吗，我也是推测罢了，你快说说情况。"

"你就别谦虚了。"苏瑞光讲起了这件案子的始末。

朴道元在20年前结过一次婚，女方叫韩美丽。但很快两人离了婚，离婚的具体原因也不太清楚。他和妻子有一个孩子，当时才两岁，判给了女方。

韩美丽离婚后马上改嫁给了一个老板，这个老板从单位辞职后，一直在南方倒腾电器，据说赚了不少钱。儿子于是跟了后爸姓，叫龚欣，不久他又多了个弟弟叫龚悦。

龚欣的后爸后来做生意亏了，又爱上了麻将和赌钱，对龚欣也是不闻不问。朴道元虽然没抚养这个儿子，但却疼爱有加。可惜龚欣也从继父那里沾染上了赌钱的恶习，在外面还欠下了高利贷，这个朴道元，这几年几乎把收入都填到了儿子的外债这个窟窿里了。

龚欣还养成了小偷小摸的习惯，后来朴道元知道了，教训了龚欣几句，没想到被龚欣一句话就呛了回去："你别假惺惺了，你有资格管我吗？你为什么在小时候就抛弃我？我是我妈养大的，跟你有关系吗？"

朴道元一开始还会解释，但很快就什么都不说了，也许他知道，解释也没用。尽管如此，他还是偷偷地观察儿子，看看他想干什么，想及时制止他。偶然间他发现龚欣经常在某个相同的地方、相同的时间踩点，他预感龚欣可能会干出什么事来。果然，一天夜里，儿子在某个建筑物下一闪就不见了，朴道元正来回找，突然听到房子里有打斗的声音，他发现大门是虚掩着的，就走了进去，在里面他正好看到了一幕，龚欣手里拿着刀，满身是血，而保安倒在地上。

朴道元说：赶紧送医院。可是他上前查看，发现人早已断了气。

龚欣吃惊地看着朴道元，他丢下匕首，茫然地从朴道元身边跑了出去。

龚欣原本算好时间，可是偏偏这次保安有事回来取钱包，撞个正着。两人搏斗中，龚欣杀了保安。

之后龚欣才听到棉纺厂路大火的消息，又过了几天，他看见一张警方公布的和朴道元很相像的画像。他想，这次肯定完了，警方迟早会顺藤摸瓜找到自己的。可是朴道元找到了他，问了一些当时的细节，比如为什么选这个公司作案，两人是怎么搏斗的，刀刺在哪里等等。最后离开时，朴道元说了一句：任何人问起，你无论如何都说和这起案子无关，你要咬死这一点。

龚欣惊讶地看着朴道元，朴道元抚摸着他的头发说："你不要怕，没事的，很快就都会过去的，以后你一定要好好做人。"龚欣呆呆地看着朴道元远去。

当警方找到龚欣时，他拿出了不在场证据，包括当晚的电影票等，这些都是朴道元交给他的。可是当警方继续盘问并详细描述了朴道元跳楼的情形时，他的神情立马就不对了。

警察突击审讯，当天夜里，他就把整个经过全部招了。

"那供销社的系列盗窃案是朴道元干的吗？"童理问。

"这个我们也不清楚，从时间上来说，有这个可能，朴道元结婚以后，供销社就再也没有犯案了。但据我所知，以前的一字锁开锁原理很简单，一根铅丝就能搞定，也没必要这么辛苦地去靠记忆配钥匙啊。既然都想好要背这么大个锅去死，没必要在这些细节上撒谎，除非他真的不知道。要我说，他就是为了让人相信杀人纵火案是自己干的，硬往自己身上揽的。"

童理点点头问："我想见见他这个儿子，可以吗？"

"我想办法安排一下。"

十

看守所里,龚欣的双手反复揉搓,既像是不知道该把手放哪里,又像是要把什么脏东西搓掉。

童理和苏瑞光并排坐在他的对面,龚欣的眼睛一直没有直视对方。

童理问了些他想知道的事情。

"其实我也搞不清楚他到底为什么想替我顶罪。我们也不大见面,一年也就见三四次吧,见面也不大交流,这些年都是为了钱的事情我才见他。小时候我妈不让我去见他,我也不太喜欢他,我妈说过很多他不好的事情,比如说他整天出差根本不管我们母子,有次我高烧差点死了他都不在身边。"龚欣说道。

童理问了一些问题,最后说:"有件事我不太明白,朴道元——你生父在临死前为什么去牛排馆吃了一顿牛排?"

"牛排?不,你们一定是搞错了,他根本不吃牛排,这点我非常肯定。"龚欣满脸怀疑地说。

童理和苏瑞光都吃了一惊:"你怎么知道?"

"我小时候,继父生意还算顺风顺水,也好吃好喝过。那个朴……父亲来见我,会给我带些礼物,我其实都看不上,问我想吃什么,想去哪里玩,我也没什么兴趣。后来我说我想吃西餐，吃牛排。那时高级西餐厅的牛排还挺贵的，抵他小半个月工资。父亲一听很高兴，说，那我每次都带你吃牛排。可是每次他都只点一份，我问他，你怎么不吃，他说他不喜欢那股怪味。于是每次都是我吃，他看着我吃。后来他一来见我，必定带我去最好的牛排馆吃一顿。"

童理点点头说："我想他其实也爱吃。可能是经济的缘故，也可能是更爱看着你吃。"他脑海里出现朴道元最后一餐的情形，他吃得干干净净。

"他爱吃？"龚欣突然有些明白过来，眼睛红红的。"我说呢，一样的基因，怎么吃东西习惯会差这么多，我最爱的东西他碰都不碰，我都怀疑我不是他亲生的。"

三人会话结束，童理正要起身，突然想起一件事："龚欣，我还有最后一件事想问你，朴道元吃完后，把刀叉放得整整齐齐离开，你知道是为什么吗？"

这个问题仿佛锤子一样狠狠地击中了龚欣，他抬起眼睛盯着童理问："你说什么？"

"服务员说，他吃完后把餐具放得整整齐齐才走的。"童理再一次说。

龚欣的眼泪终于抑制不住滚落下来，他断断续续地说："他……一定是……是在和我告别。"

"告别？"童理和苏瑞光都很吃惊。

他呜咽地说："我们每次见面的一点点时间里，他都要反反复复地说很多做人的道理，比如要听学校老师的话，要做个规规矩矩的人，可是我那时年纪小，嫌他烦，他一说这些我就生气朝他翻白眼……后来他说：'我对不住你，也没机会好好教你，你就答应我，每次和我一起吃饭时都要斯斯文文，不要把东西吃得到处都是，不要发出很大的声音，不要不停地东张西望，吃完以后把盘子、刀叉、汤勺都放得整整齐齐。我就这个要求。'我答应了他这个要求，每次做到后，他都很高兴……最后他都会高兴地摸着我的头说一句：'做人和做事一样，小事情上都要规规矩矩才好，就像吃这顿饭。'"

说完这些，龚欣已经泣不成声。

那一天，朴道元吃完最后的晚餐，他把刀叉摆放整齐。或许他是想向儿子再说一遍那句他常说的话，一定要做个规规矩矩的人；或许他在为没能教好孩子感到懊悔；又或许他眼前出现了龚欣小时候虎头虎脑的样子，而他是在向自己一生中曾经最幸福却又最短暂的时刻告别……可惜没人知道那一刻他究竟在想什么。

鸟的禁忌

真理是如此重要,以至于有些时候,我们要用谎言去捍卫。

——英国前首相 温斯顿·丘吉尔

一

"真是莫名其妙。"一个发际线移到很后面的中年男子挂了电话后,向身边的一个年轻同伴抱怨道。

"怎么了?"青年男子问道。

"居然有人打电话给我,说他是爱新觉罗家族的后代,在美国银行有笔上百亿美元的资金要解冻,需要一些手续费,问我愿不愿意合作,到时可以分上千万美金……真是个神经病。"

童理手中拿着本杂志,听着两人聊天。坐在地铁里观察人群是童理的一个爱好,他喜欢听别人聊天。

"那你怎么说?"青年问道。

"我说我就是秦始皇,吃了长生不老药,现在要打开地官,还差两千块钱,你打钱过来,我就把地官一半的财宝送给你,兵马俑也送给你。"

"哈哈哈。"青年忍不住笑得前仰后合。

童理也忍不住用杂志挡住脸,在后面偷笑。

"你说你就算当个骗子吧,怎么也得提升一下智商,拜托专业一点。都是几十年前的骗术了也不改进一下,这些骗子真是蠢透了。"中年男子说。

"这倒是,这些人又蠢又坏,怎么居然还没饿死?你看看咱们公司写字楼一楼的厕所里还贴着一张重金求子的启事,上面写着'30岁少妇,丰满迷人,夫富商,失生育能力,为承家业,特寻健康品端男士圆我母亲梦,通话满意,立汇定金10万,一旦有孕重酬50万,非诚勿扰……',你说骗人你好歹认真点儿,他们居然在启事上配的是藤原纪香的照片。"青年说。

"笑死我了。也许真是个长得像藤原纪香的美少妇呢,小林,你为啥不打个电话去试试?"中年男子打趣说道。

"恐怕是个抠脚大汉吧。"青年道。"不过有件事情我还差一点就上当,有个论坛上有人说他有鹿州市'夏蝉乐队'《忽然一夏》演唱会的门票,因为有事去不了,五折转让。我差点就上当了,可是这个价格不对啊,'夏蝉乐队'的门票现在是什么价格,三倍都买不到,五折怎么可能?所以对方一定是骗子,果然过了两天论坛里就有人揭露这个人是个卖假门票的骗子。"

"夏蝉乐队为啥这么火?我老婆和女儿都想着弄张门票去听。我不懂音乐,真有这么好听?"中年男子问道。

"的确好听,尤其是现场演唱会,那感受完全不一样。"

青年男子回答道。

"广电大楼站到了,请下车的乘客做好准备。"地铁里传来温柔的女声,童理心里想着"夏蝉乐队",跨出了地铁车厢。

二

"夏蝉乐队"是国内近几年来最火的乐队。

夏蝉乐队的主唱道勤和其他成员创作了一首又一首成功的音乐作品,比如《失去的艾米丽》《月球表面》《极限》《献给昨日的爱》等。

夏蝉乐队不知疲倦地在全国巡回演出,仅在两年间就有近百场演出。乐队无与伦比的感染力和现场的舞台效果、演奏技术使歌迷如痴如醉。

所有人都在谈论道勤和夏蝉乐队,连童理的《经济学现场》节目也不例外。

"童老师,我听说您也是道勤的歌迷。"童理的搭档电台主持人葛娜说道。"很多人抱怨歌星的天价收入,据我所知,您在电视台参加一个节目的酬劳大约是200元,而如果是道勤,差不多时间的节目这个数字大约是20万元,他的劳务收入大约是您的1000倍，那么，您是否觉得这样的收入差距合理？"

"这个问题也有学生问过我。价格是由稀缺性决定的，你要知道经济学家到处都是，而道勤全国只有一个。不过，我觉得还有别的原因，"童理笑笑说道，"你是否知道被认为是英国历史上最伟大的女高音伊丽莎白·比林顿吗？她出生于1765年，活了53岁，比林顿是当时顶级剧院争抢的对象，1801年她的收入是1万英镑，放到今天差不多值100万美元，而在2008年，歌手芭芭拉·史翠珊一年赚了6000万美元。我的学生就问我，是不是说一个芭芭拉·史翠珊顶60个伊丽莎白·比林顿呢？"

"恐怕不能吧。"葛娜回答道。

"没错，我们不能这么看问题。假如我们用芝加哥大学经济学教授舍温·罗森的理论来回答这个问题就比较容易了。他说：'要是1801年就有无线电和留声机唱片，足可想见比林顿的收入会有多高。'在伊丽莎白·比林顿的那个时代，技术革命还没来到，传统的技术，也就是单靠剧院里演出，无法扩大市场规模，直到1877年圣诞前夜，爱迪生才申请了一项留声机的专利。技术变革为超级明星开辟了新途径。卓别林是电影这一新技术的首位全球超级明星，他为谬区尔电影公司拍摄了12部喜剧，要价总共高达67万美元，平均每本5万多美元，这在当时可是天文数字，放到现在有七八十万美元。而汤姆·汉克斯在《达·芬奇密码》中拿了2500万美元片酬，布拉德·皮特在《史密斯夫妇》中拿了2000万美元片酬，并不是汉克斯和皮特的演技比卓别林高数十倍，在卓别林时代，电影尚处于无声阶段，而今天的电影市场变得更巨大了。"

童理接着说道："1981年舍温·罗森发表了《超级明星经济》的论文。他说，超级明星的巨额收入并不是社会活动中捉摸不定的现象，而是可以预测到的经济力量作用的结果。罗森说，巨大的市场规模会带来一种竞赛效应：某个稍稍'优秀'一点的人能够轻易赢得整块蛋糕，使其他人什么也得不到。这就好比人们宁愿花20元购买郎朗的钢琴演奏CD，也不愿意花15元购买某个挣扎中的钢琴家同样曲目的CD，尽管两人的差别普通人的耳朵根本分辨不出来。"

"我有点明白了，童教授，您说的可是'赢家通吃'的道理？"

"没错，作为超级明星，他不需要比其他竞争对手优秀10倍或者20倍，他只要比对手好一点点就足够了。就像一个短跑巨星，他只要比第二名快0.01秒就够了，赞助费他就能拿到99%，但谁也不记得拿银牌的是谁。超级明星们的表演通过科技传播手段得到比他们的前辈更广泛的传播,进一步加剧'赢家通吃',这就是他们获得天价收入的原因。"

这时,有位编导在演播室窗外拼命挥手,然后递进一张纸条。

葛娜看了下纸条,脸色忽然变了,她说:"现在插播一条重要新闻,夏蝉乐队的主唱道勤刚刚在半小时前,被一个凶手在车库的电梯口刺伤……根据我们目前得到的消息,道勤已经被送往医院抢救……"

三

所有媒体都在铺天盖地地报道这起凶杀案。

案情似乎没有什么悬念,凶手当场就落网了。

据目击者称,道勤当天在酒店用完餐,当他和助理坐电梯到达地下车库时,凶手忽然出现并冲了过来。当时道勤并没有反应过来究竟是怎么回事,可能以为只是一个狂热的歌迷,于是就站在原地看着来人。

凶手上前忽然掏出一把水果刀,对着道勤的腹部连捅了七八刀,而道勤身边的助理也一时惊呆了,等回过神,道勤已经倒在了血泊中。

凶手扔下水果刀，回到自己车中，锁上车门，随后他打了报警电话自首。

道勤的助理把道勤抱在怀里，道勤不停地口吐血沫。

救护车和警车五分钟后均赶到现场，助理和医生一起把道勤抬上救护车。

凶手从车上下来，他的神情呆若木鸡，随即被警车带走。

整个过程车库都有监控拍摄。

道勤被送到医院后不久，院方便宣布了道勤因伤势过重而去世的消息。

全国兴起了声势浩大的悼念活动，在道勤遇害的酒店大门前，放满了歌迷献上的鲜花、蜡烛和照片。

所有音像店中夏蝉乐队的唱片也被一抢而空。

凶手是名叫布凡的男子，今年28岁，是国内知名演出公司巨星公司的一名普通职员。这家演出公司也是"夏蝉乐队"的指定合作方。

究竟是什么原因使他残忍地痛下杀手呢？

怒不可遏的歌迷发起了声讨，媒体也一致谴责这种残暴的犯罪行为。

不久，警方开了新闻发布会，公布了调查进展以及嫌犯的犯罪动机。

当公众得知了犯罪的原因，汹涌的声讨忽然安静了下来，歌迷似乎也没有了先前的义愤填膺，尽管杀人是不可原谅的罪行。而舆论的口吻也悄悄有所改变了。

四

巨星演出公司的两辆14轮重型卡车满载着最先进的音响器材，悄悄开到鹿州体育馆，他们将在这里搭建巨大的演出舞台。

这项工作大到音响设备、升降舞台、备用电力，小到应急指示灯、电源插座，可谓繁杂无比。好在巨星公司是家颇有资历的演出公司，之前也承办过多场大型的演出，一切不在话下。

为了准备夏蝉乐队的演出，演出公司派出了阵容庞大的服务队伍，有专业的工程师、音响师、各种服务人员。巨星公司希望通过这场有影响力的演出，进一步巩固自己在业内的地位。

在这些众多的服务人员中，布凡就是其中的一个。

媒体很快挖出了关于布凡的个人信息。

布凡出生于一个单亲家庭，父亲在他很小的时候就离婚抛下他们母子俩。他的母亲是商场收银员，含辛茹苦把他拉扯大。少年时的布凡因为缺乏安全感，性格变得内向和沉默寡言。高中毕业，布凡考入一家并不出名的大学。大学毕业后为了工作到处碰壁，曾一度在家待业。

一个凑巧的机会，布凡母亲认识的一个朋友在巨星公司工作，经该人引荐，布凡进入了巨星公司。因为没有专业技能，所以布凡从事一些服务性的杂活。

在外人眼中，这份工作似乎还有些光环，毕竟在巨星公司有机会和各种名人歌星接触。但是布凡知道事实并非如此，这是一份辛苦繁杂的工作。他总是谨小慎微，努力完成自己的工作，毕竟这份工作也来之不易。作为一个职场新人，难免处处受人欺负，布凡事事忍让，同时，他和所有年轻人一样，相信只要自己努力工作，总会有出人头地的机会，虽然自己的年龄也不小了。

1月17日下午发生的事情把这一切的憧憬打破了。

当时整个团队花了数天时间，日夜忙碌，终于把演出现场布置完毕。

这天道勤本人突然出现在演出现场，他看了一圈，便直奔后台化妆间。

化妆间有一部分是布凡负责的，那就是为乐队准备零食和饮品。

道勤径直走向小餐桌,他打开饼干盒,翻看了一下,忽然用两根手指拎出一块饼干,仿佛是拎出了一只死蟑螂,皱着眉头说:"这是什么?"

这是一块鸟形饼干。

道勤突然暴跳如雷,一脚踢翻了小餐桌,他大喊道:"快把你们负责人叫来。"

负责人颤颤巍巍地挤到前面,低声问发生了什么事?道勤说:"你知道你们严重违反了合同吗?还有,和你们老板说,我们会取消和你们接下来的所有合作。"说完他扬长而去。

道勤的助理向负责人解释说,双方在合同中有这么一条约定,即零食中有一项是要提供动物饼干,且不得在饼干中出现鸟形饼干。

现在的确是公司违反了这项约定。可是这是多大点事啊!

演出公司负责人顿时感到郁闷无比,心里痛骂这些明星都是些什么东西。但他又不敢当面发作,无处撒气,于是叫来布凡。负责人终于找到了出气筒,他劈头盖脸一顿大骂,训斥说:你是怎么做事的,害得公司这么大个合同丢了,你明天不用来上班了。

布凡觉得当头一棒，好不容易找到的工作，莫名其妙地泡汤了，当他知道事情的原委后，更加觉得委屈和愤怒了——就因为一块饼干，好不容易得到的工作就没了。原来自己的人生在一些人眼里，还不如一块饼干。

他彻夜难眠，气血翻涌，本想找道勤理论，没想到脑子一热，居然动了刀子，直到坐到警车里，想到自己的母亲，才感到万分后悔。

五

尽管夏蝉乐队和道勤的歌迷很多，但是绝大多数人都对明星耍大牌的现象深恶痛绝。这一回，人们站在了弱者这一边。

人们感叹说：这些明星被歌迷宠坏了，变得放纵无度，没有任何道德底线。虽然杀人肯定是错的，但确实道勤本人有很大的责任。如果不是他随意欺凌一个小职员，哪里会发生这样的事情呢？

当地报社的评论写道："即便一个是全球知名的明星，一个是社会底层的小人物，但人格是平等的，再大牌的明星也不能肆意凌辱别人，再弱小的人也有自尊。为了挑剔一块饼干，居然显露出如此丑恶的嘴脸，真是刷新了公众对明星的认知底线。"

另一家媒体写道："明星有什么资格飞扬跋扈呢？离开了歌迷，他们什么都不是。公众已经完全把他们给宠坏了。虽然道勤是受害者，我们绝不提倡任何的暴力，可是他的确不该肆意践踏别人的尊严，这样出格的举动只能让人感到恶心。最可怜的是这个冲动的年轻人辛苦养育他的母亲。"

一家娱乐媒体的记者还详细叙述了当年跟拍道勤，导致被粗暴推搡和相机被砸的事情，报道写得生动而富有细节，歌星耍大牌的丑陋形象跃然纸上。

公众纷纷同情起这个卑微的年轻人来，很多知名律师表示愿意免费为布凡辩护。

当然，也有夏蝉乐队的铁杆粉丝为道勤说话，两派人针锋相对，几乎要打起来了。

原本为道勤准备的一场隆重的追悼会，在这样的舆论下，改为一场低调到只有亲属参加的追悼会。

媒体不依不饶，继续挖掘。有人爆料说，道勤生前是个很迷信的人，他不愿意看到任何关于鸟的图案，认为这会非常晦气。鸟是蝉的天敌，如果出现鸟，对"夏蝉"来说是凶兆。

道勤一直坚持这样荒谬的迷信，结果却不幸验证了这个迷信。

还有人仔细研究道勤的歌曲，意外发现他所有的歌曲几乎从未出现"鸟"的词语。要知道"鸟"是一个常见的词汇，比如"像鸟儿一样自由地飞翔"等。

也许他真的对"鸟"犯忌讳，可是就算迷信，那也是他自己的事情，不能把气撒在一个小小的职员头上啊。

年轻人对作案动机和经过供认不讳，且属于一时冲动，并且对自己的行为也深感后悔，法官也有意轻判，最后鉴于嫌疑人没有前科且有自首情节，布凡被判入狱12年。

几个月过后，人们开始淡忘这起凶杀案。

六

"别老惦记着成为什么明星或者音乐艺术家，"一个留着长发的男子在电视节目上不以为然地说，"作为一名音乐人，如果你还付得起房租，能赚到足够的钱付水电、食物和生活必需品，那你已经很成功了。"

童理听到这句话，忍不住放下报纸抬头看电视机。

这个面容消瘦、表情疲惫，两眼却非常有神的男子正在接受一位女主持人的访谈，童理一眼就认出了这个男人，他是夏蝉乐队的吉他手。

夏蝉乐队解散后，这些昔日的成员已经很少露面了。

"你的意思是说，作为音乐人，你们最初的生活非常艰辛？"年轻的女主持人问道。

"很多人以为成功就像胎记，是从娘胎里就带来的，其实哪有这回事呢！我们乐队早期，包括道勤，过得都是双重生活的角色。每天差不多五点半就起床去上班，道勤是骑着摩托送快递，我则是在一家快餐店当收银员，在这之前他还在肉联厂干过。我们下午会在一起排练，如果一支乐队真想干出一点名堂，那么他们每周至少排练5次。然后到了晚上我们会参加乐队在酒吧的演出，有时演出要持续到晚上12点，回到家已经精疲力竭。但最让人绝望的是，这些少得可怜的演出收入还经常被拖欠，有时根本拿不到。"

"那是什么支撑着你们走到成功这一步呢？道勤有没有和你谈过这个问题？"

吉他手往沙发深处靠了靠："每个人都有成名或者发财的梦，这很正常，我们也一样。但我想我们绝不仅仅于此。我们能坚持下来的主要原因，也是最好的理由，其实很简单，就是对音乐深切而持久的热爱。这种爱是一种神秘而强大的吸引力,如果非要说清楚这种神秘的力量是什么,我想就是被人们聆听吧。关于这一点,道勤的看法也和我一样。他常常对我说,在登台之前他会感到很痛苦,坐立不安,但是只要演出一开始,他就能立刻开心起来,完全变成另外一个人。"

主持人脸上现出惋惜的神情:"其实我也非常喜欢道勤的歌,可惜发生了这样的事情。虽然事情过去很久了,但我要问的问题可能还是会引起你的不愉快,对此我深感抱歉——作为明星,是不是压力特别大?道勤当时有没有酗酒?或者……你明白我的意思的。"

吉他手回答道:"我知道你想说什么,酒精或者大麻的确在这个圈子里很流行,但道勤是绝对不碰的。其实很多人并不知道,但道勤和我说过,他为什么走上音乐这条道路。他高中就辍学了,在街头无所事事。有一天,他又和人打完架,坐在街头台阶上,头上还流着血,他喝着啤酒,抽着烟。他对我说,他那时看着车来车往,忽然想:我的生活不应该是这个样子。于是他开始戒酒戒烟、学习音乐,仿佛换了一个人。总之,他是个非常自律的人,起码是我见过最自律也最有天赋的人。当然,人成名之后压力会变得脾气很大,会暴躁,这可能也是他遭遇不幸的导火索,但他本质上是个好人。"

"谢谢你给我们讲了这么多道勤的事。在这个节目中，你还有什么要对年轻音乐人说的？"

"下决心做一辈子音乐，是个很重要的决定，但也很可怕，因为根本没有安全保障。你的朋友都会说你是不是疯了，说你根本没有希望成功。你的父母也担心你将来怎么谋生，事实上，大多数在夜总会或者酒吧表演的音乐人最后都不得不放弃。"

"我曾经以为，我之所以进入这个行业，是因为自己的自信，即使成功的概率很低，但还是相信自己和别人不一样，终有一天会成功。"吉他手黯淡的眼神突然放出光芒，他接着说，"直到有一天，我把这个想法告诉了道勤，他和我说了一句话，让我永远记住，也给了我勇气。在这里我也想把这句话送给那些还在坚持做音乐的朋友。道勤当时说：'我只是无法想象还有另外一种生活能带给我更多的快乐'。"

"我只是无法想象还有另外一种生活能带给我更多的快乐。"童理反复想着道勤的这句话。

七

"你知道这栋房子里曾经住着谁吗？"童理的一位朋友

问道。

这是位事业有成的企业家，他邀请童理到自己家里做客。他家位于市郊偏僻的别墅区。在送童理出来时，企业家介绍说：这里的好处就是比较僻静，很多名人都住在这个小区。

"猜不出啊。"童理说。

"那栋房子原来住着大歌星道勤，他去世后，现在里面住着的是他的遗孀。"

童理忽然间想起很多事情，他问能不能去拜访一下。

企业家说："以前有记者来，一律被拦在别墅区的外面，道勤的太太不太愿意提起过去的事情。不过我也算她的邻居，见过几次面，打过招呼，我陪你去试试看。"

童理非常幸运地见到了道勤的太太，她是个端庄美丽的女人。也许是因为邻居的关系，也许是别的什么原因，她并没有拒绝他俩。但是当提到道勤的事情，她显然不愿意多说。

童理说："我有个问题，希望您别介意。所有人都认为道勤是个欺凌弱者、没有同情心的人，你和他生活多年，你认为道勤是那样的人吗？"

"不，绝对不是别人说的那样。"道勤太太有些激动，她觉得有必要替丈夫做一个澄清。"你等等，我给你看样东西"。

她噔噔噔地快步上楼,不一会儿手里拿着一堆信件从楼梯上走下来。

"这是我整理道勤遗物时发现的。"道勤太太说。"这件事他从来没和我说起过。"

童理迅速浏览了一下这些信件,发现这些信件有的发自偏僻的小学,有的地址则是知名的大学,信的开头几乎都是"亲爱的夏叔叔",内容则是感谢这位"夏叔叔"一直慷慨捐助这些贫困学生读书。很显然,从来信的内容可以看到,"夏叔叔"不但资助了他们读书,还一直亲自给他们回信,鼓励他们不要被贫困绊住手脚放弃学业,只要有毅力就一定会战胜眼下的困难。

"当道勤去世后,这些信还源源不断地寄来,我终于明白,道勤这些年一直在资助这些孩子,所以你要说他是个欺凌弱小的人,这个我打死也不信。"道勤太太用手帕擦了擦眼泪继续说,"这个也是道勤的理想,在他去世后,我继续用'夏叔叔'的名义资助这些孩子。但是每次看到这些来信,就会让我因为道勤受到公众深深的误解而感到难过。"

"那么当时你在法庭上,为什么不把这些信件拿出来呢?"企业家问。

"假如法官看到这些信件,岂不是更会重判那个杀人的年轻人，我始终觉得他也是一时冲动，道勤也一定不希望这样。可是我也搞不清楚当时道勤为什么要这样对那个年轻人？"

"那么，道勤在平时生活中有谈到关于鸟的忌讳吗？"童理问道。

"我想想看……这个我好像从来没有听说过。对了，不是鸟，是燕子。"

"燕子？"童理好奇地问。

"是的，有一个叫燕子的人。据说道勤对她抱有特别的感情。"

"特别的感情？究竟是哪种感情？您方便和我说吗？"童理问。

"这件事发生在我认识他之前，他也从没有和我详细谈起过，我只知道有这么个人，每次说起她，道勤都觉得无比愧疚。但我的确不知道这个燕子究竟是谁。"

八

夏蝉乐队在道勤死后便解散了，乐队成员各奔东西，影响力大不如前。

但有一个"夏蝉乐队歌迷会"却一直存在,他们会定期搞一些纪念活动,分享夏蝉乐队的歌曲和故事。

歌迷会的会长卓如是夏蝉乐队的骨灰级发烧友,他对乐队成员的故事了如指掌,他甚至写过一篇文章,从易经的角度来分析为什么鸟是夏蝉乐队最忌讳的克星。

童理联系到卓如,说有关于道勤的事情向他打听。卓如拍着胸脯说:"如果我不知道,就没人知道了。"

两人约在卓如常去的一家由夏蝉乐队歌迷开的"蝉声酒吧"。

酒吧在一个树林边上,春风让人感到舒畅。从一扇不起眼的小门进去,酒吧里正放着道勤的歌。

> 我知道春天很快就会过去
>
> 我只想和你再跳一支舞
>
> 在绿色的草地上旋转一圈又一圈
>
> 我看到你用眼角偷偷看我
>
> 这让我感到难过
>
> 我知道明天我们将各奔前程

童理找了位置坐下来,他的脑海里同时涌现出两个画面,一个道勤蛮横跋扈,稍不满意就一脚踢翻桌子;而另一个道勤则在一天演唱会下来，满身疲惫地趴在酒店的梳妆台上，耐心地给那些他资助的孩子们写回信。

到底哪一个才是真正的他？

歌声如此吸引人，以至于卓如走到童理面前时他也没注意到。

"像天籁之声一样好听吧？"卓如问道。

童理赶紧站起身来，一边说道："这声音好打动人啊。"

卓如仿佛遇到知音，一下子对童理充满了好感。

童理说："之所以找你，是想向你打听一件事，你知道道勤的夏蝉乐队和鸟有什么关系吗？"

"你可能也听说了，我写过一篇文章，分析鸟和夏蝉乐队之间的联系，这种阴阳相克的事情说来你也许不信，但真的很玄乎。这就像芝加哥的小熊棒球队和山羊的关系，当这只该死的山羊出现后，小熊队就受到了诅咒。夏蝉乐队也是，尽管他们总是想避开这只鸟，但最后还是被鸟诅咒了。"

"你是否认识一个叫燕子的人，据说道勤对她有着特别的感情，您知道这件事吗？"童理问道。

"知道，我当然知道，这件事道勤一直耿耿于怀，甚至成了他的心病。"

"那究竟是什么事呢？"

卓如点起一支烟，缓缓回忆起来。

"那是五年前的事情了。燕子曾经是夏蝉乐队的一个铁杆歌迷，这个乐队早期在酒吧驻唱还没出名的时候，她就疯狂地喜欢道勤的歌。不管他们在哪个酒吧驻唱，她都去那个酒吧捧场，乐队的人都和她很熟了。

"五年前夏蝉乐队已经出名了，当时他们在西安举行了一场演唱会，道勤尽管有很多事情要做，但还是会记得给燕子寄去一张演唱会前排的票。那天的演唱会我也在场，本来是一场非常成功的演唱会，可是在快结束的时候，舞台喷射出壮观的烟火，由于烟火没有控制好，意外导致电线燃烧短路，前排观众一阵慌乱，有几个歌迷触电，而燕子伤得最重，救护车来的时候，燕子已经没心跳了。"

卓如接着说："这件事让道勤非常内疚，是他邀请燕子去参加演唱会的，并且她和乐队之间有着很深厚的友谊，早年他们经常一起喝啤酒，一起吃夜宵。这突如其来的事故让道勤万分自责。这些年来，他都定期去养老院看望燕子的父母。我说过，鸟就是夏蝉乐队的魔咒，总是带来厄运，包括燕子。"

童理插话说："你觉得道勤是不是个重感情讲义气的人？"

"当然，不过他身上没有江湖气。事实上，他和娱乐圈的人不同,他是个非常睿智的音乐人。"

"那你怎么看韦特力牌动物饼干的事情?"

"这个?我也不大想得明白,也许每个人都有脾气吧,像他这样的名人肯定压力比常人大多了。可能刚好某一个点触动了他,导致他当时情绪失控。我觉得他绝不是一个要大牌故意去为难小职员的人,可能那些日子的连续演出,睡眠不足导致情绪崩溃。或者,这就是鸟的诅咒吧。"卓如把烟头狠狠地按在烟灰缸里,像是在按死一段不愉快的记忆。

道勤的歌声仍在酒吧飘荡,仿佛就在耳边歌唱。

九

童理觉得离真相越来越近了。

拼图被一块一块拼上了,现在就剩最后那块了。

这一块也许就在道勤的助理手上。

道勤的助理江云舟凭借着往日积累的人脉资源,已经自己开了经纪公司,包装一些三四线的小明星。

童理在他的办公室和他会面,谈话不时被进进出出的人打断,看来他的业务还不错。

"你认为那天道勤为什么这么生气?"童理问。

"这一点媒体不是说过一千遍了吗,因为道勤看到了鸟形饼干,而他非常不喜欢见到鸟。"江云舟略感不快。

"那么当时是否有关于这方面的约定?比如口头约定或是书面约定之类?毕竟假如人家不知道这件事,道勤也不该发如此大的脾气吧。"

"是书面约定。这些写在合同的附文中。"

"合同的附文都有些什么内容?"

"当时的演出合同中有40页的附文,这些附文是关于技术、安保的每个细节,同时还有对食物和饮品的要求。当时的乐队菜单包括牛排、烤鸭、刺身、意式烩饭、芦笋、花椰菜、水果沙拉、冰激凌等。在这些主食的下面是对零食的要求,附文中指定了需要哪些品牌的薯片、坚果和饼干,其中饼干指定的是俄罗斯韦特力牌动物饼干。并在附件中指出,动物中不能出现鸟形饼干。"

"你说的是附文?那么演出合同本身呢?"

"乐队总的演出合同比较复杂,大约有四百多页,厚得像一本电话簿,你没干过这一行,或许对此没有概念,一场现场演唱会涉及方方面面,这其中不仅有你看到和感受到的庞大的舞台、震撼的音效以及炫目的灯光,还有所有设备需要的构架和电力等方面的支持。合同需要对每个细节的逐点说明,以保证主办方在每个场地都提供足够安全的疏散通道,拥有相应承重能力的钢结构支架以及足够安全的供电设备和线路。毕竟,没人愿意自己的演唱会舞台出现倒塌以及歌迷被短路的灯柱夺取生命这样的事情。"

童理连连点头。

"它太过于专业和复杂,以至于看起来就像一门小众的外语。合同中的典型款项可能会这样描述:'在7米高的空间安置15个电源插座,提供19安培的电流……',"江云舟接着说,"违反合同这点让道勤老师非常生气,他是个非常严格的人,虽说在这件事的处理上有点苛刻和不近人情,但生气也不能完全凭空。可是谁也没想到最后会发生这样的悲剧。"

"我最后想问一件事,也许有点为难你了,对你来说肯定不愿意想起,"童理说,"据当时的媒体说,您抱住道勤的时候,他最后说的一句话是'快,帮我叫救护车',是这样吗?"

江云舟深深地沉默。

两人的谈话就此结束。

在童理起身告辞的时候,江云舟忽然开口说道:"事实上,道勤老师最后一句话是'就说他是不小心才刺到我的',我之所以当时不愿意对媒体说这句话,是因为我对凶手怀有深刻的憎恶，不愿意他被原谅。可是这些年我也一直在想，我是否违背了老师的意愿？"

"是这样？明白了。"童理点了点头说道。

十

"今天是夏蝉乐队的主唱道勤去世一周年的日子，"童理对着电台的话筒润了润嗓子，"我们将在《经济学现场》节目中给所有道勤的歌迷送上一份特别的节目。"

于是，童理娓娓而谈——

在今天节目的开始，我先要讲一些题外话。

有一天，我在地铁上听到两个人在谈论关于骗子的故事。其中一个人接到了一个骗子的电话，说自己是清朝皇族，在海外留有大量的美元资产，现在只差一些手续费就可以解冻了，如果你把手续费借给他，他将回报给你上千万美元的资产。

他们还讲到另一个骗局，就是"贵妇重金求子"的骗局，一位貌美贵妇想生儿子，你要是肯借种，贵妇出手就是几十万酬谢。

当然,如果你想赚这个钱的话,那么接下来就得不停地先"预付"所谓的"婚纱费""诚意费""中介费""律师介绍费"等。

我当时听了只想笑,可是有一天我却有个重大发现,我上网搜索后发现,事实上这几个低级骗局有很多人上当,每年骗得的钱财总数竟然有数千万之多,这是不是有点不可思议?

我再讲一个我小学时候听历史老师讲过的故事。

据说乾隆在位期间,中原爆发了一场大饥荒,于是乾隆下圣旨,让全国各地的粮仓调拨粮食送往灾区,而和珅是当时全权负责赈灾的大臣。

和珅亲临现场,目睹了灾区的惨状,尽管他是个贪官,但也为之动容。他当即下令,在灾区四处搭起棚子,为百姓们供应救命的米汤和粥。

可当粥在熬制时,和珅下了一道奇怪的命令,就是每口锅里扔进一把沙子。显然,这是个很缺德的命令,他身边的官员暗暗骂道:"和大人的良心真是太坏了,老百姓已经够惨了,他还要往米汤里撒沙子,真是作孽啊!"

但大家苦于和珅位高权重,没有人敢当面指出。而百姓们领到粥之后,发现里面有沙粒,都以为是朝廷故意发一些劣质粮食给他们。当听说是和珅在其中作祟后,更是痛骂他的黑心。

然而和珅不以为意,我行我素。有一位正直的官员终于看不下去了,他冒着丢乌纱帽的危险当面指责道:"和大人,这些灾民已经非常可怜了,你为何还要往粥里掺沙子为难他们呢?"

可是你知道和珅怎么说吗?

和珅听后笑了笑,说道:"官府这样放开施粥,必然会引来所有的百姓,可毕竟救济的粮食有限,到时那些真正需要粮食的灾民很可能就饿死了。可如何区分谁是真正的灾民、谁是来蹭粥的呢?如果米粥里加了沙子他也毫不在乎,那一定是饿得眼冒金星的灾民。而其他人则会嫌弃。因此,这一把沙子挑选出了哪些人才是真正需要救济的饥民。"

十一

童理接着说。

我们现在用经济学来分析这个故事。

所有类型的人都采取相同的行动，因此这种行动是完全没有信息价值的，这种情形我们称为信号传递博弈的"混同均衡"。真正饥饿的灾民和吃免费粥的百姓都涌过去喝粥，这就形成了"混同均衡"。

与此相反，还有一种均衡是一种类型传递了信号，另外一种类型没有传递信号，所以该行动精准地辨别或者区分了这两种类型，这种均衡就叫作"分离均衡"，而和珅在粥里掺进了沙子，就形成了"分离均衡"。

"分离均衡"让拥有信息的一方主动发布信息，从不同类型中分离出来。很多时候你需要一些特别的方法把人群区分开来，比如有经济学家建议经济适用房里不要建厕所，这个建议听起来非常带有歧视性，但是它却能够有效地把真正需要房子的人和通过权力捞好处的人区分开来。

"爱新觉罗家族资产解冻骗局"和"贵妇重金求子骗局"也一样，假使你打出一万通行骗电话，或者贴出一万张行骗告示，其中有百分之一的人会上钩，那么，这一百人就是你"重点培养"的对象，可是每当这其中有人变聪明或退缩时，你潜在的利润就会受到损失。这一百人中最后可能只有一个愿意付钱，而那

99个人却会让诈骗成本大大提高。

"资产解冻骗局"和"重金求子骗局"的骗子们要做的就是把真正会上当的那个人挑选出来。容易轻信他人是一种无法被观察的特征,骗子是如何甄别的呢?

骗子们需要筛选出真正容易上当的那个人来节省诈骗成本,当你在嘲笑骗子的愚昧时,他们已经聪明地把你筛除掉了,通过上述两种荒唐老套路,他们"机智"地排除了不相信和可能清醒过来的那些人。

诺贝尔经济学奖获得者斯宾塞提出了"分离均衡"理论,即用某种信号将人群区分开来。从某种意义上说,这些骗子就是斯宾塞的"门徒"。他们通过看似低级的骗局,把那些真正闭塞和天真的人挑选了出来,骗子不但不笨而且非常高明,这就是"贵妇重金求子"这类低级骗局的高级策略。

十二

故事讲完了,那么听众朋友一定会问,在道勤周年纪念节目中,我为何要讲这个故事。

五年前,夏蝉演唱会出了一个意外,因为演唱会现场管理和装备的缺陷,导致一位歌迷触电身亡。这件事让道勤非常难过和自责。后来他越来越发现,一场演唱会涉及的方方面面实在太多,即使你在合同里事无巨细一一罗列,可又怎么能保证演出公司能够尽心尽力保证安全、整份合同仔仔细细阅读过,并且一一做到呢?

对于演出的乐队,不可能逐一检查现场的每项设施是否到位,每条电线是否安全,每根钢筋柱子是否牢靠。那么有什么简单的办法能够区分哪家是做事仔细、脚踏实地的公司,哪家是不把合同当回事,甚至懒得从头读到尾的公司呢?

区分这两类公司的办法,也就是区分哪些是真正需要救济的灾民的那把沙子,那就是饼干。道勤在合同中写明了"需要韦特力牌动物饼干,并且不能出现鸟的形状",这不是故意刁难别人,也不是迷信,而是他需要通过一个快速的方法来判断每个场地的舞台工作人员是否足够细心,他们有没有认真阅读合同上的每个字并认真对待。而鸟形饼干就起到了"分离均衡"的作用。

道勤不能把这个故事告诉别人,一旦人人知道,这个分离均衡的策略就会失效。他故意将这项条款隐藏于数不清的技术规范中。每当他到达一个新场馆，他都会立即走向化妆间去查看饼干盒，如果混有鸟形饼干，他就会很生气，并要求对场内设施重新进行线路检测，因为他们没有看合同，而这么做很可能会毁了整台表演。

所以，道勤对饼干的挑剔，不是耍大牌，不是虐待人，他只是为了确保演出的安全。这一年来，我们所有人可能都误解了他。

十三

在长久的沉默后，童理对葛娜说："有一天，我在电视上听到道勤说的一句话：'我只是无法想象还有另外一种生活能带给我更多的快乐，'我想这句话最能概括道勤的一生。他这样的人，就是为音乐而生的。也是这句话，让我相信他是个单纯的人，人们一定是误解了他。现在，我们一起听一首我最喜爱的夏蝉乐队道勤的歌——《我从不曾离开》。"

"在放这首歌之前，我想把这首歌送给一些朋友，"童理接着说道，"他们是贵州的红山小学张志华同学、四川长河希望小学董敏同学……鹿州大学的安源远同学,"童理一口气报了二十多个人的名字,"你们心头一定有个疑问,长期以来资助你们的那位夏叔叔是谁?他就是道勤和他的夫人,他们一直在默默地资助着你们学习。你们收到的每一封信,都是道勤亲笔所写,之后由他的夫人接棒。虽然你们见不到这位夏叔叔了,但是希望他的歌,能够永远伴随着你们。"

"最后,这首歌也要送给布凡朋友,道勤临终的最后一句话是'就说他是不小心才刺到我的'。道勤是个善良而又充满热情的人,布凡,如果你有机会能听到我这段广播,也希望你好好改造早日出狱,日后能成为一个对社会有用的人,并且好好孝顺妈妈。"

歌声渐渐响起,激情一如往日。

> 我搭上寻找你的列车
>
> 我知道离你已经那么近
>
> 我的背包里是我没有寄给你的信
>
> 我曾经错过了开往你身边的列车
>
> 没有你的世界让我窒息
>
> 我从来就没有离开你
>
> ……

童理仿佛看到了舞台上活力四射的道勤，在如潮的欢呼中歌唱，台下布凡和那些他资助过的学生以及无数的歌迷一起挥舞着荧光棒。

关键证人

不被人注意的事物,非但不是什么阻碍,反而是一种线索。解决此类问题时,主要运用推理方法,一层层地往回推。

——柯南·道尔《血字研究》

一

唐静家的狗走丢了。

唐静最后一次看到自己家的银狐犬小白，是晚上八点。

小白走丢的时候，没有拴绳子。平时小白也会跑开，有时是追逐小母狗，有时纯粹是淘气，但它一般不会跑远，过不了多久就自己回来了。

可是这次小白却消失了。

唐静担心是不是狗贩子把小白偷走了。小白是条非常警惕的狗，一看到陌生人靠近，它就会不停地大声狂吠。也许是偷狗的人用了什么工具，否则，小白也不是那么容易被抓住的。

最坏的可能就是小白被人偷了，但愿偷狗的人只是把狗卖到别人家当宠物，可千万别卖给狗肉店的屠夫。

想到这里，唐静忍不住哭了。

丈夫冯高明却满不在乎，不就是一条狗嘛，那就再养一条好了，再说了，小白实在太吵了，家门口走过一个生人就会叫个不停，丢了就丢了，还落得个耳根清净。

尽管丈夫的态度有点夸张，但有一点他说的没错，小白非常爱叫。作为一种宠物犬，小白虽然没有什么攻击力，但它却能看家，哪怕窗户边经过一只松鼠，也能引起它的警觉。

唐静并不甘心，不断向街坊邻居打听，却始终没有找到小白。

天上的云像一团海绵吸饱了水汽，阴沉沉的，沉重得有点挂不住，不久就开始下雨了，开始只是小雨，后来越下越大。

也许小白正躲在某个水泥管子里无望地看着天空，也许小白在某个后厨的仓库笼子里和其他一群流浪狗挤在一起瑟瑟发抖。想到这里，唐静就坐不住了。

她在打印店里打了厚厚的一沓寻狗启事。此刻，她穿上雨衣，带着一桶糨糊和这些启事要出门。

丈夫看了一眼，没有帮忙的打算，他冷冷地说道："这会儿贴什么寻狗启事，雨一冲全掉了。"

显然，他是不会明白唐静的心情的。

在雨中，唐静想象着小白可能去的地方——公园里、菜场中、工地上，在这些小白可能去的地方附近，她都贴了启事，也许有些会被雨水冲掉，可是早一天总比晚一天好。她在家附近的公交车站、游戏机房门口、棋牌室边上，都贴了启事，并许诺找回小白有重金酬谢。

很快有人打电话说，晚上在大华饭店门口看到一条白狗一晃而过；还有人说，在新港车站看到一条脏兮兮的流浪狗在找垃圾吃——也许是白色的，快来看看吧；还有人说得更加活灵活现，但要先打钱过去，这纯粹是来骗钱的。

小白再也没有出现过。

二

"里面的情况怎么样？"

刑警苏瑞光跨过警戒线，问房间里负责勘查的法医。

"死亡时间大致在数小时前，具体我们还需进一步解剖化验。死亡原因是，死者被钝器击打头部，而后被绳子紧勒致死，绳子应该是普通的电线，凶器目前还没发现。当时死者穿着睡衣，估计是出来开了门，猛地被凶手用重物锤击头部后勒死，随后凶手进入房间翻检了财物。据受害人妻子反映，家中上万元的现金和一些首饰丢失。凶手是戴着手套和鞋套作案的，因此没有找到指纹和脚印。从伤口和倒地的姿势初步判断，凶手比受害者高十公分左右，大约在一米八。"

"死者的信息呢？"

"被害人叫冯高明，我市一家银行支行的副行长。"

鹿州刑侦支队的刑警通过接下来的调查走访，汇总了

3.27凶杀案的相关情况。

3月27日13点30分左右，被害人冯高明的妻子唐静从外面回到家中，开门后发现丈夫倒在地上，已无呼吸，唐静随即拨打了110报警。

当天中午12点10分左右，冯高明曾去过家门口的小卖部买过一瓶红酒，他还在店里买了几注彩票，并和店主攀谈最近那个千万头奖得主的事情，因此店主印象很深刻。

刑警在现场发现，当时的桌上还放着这瓶红酒，并已经打开喝了少许。可能死者正在喝酒的时候有人敲门，他放下酒杯随后去开门，凶手乘其不备用重物猛敲受害人头部，而后用绳子将他勒死，并实施了盗窃。

因此，凶手作案时间是在当天中午12点10分以后到13点30分，根据法医的解剖，通过对胃里未消化完的食物来判断，更准确的时间为中午12点20分到12点50分。

刑警在走访中还获得一个重要信息，冯高明和妻子唐静的关系并不好。

坦率地说，死者冯高明仗着手头有点职权，行为相当不检点，也就是这个原因，尽管他的业务能力突出，但仍迟迟待在支行副行长的位置上没有转为正职。他在单位十几年，不时传出绯闻，而最近一次闹得相当严重。起因是据说冯高明在外面包养了一个女人，不知道这件事怎么被唐静知道了，于是两人为此闹得不可开交。

最让冯高明生气的是，唐静不仅在家里闹，还把这件事情捅到了单位，这让行里领导非常生气，原本他在全市所有支行中揽储第一的业绩也变得不值一提，行里不但撤销了原准备给他的优秀干部的荣誉，甚至已经在讨论对他的纪律处分。

冯高明回家动手打了唐静。据唐静所在医院的同事反映，冯高明下手极狠，唐静的手臂和背部到处是伤痕。

于是唐静处于近乎癫狂的状态，她偷偷调查了小三的信息以及她所在的住址，并气势汹汹地杀到小三家中，那个女人名叫莫月琴，两人厮打起来并引起了邻居的围观。

但冯高明显然站在小三这一边，他警告说，如果她再闹，就宰了她——大家鱼死网破。

这样，唐静就成了重点怀疑的对象，她受到冯高明的死亡威胁，并且她对冯高明怀有巨大的仇恨。

三

唐静的作案嫌疑很快被排除了。

有证人可以证明唐静当天12点到13点之间不在凶案现场。而这个证人，正是莫月琴。

在这个时间段,她正在小三莫月琴家里大闹。

莫月琴不屑地说:"她就是个疯女人。"

莫月琴讲述了当天的事发经过:

事发当日中午12点20分左右,我正吃完午饭躺在床上休息,忽然传来如同房间着火般的急促敲门声,我从猫眼一看,正是冯高明的老婆唐静。

我并不想开门,她先前已经来闹过几次,她来一定没好事。可是她一直在门口使劲敲门,弄得隔壁邻居都推开门来看究竟。没办法,我怕难堪,只好打开门,她一把将门推开冲了进来,随后关上了门。我当时很害怕,以为她要扑上来打我,然而并没有,她突然泪流满面地说,她和冯高明是十几年的夫妻了,我能不能放过他。说完就跪在了地上求我。

她讲了很多他们以前的事情,说他们原来多么恩爱,可是自从认识我,冯高明就像变了一个人,甚至还打她,她甚至捋起袖子让我看手臂上的伤痕,说大家都是女人,女人何苦为难女人。

可这又关我什么事呢?真是莫名其妙,我和冯高明就是普通朋友,他的确给我买过一些礼物,但我们啥也没做。不知道为何,这个女人就缠上了我,不断上门来闹，算上这回，就是第三回了。

　　我当时也是气疯了，冷冷地说，你自己的老公，自己不看好，跑到别人家里来发疯干什么。可能这句话激怒了她，她开始大肆谩骂——说实话，骂人我还没怕过谁——于是我们开始对骂。

　　吵了一会儿，她忽而又放下身段来哀求我，我真觉得她精神状态有问题，于是再三和她说，我和她老公没什么，不要疑神疑鬼的，我肯定不会破坏她的家庭的。她的情绪渐渐稳定。

　　大概闹了半个小时，我已经口干舌燥了。我不想和她理论了，只想把这个瘟神送出去。于是说了几句软话，把她哄到门口，可是打开门时她忽然又说了一句非常难听的话，我的火顿时起来了，忍不住回嘴骂了回去。这下好了，她扯住我的头发在门口扭打起来，一边打一边喊，说什么都来看这个不要脸的狐狸精。

　　四周的邻居都探出头来，一些小年轻还幸灾乐祸地在边上当免费的好戏看。我把她的脸抓花了，她把我的睡衣撕破了，说起来真是丢脸到家了。我知道，她就是想把我的名声彻底搞臭。

　　我真的已经感到心力交瘁，这几天正在联系搬家公司躲这个疯婆子呢。

莫月琴显然并不知道冯高明被杀这件事。

隔壁的邻居们证实了莫月琴说的话。

在事发当日12点20分左右，他们听到有人在狠狠地敲门。据一个邻居证实，她从门缝里认出敲门的人就是几天前来闹事的那个女人。很快两人在房内发生了争执，互相辱骂，还摔碎了瓶罐。这的确已经是两人第三回闹事了，前两次甚至惊动了居委会，但调解也没啥用，所以这次也没人想管闲事。最后两人越闹越凶，还在家门口互相撕扯，闹到了快13点，甚至惊动了居委会。

唐静13点左右离开，打车半小时后到家，发现冯高明在家中被害。

苏瑞光觉得，即便唐静事发时的确不在现场，但仍然不排除雇凶杀人的可能，当然，这起案件更大的可能性还是盗窃凶杀或流窜作案等。

随着调查的深入，案子陷入了僵局。

四

"又是一个美好的下午。收音机前的听众朋友，你们好，欢迎收听鹿州人民广播电台的《经济学现场》栏目。"

葛娜对着话筒说道。

"听众朋友,你们好,我是鹿州大学金融学院的老师童理,很高兴和大家一起度过这个下午。"童理说道。

"童教授,今天我们聊聊眼下最火的一本畅销书《人人活到100岁》,这本书已经连续七周登上本市书店的畅销书榜首了,我印象中,能在榜首的位置上盘踞这么久的,上一次还是《哈利·波特与魔法石》。据说这本书是作者阿巧花了十年时间深入采访了一百多位百岁老人,与他们同吃同住,从他们的生活经历中总结出来的长寿经验。"

"葛娜,你之前和我说了这本书后,我专门仔细看了一遍……"童理停顿了一下继续说道,"有些事情实话实说难免会得罪人,但是我就是这么个性格,因此也吃过不少亏,但每每又忍不住,恐怕这次也一样。"

葛娜有些疑惑:"童教授,您的意思是?"

"事实上,我的建议是,这本书并不值得看,因为所有结论都是经不起推敲的。"

"您这个观点我倒是第一次听说……"葛娜有些愕然,她看到有热线接进来的指示灯在闪,"现在好像有很多听众朋友打电话进来,我们听听他们是怎么说的?"

"小童,我知道你是大教授,经济学上的东西你的确内行,可是养生这件事你就未必是行家了。"一个大伯中气十足地在电话里说。"我们这些退休的老年人都爱看《人人活到100岁》,这里面句句讲得在理,并且采访的百岁老人都是有名有姓,人家可不是胡编乱造的,还有,人家还把自己的稿费一部分捐给了养老院,我倒想问问你,你给养老院捐过多少钱?年轻人有个性是好的,但你也要尊重别人的劳动成果,不能一开口就抹杀别人十多年的辛苦创作。"

大伯一口气说完,语速快得像打机关枪。

葛娜有些同情地看看童理,仿佛童理已经被这部机关枪打得变成了筛子,果然这么说话得罪人。

童理用手指抵着嘴唇,沉默片刻说:"这位听众朋友,我理解你的心情,下面我也讲讲我的观点,当然这仅仅代表我个人,也未必正确,希望大家批评。"

童理接着说道:

"我有个表弟,开了一家宠物医院,他是个非常优秀的兽医,也很有爱心,他曾经还在德国进修过。有个问题一直让他很困惑,有一天他将这个问题说出来和我探讨。

"表弟的宠物医院接收了很多不幸从高层公寓楼坠落的猫咪,表弟是个严谨的人,他做了详细的记录和统计调查,结果发现从6层及以上楼层坠落的猫咪死亡率为5%,从不足6层的楼层坠落的猫咪死亡率为10%。

"表弟对此开始寻找答案,最后他认为猫咪具有一种特别的本领,即从较高楼层坠落的猫咪能够将身体展开,形成一种降落伞效应,因此,从较高的楼层摔下的猫咪反而生存概率比较高。这大概也是我们常说的'猫有九条命'的缘故吧。

"然而我告诉他,事实上并不是这么回事,真正的原因是坠落后死亡的猫咪不会被送到医院,许多人会放弃那些从高层坠落后奄奄一息的可怜猫咪,而从较低楼层坠落的猫咪的主人往往更加乐观,更愿意花钱把它们送往医院抢救。

"接下来,我们说说《人人活到100岁》这本书。"童理继续说道。

五

《人人活到100岁》的作者的确花了很多时间做调查,数据也没有作假,但是她却犯了一个根本性的错误。

作者采用的是回溯性研究,但当我们选择现在的样本回顾过去时,只能看到"幸存者"。

正确的研究方法应该是作者选定数百位六七十岁

的老人，然后依照一些长寿习惯的标准，在接下来的三四十年间去考察这些标准是否科学。

如果先找到那些百岁老人，然后再去考察他们的生活习惯，这个做法就没有意义，比如大多数百岁老人都有早起的习惯，但不能反过来说早起就能保持长寿，事实上，很多早起的人年纪轻轻就已经死了，但是他们就不被统计在内了。

我再举个极端的例子，这一百多个老人中有90%的名字都是三个字，我们不能反过来说名字取三个字的都会长寿。

按照作者总结出来的20个长寿习惯而没有长寿的人有多少呢？这恐怕是个天文数字。

事实上，我们从自己认识的人中，就能找出遵循这些长寿习惯而没有长寿的各种反例。比如我的伯伯也爱吃蔬菜，但寿命并不长，我爷爷也子女孝顺，但同样只活到五十六岁。作者选择了百岁老人作为研究对象，以确保总结出的所有结论都是正确的，而错误就在于此。

这里有很多人都听说过这样一个故事。有个名叫亚伯拉罕·瓦尔德的犹太人，有着出众的数学天赋，在纳粹迫害犹太人的岁月里，他移居美国，在哥伦比亚大学担任统计学教授。在二战的大部分时间里,瓦尔德都在哥伦比亚大学的统计研究小组工作,当时美国的数学精英都聚集在那里,有的研究战斗机瞄准具锁定敌机的飞行曲线公式,有的研究战略轰炸规程。

统计研究小组有一天遇到一个问题,军方不希望自己的飞机被敌机击落,因此需要为飞机披上装甲,但是装甲会增加飞机的重量,这样飞机的机动性就会减弱,还会消耗更多的燃油。防御过度不可取,防御不足又会带来问题,因此,军方希望这群数学家找到一个最优方案。

美军飞机在欧洲上空与敌机交火返回基地时,飞机上常会留下弹孔,但是,这些弹孔分布得并不均匀,机身上的弹孔比引擎上的多。军方的想法是,如果把装甲集中装在飞机受攻击最多的部位,那么即使减少装甲总量,对飞机的防护也不会减弱。

然而,瓦尔德给出的答案和军方恰好相反,需要加装装甲的地方不应该是留有弹孔的部位,而应该是没有弹孔的地方,也就是飞机的引擎。

瓦尔德认为,飞机各部位受到损坏的概率是均等的,但是引擎罩上的弹孔却比其他部位少。瓦尔德相信,这些失踪的弹孔被留在了未能返航的飞机上。大量飞机被打得千疮百孔但仍能返航,但是一旦引擎被击中飞机就不能返航,这个事实说明机身无须加装装甲,需要的部位恰恰是飞机引擎。

不能只看到回来的飞机,重要的是那些没有回来的飞机。我们把这种错误称为"幸存者偏差"。

"有些人有些事情没有发出声音,但并不代表这些人和事不存在,恰恰相反,它们可能非常重要。"童理最后说。

六

"你也不怕被作者骂死,人家辛辛苦苦花了十年时间写的书——我昨天听了你的电台节目。"苏瑞光在童理的办公室说道。

"那我就让她骂死我好了,她说好涵养可以活到一百岁,如果把我打死了,那就证明她是错的。不过这个节目播出后,我的确没少挨骂,好像一下子把别人活到一百岁的希望给剥夺了,那些老头老太可恨我了,但坚持真理总要有代价的,是不是?"童理笑着说道。

"言归正传,我找你来的目的,是想让你帮我开拓一下思路，眼下有个案子我仿佛走进了死胡同，每条路走到尽头发现都写着'不可能'三个字。我发现你总能有奇思妙想，能给出一些别人想不到的观点，比如这本长寿书的事情，所以我想找你聊聊。"

"你的案件是不是还在侦查阶段，这不涉及保密吧？"

"这倒没有，这些细节大都在媒体上公开过，即便是还没有公开的，也不涉及原则问题，这其间的分寸我会把握的。"

"那就好，让我听听你这个案子吧。"

于是苏瑞光又把3.27凶杀案详细讲了一遍。

"冯高明在业务上，比如放贷过程中，有没有得罪过什么人？"童理问道。

"这个我们还在调查中，这么多年的工作要说得罪人也是难免。"

"当时冯高明去小卖部买了什么酒？"

"挺平常的酒，能在楼底下小卖部卖的，也不会特殊。据小卖部老板说，他平常不大喝这个酒，酒瓶子还在桌上，我们化验了他剩下的酒和胃里的残留酒精，没有发现麻醉药物成分。"

"你刚刚说，你们推断凶手的身高有一米八？"

"是的，这个只是推测，如果当时的情形是被害人开门,凶手乘其不备砸下钝器,从伤口位置判断,凶手的确要比冯高明高十公分左右,当然,如果冯高明当时是坐着的,那么这个身高判断也没有意义。"

"冯高明是个副行长,业务很在行,那会不会露了富,有人看上了他的钱财实施抢劫?又或者是流窜犯作案,这么干净利索,像是个老手?"

"这些我们都考虑过了。我们已经开始对比全省类似手法的入室抢劫案的案件,如果真是流窜犯作案,的确会比较棘手。"苏瑞光抓着头皮道。

"你说的唐静呢?她有作案可能吗?"童理问。

"绝无可能,她大约12点20分出现在莫月琴家门口,13点离开,即便自己开车两地之间也需要约半小时,她13点30分左右打车回到了家,发现冯高明被害后随即报警,而凶杀案发生的准确时间是12点半前后十来分钟。"

"是啊,人不是量子力学中的粒子,既可以出现在这里,还可以同时出现在那里。你还有什么细节要说的?"童理问。

"我们盘问了唐静,她看上去并不怎么伤心——不过这也是我们意料之中的。冯高明这个人社会关系比较复杂,从他手里得到贷款最后变成坏账的也有,还有,和他有瓜葛的女人不少,也许是哪个怒火中烧的丈夫报复也是可能的，这个我们都还在调查，却一直没有线索。"

"多谢你能信任我，要我这个热心市民说，杀人案件，只要利益足够大，收益超过风险，发生在一个副行长身上不足为奇。"

苏瑞光起身告辞，他回头说："对了，还有一件小事，唐静和冯高明养的一只小狗丢失了，据说两天前又找到了。"

七

接连下了几场雨，贴在路边的寻狗启事已被雨水淋得看不清了，唯有"立可爱"奶茶店边上贴着的启事还完好，因为奶茶店上面有骑楼，因此没有被雨水淋湿。

童理站在前面仔细地看着这张寻狗启事。

启事上有一张狗的照片，这是一只非常招人喜欢的银狐犬。

启事上写着某月某日狗在附近走失的具体情况，以及狗的一些明显特征。从启事上的语气可以推断出，主人非常焦急，并愿意给找回失犬的好心人5000元酬金以示感谢。

童理事先向苏瑞光打听了相关情况，他来到唐静每天遛狗必经的河边小路，在路边的椅子上坐下，等着唐静出现。

不久，唐静带着小狗走了过来。唐静大约30来岁，穿一身运动服。她的五官单独来看，并没有什么特别出色的地方，但放在一起却特别匀称合理，让人一眼就能产生好感。

"多可爱的小狗。"童理夸道。

看到陌生人，小白警觉地盯着来人。

小白一身雪白色的毛，像是雪变成的精灵，特别可爱。童理忍不住伸手去抚摸，不料小白立刻警惕地叫起来，它一耸鼻子，咧开嘴露出了两排牙齿，做出一副要咬人的样子，完全变了个样子。

"小白，听话。"唐静呵斥道。

童理赶紧缩回了手，而小白继续警惕地盯着眼前这个陌生人。

"这是您的狗吗？"童理问道。

"是啊，怎么了？"

"它怎么和我在路边看到的寻狗启事上的那条狗特别像……简直一模一样。"

"没错，那张启事就是我贴的，前段时间小家伙走丢了，我都急疯了，幸好最后还是找到了。"

"找到就好,狗不见了主人会非常痛苦,你听过忠犬八公的故事吗?找不到主人的狗每天去等待主人。小白果然和照片上一模一样,那张寻狗启事里的照片是最近拍的吧?"

"是的,照片拍了没多久,刚好用上。"唐静摸着小白说。"它哪有八公聪明,它就是一条傻狗。"

"我当时就想,这么可爱的狗丢了,主人得多着急。你这只是银狐犬吧?我也养过一只白色博美,我叫它雪球,就像是小一号的小白。雪球要是不见了主人,就变得很抑郁,一直不吃不喝趴在原地。"

"博美,好可爱啊,小白什么都好,就是太敏感了,看到陌生人就叫,要是家里来个送快递的,抄煤气表的,那还不闹翻天。"

"是啊,是啊,"童理颇有同感,"我们家雪球也是,小白后来是怎么找到的?"

"有个热心人,看到了我的寻狗启事,说附近有只流浪狗,长得和我们家小白很像,但他也不确定,就按上面的电话打给我。我也没抱多大希望去看了看,结果还真的是它。刚看到它时,一下子也认不出来了,小白变成了小黑,倒是这个小家伙,一下子扑了过来,呜呜地叫个不停,看来在外面没少受罪。"

"那以后千万得拴好绳子,别让它再走丢,这次不管怎么样,都算是运气好。小白,再见哦。"童理起身点头告辞。

小白早已不耐烦,扯着绳子拉着唐静往前走。

八

"狗走丢了。"童理说。

"这个我知道。"苏瑞光说。

"狗走丢的这段时间,也刚好是凶杀案发生的时间。"

"这个我也知道。"

"假如这个不是巧合呢?"

"你是说,有人故意让狗走丢?狗和凶杀案有什么关系呢?"

"假如是这样,会发生什么情况呢?"

"我想想",苏瑞光说,"凶手进入家中行凶的时候,原本狗会叫,而现在,凶手把狗弄走,不用担心狗叫引起周围邻居的警觉了。凶手因此可以更加放心大胆地行凶。"

"是的,但这是显而易见的作用。"童理说。

"你的意思……除此之外——假设狗是故意丢失——还会有什么用呢?"苏瑞光问。

"当然有啊，比如狗没有发出声音。"

"我不明白你说的。"

"你记不记得上回我在电台节目里说的，没有发出的声音往往比发出的声音更加重要。"童理接着说道。"如果狗在家里，发生了凶杀案，狗叫声固然会惊扰到凶手行凶，但银狐犬毕竟不是一种看家的烈性犬，并不难对付。可是你有没有做另一种假设，发生了凶杀案，而狗没有叫，邻居们如果报告说没有听到任何声音，这就让凶手有了明确的指向——凶手和狗很熟悉。而后一种对凶手威胁更大，因此在这种情况下，凶手有更大的动机让狗消失。就这件事情的收益来说，狗消失了，熟人的收益远远大于陌生人。"

"熟人？如果是唐静或者和小白很熟的人杀了冯高明，狗的确不会发出叫声；如果狗没有叫，的确会让我们锁定嫌疑人的范围缩小很多。因此在这个节骨眼儿上，狗失踪了……"苏瑞光感觉有了点思路，"唐静！可是，问题是，就像你上次说的什么粒子，唐静不可能既在家里杀人，又同时在另一个地方吵架。"

"是量子力学中的粒子。"童理笑道。"瑞光，我给你看样东西。"

童理从口袋里拿出一张纸，苏瑞光接过来一看，是一张寻狗启事。

"这是我从唐静家附近的墙上撕下来的,这张启事是狗丢失的第二天,也就是3月18日贴上去的。我今天见到了这只狗,它叫小白,的确是一只非常怕生的狗。我还发现了一个反常现象,狗从丢失到找到一共经过了17天,也就是小白在外面流浪了半个多月,可是对比这张近照,狗却没怎么瘦,身上脚上也没任何划伤的地方。作为一只家养宠物并不具备野外觅食的本领,在野外挨饿,有上顿没下顿才合情合理。因此,我猜小白可能并没有丢失,无非被寄养在了某个地方,所以这才有刚才的推测。"

"狗并没有丢失?"

"对,如果狗没有丢失,那我们可以接着往下推论,这就像当大厦的一块基石被动摇后,其他梁柱屋顶都会岌岌可危。"

"你是不是也怀疑唐静?她是如何作案的呢?"苏瑞光问。

"没错,我的确怀疑她,如果是她做的,小白的事情就能解释得通了,可是她又绝对不可能有作案的时间。当我每次思考这个问题的时候都觉得走进了死胡同。有一天,我忽然明白我错在哪里了,我刚刚说了,当这座大厦的基石开始动摇的时候,那即便是不可能发生的事也同样不再是坚如磐石了。"

"你究竟怀疑谁?"苏瑞光好奇地问。

"一个最不可能的人。"

九

莫月琴接到上次联系过她的一个女警察的电话,说有一些情况要向她了解一下。

两人约在莫月琴住所不远处的一个安静的公园里。

莫月琴来到约定的地点,对方还没有来,她有点焦虑地向公园的大门张望。

公园里有几个大伯在打太极拳,还有几个年轻的妈妈推着婴儿车在扎堆聊天,玉兰花像一群停在枝头的鸽子,开得一大片一大片的,风吹过时一些花瓣便无声地飘落下来。

一切显得格外安静。

一个女人牵着一条小狗走过。

忽然,小狗发现了莫月琴,仿佛看见了亲人,它愉快地摇着尾巴,然后扑了过去,它后腿站立,前腿使劲地挠着莫月琴的裤子,嘴里发出呜呜的声音,还不时地蹦跳起来想往她的怀里钻。

莫月琴一下子不知所措,她并不认识眼前这个女人,这是怎么一回事呢?

两小时前,唐静接到常去的宠物医院电话,说听说唐静的小白找到了,最近本市流浪狗中发现了携带狂犬病的狗,让她尽快到宠物医院给小白打疫苗。唐静到医院打了疫苗,宠物医生说小白打完疫苗还要观察几个小时,同时再做个驱虫;另外,一会儿最好做个全身检查,毕竟流浪了这么长时间,还可能吃进一些没法消化的有害东西。

唐静和医生约好下午来接小白,就走出了宠物医院。小白眼巴巴地看着唐静离开。

唐静没走多久,医生就带着小白来到和警察约定的地方。果然,小白看到莫月琴,就愉快地扑了上去。

苏瑞光和童理在不远处目睹了这一幕,一切和童理猜测的一样。

十

唐静和莫月琴交代了作案经过。

唐静是一家医院的内科医生。她对病人耐心细致，口碑非常好。

当有一天，一个女病人的眼睛直勾勾地看着她时，她感到一丝异样。

这种异样像电流一样，让她心头酥麻。这个年轻的女病人留着短发，长得很精神，浑身有种英姿飒爽的感觉。她就是莫月琴。

以后她每次来都是找唐静看病，唐静耐心地给她讲解病情，莫月琴听着像是入了迷。

很快，她们成了闺蜜，一起吃饭一起逛街一起看电影。

莫月琴在某一天拉住唐静的手，向她表白了爱意，唐静感到，这份爱，她从来没有感受过，它远远超过丈夫对她的爱——如果有的话，那也是曾经的——千倍万倍，她知道，为了自己，莫月琴什么都愿意为她做。

小白就是莫月琴送给唐静的生日礼物，这是个惊喜，当小白从盒里探出头看着唐静的那一刻，她就深深地喜欢上了这个小东西。虽然冯高明多次扬言要把小白扔掉，但唐静还是死死地护住小白，仿佛小白是自己的孩子。

唐静和莫月琴一有空，就带着小白一起出去玩，莫月琴也同样喜欢小白。

找到了爱情，唐静对冯高明的频频出轨毫不在意，甚至潜意识里巴不得他别来缠着自己。冯高明是个有暴力倾向的人,表面上看起来文质彬彬,可是动起手来却像是换了个人,稍不如意,就对唐静拳脚相加,处处往狠里打。

莫月琴抚摸着唐静身上的伤痕,怒火中烧,她要找冯高明算账,但都被唐静拦住了。

唐静说:我想好了,和他摊牌离婚好了。

莫月琴紧紧抱住唐静。

可是突然发生了一件事,唐静怀孕了。

莫月琴想了想说:虽然是你和冯高明的孩子,但我希望你把孩子生下来,我和你一起抚养好了。我们能把孩子培养成最优秀的人。

莫月琴越想越高兴,她每天想着给唐静买点儿什么吃的,以后该怎么和孩子相处,孩子长大是什么样子。

两人憧憬着未来,在草坪上,她们坐在一起,孩子和小白在互相追逐,一切是多么幸福。

反倒是冯高明,对有了孩子的唐静还是照样动手,唐静默默忍受,她觉得,这样的日子快到头了,想到莫月琴,她就感到温暖。

有一天,冯高明为了一点点小事,对唐静又是辱骂又是拳脚相加,唐静拼命求饶,说她有身孕了。冯高明冷冷地说：谁知道是哪里来的野种。说着越打越狠。

唐静自己是医生，她感觉到不大对劲，赶紧挣扎着拨打120电话，送到医院后还是流产了。

冯高明不以为意，继续在外面鬼混，连医院都不去。

莫月琴哭成了泪人，她说："冯高明不但是个虐待狂，还是个杀人犯，他杀了我们的孩子，我一定要报仇。"

唐静性子没这么刚烈，一直在劝阻着莫月琴。实在劝不住，最后她说："除非你能保证自己没事。我已经失去了孩子，不能再失去你了。"

十一

杀死冯高明的计划可以说天衣无缝。

至少唐静和莫月琴是这么认为的。

为了这个计划，她们筹划了很久，比如让冯高明和莫月琴偶遇，很快冯高明上钩了，这点毫不意外。

两人发展成为情人关系，唐静扮演了受害者的角色，上门和莫月琴撕打。

这件事曾让冯高明一度感到怀疑，唐静怎么像变了一个人，通常她对自己在外面胡来根本不在意，可是这次为什么反应这么激烈。

不过,这种怀疑已经不重要了。

唐静没有勇气下这个手,当然,这件事需要莫月琴来做,她性格里有着一般女人没有的胆识和狠劲。

3月27日那天,莫月琴打电话说,她有一些事情要找冯高明谈,并且想马上和他谈。而唐静早上就离开了家,说要回娘家一趟明天才能回来,于是冯高明就放心大胆地让莫月琴到自己家中。

莫月琴特别嘱咐他去楼下买瓶她爱喝的红酒,中午12点20分,莫月琴来到冯高明家中,他已经在喝酒了,见到莫月琴,他特别高兴,让她一起喝几杯。

莫月琴借口去洗手间,出来时见冯高明正喝得起劲,乘其不备,她偷偷拿出藏在布袋里的一把锤子,狠狠地砸晕了他。紧接着用准备好的绳子将他勒死,拖到门旁。她之所以要用这种残暴的手法杀人,就是为了给警方造成是男性惯犯行凶的假象。接着,莫月琴又仔细处理了自己可能留下的指纹和其他痕迹,随后关上门离开。

在几乎同一时间,唐静来到莫月琴家里,在门口拼命地砸门,直到有邻居探出头来看。

门其实并没有上锁,她推门进去,按下了早已准备好的录音机。里面两人争吵、哀求的声音是她们事先在一个无人的地方录制好的。

录音机大声播放着两人争吵的录音，唐静则不安地坐在椅子上等着莫月琴，她不知道莫月琴那里是否一切顺利。她紧张地计算着时间。

莫月琴终于从院子的后门悄悄地溜了进来，朝唐静点了点头，然后说：一切都办好了。唐静悬着的心一下子放了下来，两人按计划好的，在屋外继续上演了一场撕扯头发和衣服的武戏，这让原本很多躲在家中偷听的人被吸引到了屋外，众人目睹了两人的厮打，同时也成了有力的不在场证人。

莫月琴带着被划破的脸回到家中，然后报警。

这就是事情的过程。

至于小白——两人的确周密考虑过每一个环节——当莫月琴走进家门，小白很可能上去欢迎，这会让冯高明起疑心。另外，假如发生了凶杀案，小白没有叫，也很容易被人锁定怀疑目标，至少是熟人作案。

她们当然不会丢弃小白，她们珍惜所爱的一切。最好的办法是暂时让小白失踪一段时间——养到莫月琴乡下的熟人那里。

这差不多是桩完美的谋杀案。

离完美只差一点点。

十二

童理领养了小白,他并没有一只叫雪球的狗,这是他第一次养狗。

他对小白很好,买了最贵的狗粮,但总是觉得有点对不住小白。

小白不久也喜欢上了童理,但它还是习惯性地对着门趴着,直勾勾地看着大门。它希望有一天它真正的主人能回来带走它。

突然,它的耳朵竖了起来,站起身来对着门口狂吠起来,仿佛家里着了火一样。

有人在门外。然后传来了敲门声。

童理开门,是苏瑞光。

小白仍然不肯罢休,咧着嘴露出牙齿,拼命狂吠,做出欲扑状,仿佛想把这个陌生人给赶出家门。

童理安抚了好一阵,才让小白相信这个人不是什么坏人,而是主人的朋友,于是它继续趴到了一边。

"读书那会儿,我只是觉得你转笔转得比我好,现在我知道了,你真正转得好的是脑子。"苏瑞光感慨道。"如果你没想保密的话,能不能和我说说你是怎么想到怀疑莫月琴这个人的?"

"你还记得我讲过的那个幸存者偏差吗？就是那个关于二战飞机该在哪里增加装甲的故事。真正受到致命伤的飞机我们是看不到的，我们所看到的只是被筛选后的表象。因此我想，我们看到的未必是真相，或者只是别人想让你看到的，没看到的那部分才是最重要的。"

童理接着说道：

狗发出声音固然是个信号，但狗没有发出声音却是关键的信号。当我把怀疑目标移到唐静身上时，我又重新梳理细节、往回推理的时候，发现了另一个很有意思的问题——酒，因为它也是凶杀案时间的锚点。

冯高明为什么要去买酒？他为什么不买自己通常喝的酒，那是不是有人要来，要求他买的？

假设是有人要他买，那这个人可以到自己家里来，一定是非常熟悉的人，并且可以穿着睡衣去迎接，那关系肯定非同一般。

这个人可能是谁呢？老朋友或者同事上门，就算对酒有要求，也会自己带来，客户当然不会这样出现在家中，领导更不可能，我忽然想到，也许是她的情人。

可是这又和我原来推断的那条逻辑线产生了矛盾，既然唐静刻意把狗藏起来，而来人又可能是冯高明的情人，冯高明从来不带小白出去，小白当然不会认识冯高明的情人，这到底是怎么回事呢？

是不是唐静在保护着这个情人？这人又是谁呢？唐静为什么要保护她呢？

于是我想到了莫月琴。

假设这个情人是莫月琴呢？

如果这个推论成立，唐静的不在场证明就值得推敲。我突然意识到，我是否又在犯幸存者偏差类似的错误，她不在场的证明太过完美，有十多个证人，可是我们是否太看重发出的声音那部分，而对于没有发出的声音却忽视了。

唐静在莫月琴家中争吵，我们便会理所当然地认为莫月琴在家，可是除了声音有人看到她了吗？没有，只有13点两人撕扯的时候邻居才见到她，声音是可以伪造的，这么长的时间足够她作案了。

那为何唐静要和莫月琴合谋，如果她和唐静之间有什么呢？她们之间一定有了某种密切的关系，同性之间的爱和异性之间的爱并没大区别，可是她们的爱需要的成本更高，比如异性恋没有的社会偏见，因此这种爱也会更加坚固。

最后，要证明我的推理，最重要的前提就是小白认识莫月琴，否则唐静不会把小白藏起来。证明了这点，其他成立的概率就很大了。

小白不会说话,也没有在现场,可是它却是本案最关键的证人,是它指证了莫月琴。

"在判决下来之前,你有机会见到唐静和莫月琴吗?我想托你带样东西。"童理说着,便取出一个信封,"告诉她们放心,我会把小白照顾好的。"

苏瑞光打开信封,看到里面是一沓小白的照片,这是最近童理给小白拍的照片,在阳光下的山坡上,小白蹲在草坪上,像一团白雪落在草地上,它吐着舌头,仿佛对着镜头在笑。

宫灯之谜

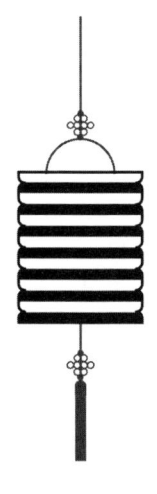

在经济学的世界里，事情不是总如表面看起来那样。

——美国经济学家 保罗·萨缪尔森

一

罗薇和白婷约好,在白婷公寓前的电话亭边上碰头,一起去看元宵灯会。

白婷的房子租在偏僻的城北麻子坡横山路的公寓楼,那一带是山坡地形,麻子坡是因解放前这里有个麻风病院而得名。民居楼沿着山坡高高低低地分布着,这些房子修建于上世纪七八十年代,如今显得有点破旧了。不过,白婷租住的金海岸单身公寓楼却是新建不久,坐落在这里显得格外特别。

时间已过黄昏,路上的街灯已经亮了,灯光穿过树叶,满地留下斑驳摇晃的影子,另一些影子则映在灰色的居民楼墙面上,仿佛一幅泼墨画。

一大群麻雀停在树上叽叽喳喳地叫着,几只野猫正在垃圾桶里寻找美食,看见有人走过,麻利地跳下来,嗖的一下消失在树丛里。

看着空无一人的狭长弄堂,罗薇心里抱怨着:"这个鬼地方。"

在快要转到横山路的时候,忽然前面窜过来一个人影,这人几乎和罗薇迎面撞上。

那人闪身飞跑而去,转眼不见了。

"赶着去投胎啊,怎么有这么冒冒失失的家伙。"罗薇被吓了一跳,心里嘀嘀咕咕地骂道。

忽然她想到,刚刚这个人有点熟悉,不过只是擦身而过,她一时也想不起来这是谁。

到了横山路后,步行没几分钟就到约定的地方了,罗薇远远地看见了黄色电话亭。

但她很快注意到电话亭边上有一堆东西,她放慢了脚步向前走去,神经不由自主开始有些紧张,因为这堆东西像个人。

她越走越近,原来真是一个躺在地上的人,她壮着胆子上前查看,很快她认出了躺在地上的人是白婷,并且身下还有一大摊血迹。

二

童理约了苏瑞光在公安局附近的一家拉面馆吃饭。

"最近你手头上有什么特别的案子?"童理问。

苏瑞光想了想说:"好像真没什么离奇的案件,比较大的就是装饰城纵火案和麻子坡杀人案。"

"麻子坡杀人案?我听说了一点,你能不能再详细地给我讲讲?"

"破案上瘾了吧,去我们刑侦支队做顾问吧,不是开玩笑,你有空是得给我们上上课。"苏瑞光笑着说。

"别打岔啊,快讲讲这个麻子坡杀人案。"

"好,我就讲讲这个案子。"苏瑞光说。

在2月20号傍晚7点40左右,有个女人打进报警电话,说在麻子坡横山路发生了一起凶杀案,警察大约十分钟赶到现场。

被害者名叫白婷,今年27岁,下江市龙门镇人,在鹿州从事陪酒娱乐行业,她的社会关系比较复杂。报警人叫罗薇,是白婷的朋友,也是从事陪酒娱乐行业的。两人约好在白婷住所前的电话亭碰头,一起前往城北广场观看灯会。

经过现场勘查,死者的致命伤是匕首多处插入肝脾等致命部位,导致大出血身亡。现场有搏斗和挣扎的痕迹,附近有居民反映曾听到喊叫的声音,因为这一带治安很差,所有没人敢出来查看。

罗薇提供了一条重要线索,她在拐到横山路的时候,曾经差点撞到一个人,这个人有点熟悉。在警局询问的时候,她终于想起这个人很像白婷的前男友詹斌。

警察很快找到了詹斌,他显然无法拿出这段时间的不在场证明,只是说在自己家里睡觉。警察对比现场发现的指纹,证明就是詹斌的。经过搜查后,在詹斌家中发现了一件沾有死者血迹的衣服,显然詹斌还没来得及处理掉。

据调查,詹斌曾因故意伤人罪坐过两年牢,现无固定职业。他和白婷曾经是恋人关系,后来两人关系恶化,据白婷的好友说,詹斌经常纠缠白婷,有时甚至采取盯梢等手段骚扰过她。

警方由此推断,这是一起报复杀人案。

"詹斌认罪了吗?"童理问。

"这倒没有,可能知道杀人的后果,他还想负隅顽抗,也拒不交代把凶器丢到了哪里。"苏瑞光说。

"那他自己是怎么说的?"童理问。

"他说白婷只是因为一些误会和自己分了手,之后他多次想找白婷复合,均被拒绝。于是他就采取盯梢手段,希望有机会解释。那天他来到白婷的住所,正在犹豫要不要上楼。这时看见白婷下楼,他当时心里想看看,是不是白婷有了新男友,就躲在暗处观察。

"据詹斌讲,白婷一个人在楼下等了七八分钟,走过来一个身穿黑色上衣的男子,回头看了她一眼,然后就走开了。三分钟后，这个男子忽然跑回来，拽住白婷的手提包就要抢夺，白婷死死护住包，男子拿出刀威胁，白婷仍然弯腰抱住拎包。男子恼羞成怒，拔出刀就猛刺过去。

"詹斌说，整个过程不到一分钟，等詹斌反应过来，大喊一声冲过去，男子撒腿就跑。詹斌称，他把白婷抱在怀里，故而身上沾满血迹并留下指纹。因为眼见那个男子在前方十来米处，他觉得自己身强力壮，能够立刻擒拿住这个所谓凶手，于是他没有选择报警，而是不顾危险冲过去追赶歹徒。

"再后来的事情，詹斌是这么解释的，因为这一带岔路太多，他追出去跑错了路，并的确和一个女子差点相撞。在一个三岔路口，歹徒消失了，詹斌只能选择沿着一条道路追赶，可是到后来发现是条死胡同，却不见凶手踪影，于是折回来。看到案发地已经是警笛大作，他因为自己曾经坐过牢，怕这件事情解释不清，于是悄悄离开了现场。至于那个所谓的歹徒，詹斌解释说，由于事发突然，并且天色已暗，他根本没看清对方模样。"

"你认为詹斌的陈述可信吗？"童理说。

"当时我觉得疑点很多，比如没有第一时间阻止凶手，没有立刻报警等。但出于紧急状态，人的反应也可能不够理性，这就当作一种可能性考虑。关键还是证据，毕竟他有完整的作案时间、作案动机以及血衣物证，很可能他在要求复合被拒绝后，恼羞成怒动手杀了白婷。"苏瑞光说。

"你觉得我这个推断有问题吗，经济学家？"苏瑞光有点不自信地问。

"应该没问题吧。"苏瑞光又自问自答。

"我们不妨再多调查一下。"童理说。"判断案情的真相，用经济学的术语来说，就相当于买入一份判人有罪的期权。现代实物期权理论的发展告诉我们，推迟决定是值得的，因为可以获得更多的信息。我们所需要做的是权衡推迟的成本和等待获取新信息的价值，判断两者孰轻孰重。"

三

苏瑞光和童理在酒吧里找到了罗薇。

罗薇二十四五岁，涂着很浓的眼影和口红，手指中夹着一根烟。

"苏警官，你今天找我还是为了白婷的案子？"罗薇问道，她的脸上露出职业性的微笑，微笑中带着长期熬夜的憔悴。

童理没有见过白婷的照片，但他从罗薇身上似乎看到了白婷的影子，毕竟她们都是同一类人。

"你以前见过几次詹斌？"童理问。

"两三次吧，在我认识白婷以前，他们就分手了。我遇到过詹斌几次。我问白婷这是谁啊，白婷说是前男友，已分手了。可是詹斌一副不死心的样子。我和白婷说，这种人就是个小白脸，虽然模样不错，可是自己没工作，家里也没钱，不过是个吃女人软饭的家伙，千万别和再他纠缠了。"罗薇说。

"白婷平时的工作是什么？"童理问。

"工作？警官，你难道不知道吗？"显然罗薇把童理也当作警察了。

"你能不能具体说说看。"童理说。

罗薇似乎不愿意回答这个问题，她深深吸了一口手头的摩尔烟，然后把烟吐了出来，像一条喷出一团墨汁准备逃跑的墨鱼，把自己隐藏在烟雾后面。

"这有什么的，就是陪男人喝喝酒、唱唱歌、玩玩骰子吧，别的要干点什么，那就是她自己的事情了。"罗薇的眼神有点挑衅地盯着童理。"白婷长得漂亮，追她的男人可多了，那些有钱的男人都愿意把票子花在她身上。她越是傲气，他们就越是愿意花钱，你说你们男人为什么这么贱啊？"

"这么说，她收入挺高的？"童理没在意她的眼神，继续问道。

"是的，她的钱挺多的，并且一点也不小气，不过这钱也不好赚，什么变态的客人都有，有的人白天道貌岸然，到了晚上就成了下流的变态色鬼，拼命想办法揩女人的油。还有稍不满意甩手就是一个耳光的也很常见。白婷为人很豪爽。姐妹们有点什么急事，她总是慷慨地借钱给别人，连借条也不会要别人打。有个姐妹的孩子得了白血病，她立马去银行取了一万块钱，说大家凑点钱，再困难的日子也会过去。"

"没想到白婷为人还不错，这么年轻就被杀了，真是可惜。"苏瑞光感叹说。

"是的，她这个人重义气，对钱看得很开，赚得快也花得快。只可惜这人好像挺倒霉的，老是碰到这种晦气的事情。"

"你说的'老是'是什么意思，她还碰到过什么事情？"童理追问道。

"是这样的，几天前我们从一家酒店吃完夜宵出来，这时候突然有个男人从后面冲过来，一把抢过白婷的拎包拔腿就跑。我们都要去追，没想到白婷一把拦住我们，说算了算了，万一是个亡命徒呢？钱没了可以赚，人都没事就好。可是你要知道,这包里我知道的就有一个小姐妹还给她的八千块钱现金,加上她平时也总会带个几千块在身上。这还不算,光是那只LV包,买的时候就花了两万多。"

苏瑞光睁大眼睛说:"这个事情你没记错吧?"

"怎么会?当时有好几个人在场,我给你名单,包括那晚还钱给她的那个小姐妹,你去核实好了。"罗薇说道。

四

路上,苏瑞光颇有点兴奋。

"童理,多亏你提出要再见见罗薇,有件事我终于明白了。现在你听听我用你的经济学来分析这个案子。别说,经济学真是个好东西。"

接着苏瑞光开始分析案情。

"刚刚,罗薇说白婷是个不大在意钱的人,因此有人抢劫她价值数万元的拎包,里面还有上万块的钱,她也不肉痛,并且还拦着别人去追。这件事情是不是事实,我们很容易证实,基本上罗薇不会撒谎。我们在凶杀现场检查过白婷的包,这个包是个普通的帆布包,价值不会超过两百块,包里除了一个银行纸袋里放着的两千块钱,以及一个钱包里有千把块钱,没有其他值钱的东西。"

苏瑞光接着说:"现在我们就用经济学来分析,一个人对钱的态度不太可能发生太大变化,几天前她数万块钱的东西被抢,她毫不在乎。但为了一个几千块钱的包,她就豁出性命去保护,这可能吗?"

苏瑞光胸有成竹地说:"显然,答案是不可能,这有违常理。所以,我找到了破解本案的关键,就是詹斌根本就是撒谎,他编造了那个有人抢劫钱财的谎言,但是他万万没想到,几天前就发生过类似的事情,死者根本不可能为了一点钱财和凶手纠缠拼命。所以,这个案子的真相就是詹斌杀了白婷,并编造了抢劫的故事。"

"人的行为总是有一致性的,因此结论就是詹斌就是凶手。"苏瑞光对自己的经济学结论很满意,虽然他知道,自己对这门科学知之甚少。

苏瑞光看着童理,等着他给出肯定的答复。

童理没有回答。

五

"我们再去现场看看吧。"童理说。

两人来到现场。苏瑞光向童理介绍当时的情况。

"这里是命案现场。"苏瑞光指着一个电话亭说。

这条路比较偏僻，周围住宅也不多。两人沿着这条路一直往前走，"这里就是罗薇差点撞到詹斌的地方，然后詹斌就一直顺着这个方向跑了。"苏瑞光往前一指。

两人继续沿着詹斌跑的方向往前走，是一个三岔路口，分布着三条不同的小路。

"走，我们往这边看看。"童理说。两人一直往前，最后发现是条死胡同。

"据詹斌说，当时他追到这里才折回来的。"苏瑞光说。

两人折回来到了三岔路口，又沿着另一个方向，越走越偏僻，最后只剩一条上山的路。

他们把最后一条路也走了一遍，这是条通到主干道的路。

"我们去白婷的公寓看看吧。"童理说。

两人来到金海岸公寓，苏瑞光找到物业管理员，出示了证件，在物业管理员的陪同下，用备用钥匙打开了白婷住所的门。

"你熟悉房主白婷吗？"童理问物业管理员。

"不是很熟，不过我认得这个人，她经常收寄一些快递。"物业管理员回答道。

房间干净又整齐，除了衣柜里的衣服，你绝不会联想到任何和陪酒女相关的事情。一个书架上放着不少书，一本打开的书正翻过来放在桌上，封面是《德伯家的苔丝》，可能她最后下楼前一直在看这本书。

看着翻开的书、还晾在露台的衣服、没有收拾好的餐具、夹着几根长发的发梳，童理有一丝伤感，仿佛这些物品是走丢主人的小狗，正在原地趴着静静地等着主人回家。

童理推开一个小房间，被里面的东西吸引住了。

"这些是什么？"他指着房间里的东西问道。

苏瑞光之前来看过，他回答道："这是白婷的一个业余爱好，手工。她喜欢做一些灯笼。"

小桌上放满了刻刀、胶水、颜料、毛笔、锯子等工具，还有一堆木头、绢纱、钢丝等原材料堆在边上。一盏快完工的宫灯放在桌上。

童理小心翼翼地拎起来看了看，这宫灯做得非常精致，绢纱上用手工画着山水画，款式看起来非常古典。

"这和专业的也没啥区别。"童理说。

"是啊，这个白婷倒是和一般陪酒女不同，别人喜欢玩乐、购物，她喜欢做灯笼。"

"你联系过她的家人吗？"童理问。

"我们联系到了白婷的哥哥，他在邻市工作，白婷的后事由他料理。他们父母的身体都不好,白婷的哥哥没敢和父母讲,怕他们会承受不了。准备找合适的机会再说。"

童理悄悄带上这个小房间的门之前,又看了一眼桌上的那盏宫灯。

六

童理要到了白婷哥哥的电话,电话里他询问了一些关于白婷的事情。他只说是白婷生前的好友,另外他还提出想知道他们父母的地址,去看望一下,并承诺绝对不会说白婷的事。

"你是白婷的男朋友?"她哥哥对妹妹这个朋友有点好奇。

"那倒不是,我们就是很好的朋友,请你相信我好了。"童理真诚地说道。

白婷的老家在邻省的一个县城里。

坐火车到了下江市,然后转乘中巴就可以到了。

童理坐在中巴上看着窗外无尽的田野和起伏的山峦,道路两边的民居都还贴着春联,虽已过元宵,但春节的味道在空气中还未消散。

童理自己也感到奇怪，为什么千里迢迢为一个陌生人奔波，如果用成本和收益似乎绝难解释。童理想，这就是好奇心吧，一旦好奇心打开认知的一个缺口，就非要弄个水落石出，找到一个答案。

是的，他心中有很多疑团。

车开进县城，道路前面是一座古老的城门，仿佛是一个张大嘴的怪兽。中巴缓缓穿过，门洞里用红色油漆写着十年前风靡一时的保健品广告，和那些已经褪色的油漆一样，这些红极一时的产品也早已没有了踪影。门洞两边摆着各种水果摊、小吃摊，汽车在人群中缓缓移动。

过了城门，很快就到了车站，童理能强烈地感受到这座县城古朴的气息，尽管不可避免地有很多摩登的商场，但还是有大量上世纪七八十年代的建筑保留着。虽然这些建筑说不上美，但是时间让它们散发出一种让人宁静的气息。

童理问了几次路，终于在一栋老式居民楼前停下来，门口有几个男孩子在打水枪玩，这里就是白婷父母的家。

居民楼的墙上爬满了绿色植物，他顺着楼梯往上走，两边贴满了通下水道和房屋中介等的小广告，墙壁上攀沿着各种管线。

童理敲开门，家里白婷的父母都在。

两位老人有点疑惑地望着童理。

童理说，他是白婷的同事，刚好出差到这个县城，白婷托他带点鹿州的特产给二老。

"你是白婷的同事啊？怎么她也没事先打个电话。她在单位里好不好？做文秘是不是很辛苦？"白婷妈妈打量着童理说。

童理的眼镜和老师儒雅的气质让她感到放心。

童理愣了一下，随即答道："挺好的，都挺好的。"

"她很少回来，回来也住不了几天就走了，电话也常常打不通，这不，好长时间没打电话回家了。不知道为啥这么忙？"白婷的妈妈一边问，一边去泡茶。

"是这样的，我们工作都比较忙，她也是没办法。"童理瞥见墙角有个电炉，炖着一个砂锅，喷着带着中药味的水汽。

白婷爸爸找出烟问童理抽不抽，童理说不抽，他就一个人默默地自己点上烟，坐在一边不再说话。

"伯父原来是从事什么工作的？"

"我吗，孩子王，我原来是中学里教语文的。"

"怪不得，白婷喜欢看书，原来是遗传您的。"童理说道，这话不假，在她最后下楼前，还在看书。

白婷妈妈端上了茶。

"伯母，我问你个事，我一直好奇，白婷为什么这么喜欢制作宫灯，这个你知道吗？"

"这个我当然知道，白婷的外公、太外公都是做宫灯的，我们家做宫灯是家传手艺。她从小就看着她外公制作宫灯。怎么，她在那里也做着玩？"

"是啊，她做得可好了，我们都很喜欢。"

"工作这么忙还玩这个。"白婷妈妈说。

"她平时寄钱回家吗？"童理问。

"她一个人在外面，花钱的地方多着呢，我们都有退休工资和医保，又不缺钱，叫她别寄钱了，可是她偏不听，每隔三五个月总要寄个几千块过来让我们吃点好的，全国去玩玩，你说她也真是的。"

看着墙上白婷一家的合影，童理感到心头忧伤，有些说不出话来。

"她这个人脾气特别倔，在单位没少顶撞领导吧？"白婷妈妈问道。"小时候有几个男孩子欺负一只流浪狗，她居然上去和这几个男孩子干了一架，头破血流地回家，哎……"

"哪有，我们大家都很喜欢她，领导对她也很好。"童理说道。

他又聊了一会儿，便起身告辞，说工作上还有事情要处理，下回出差路过再来拜访。

白婷妈妈从房间里拿出一盏小巧精致的灯笼塞给童理，说可以送给小朋友玩。

"白婷她没事情吧？"白婷妈妈送童理到楼道口轻声问。

"没事没事，她挺好的，你们自己多保重。"童理再次说。

童理手里拎着宫灯，觉得沉甸甸的。

七

童理坐在回来的中巴上，窗外，那些村庄、湖泊和群山都渐渐沉入茫茫的夜色之中。他心里想着白婷，人们可以高高在上，指责她这个或那个，可是你不是她，又怎么知道她曾经历过什么呢？

童理接着又想起她的父母，想起她妈妈把灯笼交到他手里时的眼神。他为他们感到难过，也由此想起自己的父母，就在车上给他们打了电话。

童妈妈声音洪亮，不像是六十多的人："儿子，你放心，我跟你爸都好着呢，你好几天没回家吃饭了，要不周日你过来？不跟你说了，我要跳广场舞了。"

童理笑了。

周日吃完晚饭，平时童理这个时候就会告辞，这天他说："爸妈，我陪你们聊会儿天吧。"童妈妈说："聊啥啊，一会儿你王伯伯和淑珍阿姨还要到我们家来搓麻将呢。"

"没事，没事，你们玩你们的，我坐你们边上看你们玩。"

"你这是怎么了？在学校里遇到不顺心的事了？交女朋友了？还是想辞职下海了？"童妈妈说。

"你还真会联想。"童理说。

吃完饭，收拾好桌子，王伯伯和淑珍阿姨就来了。

四个人铺上桌布拿出麻将玩了起来。童理拖过一把凳子坐在妈妈边上。

淑珍阿姨说："今天这么难得啊，小童啊，你这个教授平时不是忙得很，又要做课题研究，又要上电台做节目，今天怎么有空陪妈妈玩牌？"

童理笑着说，这段时间比较空闲。

他计算概率比较有天赋，指点童妈妈打哪张牌，吃哪张牌，不久童妈妈就赢了不少钱。

"不行不行，这是作弊，我们这些老头老太怎么玩得过经济学的教授。"王叔叔抗议说。

"好好,我就在边上看,不说话。"童理笑着说。

童妈妈风头渐渐转了,不再赢钱。

童理看着妈妈,注意到了一个细节。

童妈妈开始所有赢的钱都放在右口袋,输了也从右口袋掏钱。输得多了,右口袋掏空了,她便从左口袋掏钱。

他还发现,从右口袋掏钱,显然麻利多了,从左口袋掏钱则有点犹豫。

"妈,你们这么一点麻将钱,你还要装两个口袋啊。"童理问。

"这个你就不懂了,左口袋装的是今天的本钱20块钱,右口袋是今天赢的钱。如果左口袋钱没少,那剩下右口袋的钱都是赚的。"

"都是人民币还搞这么复杂?"童理说。

"这个你就不懂了,左边是本钱,右边是赚头。只要右边还有钱,我打牌就敢冒险去把做大的。"

八

"这个案子可能另有真凶。"童理说。

苏瑞光瞪大眼睛问:"你这是什么意思,你有证据吗？"

"你别着急，我有证据不就让你直接抓人了嘛，我也只是推断，你把我的意见作为参考。这个詹斌并不一定撒谎，他说的很有可能是真的。至于真凶，应该是年龄在二十多岁，身高一米八，手臂上有文身，家住城北，无业，有盗窃抢劫前科。你们可以顺着这个方向查。"

"好，我去排查一遍。如果真是，那你就是神探了。"

很快，警察在排查中发现了一个有盗窃前科的嫌疑人，对当天的行踪也无法提供不在场证明，在警方强大的心理攻势下，他承认了杀人犯罪的事实。在他的指认下，警察从河里打捞出了凶器——一把匕首，上面的血迹经DNA检测证实是白婷的。

据犯罪嫌疑人交代，一开始只是想抢劫拎包，不料对方不从，就拿出匕首威胁，结果对方死命抢夺并且呼喊，慌乱之下才行凶杀人的。

当他发现附近有人追过来时，急忙逃窜。后来才听说那个女人死了，所以这段时间他一直躲在朋友家里，没想到警察会找上门来。

苏瑞光对童理说："我有太多疑问，今天你必须给我讲明白了，我才会放你走。"

"你放心吧，我今天来就是告诉你，我究竟是怎么想的。"童理说。

"我最大的疑问是，我的推理错在哪里？白婷路上遭遇抢劫，包里有上万块钱，包本身也值几万块钱，为什么她就不搏斗，甚至还阻止别人帮她去抢回来？可是同一个人，为什么为了几千块钱一个不值钱的包，就豁出命去？这个不符合常理，也不符合经济学是吧。你给我好好解释一下。"苏瑞光说。

童理从包里拿出一样东西放在桌上，说："答案就是这个。"

这是一盏小巧玲珑的宫灯，就是白婷妈妈送给童理的那盏灯笼。

"我越发不明白了。喂，你是个老师，不能说话不明不白的，你得让学生明白是吧。"

于是童理讲述他的推断过程。

九

我们在那天走进白婷的房间，看见小房间里有一盏宫灯，你是否还记得，这盏宫灯制作得相当精致？

白婷之所以会做宫灯是因为她出生在宫灯制造世家，

她妈妈、外公、太外公都是制作宫灯的，也就是说，这个也是祖传手艺。

白婷会制作宫灯，因此她在空闲的时候制作宫灯玩，这个解释确实也说得通。但是我在现场看到的却是她有很多制作材料，这些材料足够制作十来只宫灯。而她整个家里，却只有一盏未完工的宫灯，那么其他的宫灯去了哪里？

也可能是送人了吧，结果我问了一圈，在她周围的人不但没有人得到她送的宫灯，甚至不知道她会做宫灯这件事。事实上，她并不想别人知道她在家干吗，这就是没有人去过她家，她约人总是约在楼下，而不是让别人到自己家里来的原因。

那么我的疑问就是，这些宫灯去了哪里？

我想到了一件事，物管曾经说过，白婷有很多快递，那是不是她在寄出这些宫灯呢？我问了负责这栋公寓的快递员，询问白婷每次快递箱子的大小，他告诉我的尺寸刚好能装下这些宫灯，并且快递的地址全国各地都有。

她把这些宫灯发往全国各地，那说得通的原因就是她在销售这些宫灯。

于是我上网去查，果然发现有一个销售宫灯的卖家贴出的图片和她的宫灯非常相似，更重要的是，这个卖家在2

月中旬以后,没有销售记录,也没有更新过图片。

我几乎肯定白婷在销售这些宫灯,但同时有一个更大的疑问在我脑子里产生。作为爱好,巴菲特也可能拉小提琴,但他绝不会靠拉小提琴赚钱,因为拉小提琴每小时的收入远远不及他投资股票的收入。

同样,白婷很受客人欢迎,她陪酒每小时的收入可以达到成百上千,可是一盏宫灯手工制作需要近七八个小时,售价只有一两百,这还包括了成本费用,显然只要她是个有经济头脑的人,就不会靠制作宫灯去赚钱。那么她为什么要卖掉这些宫灯呢?

十

当我被这个问题困惑时,却意外遇到一件事。

我发现我们家老太太在搓麻将的时候,会把钱放在两个衣兜里,一个兜里是本钱,本钱会小心翼翼地用,而另一个兜里放着的是赢来的钱,这个钱反正是白来的,输赢都不怎么肉痛。

同样是钱,为何态度会不同?于是我开始寻找经济学上关于这个问题的解释。

我在学校资料库中发现了芝加哥大学有个名叫理查德·泰勒的经济学教授在1999年写的一篇论文《心理账户的作用》。在这篇文章里,他提出"心理账户"的概念。

通俗地讲,"心理账户"就是钱和钱是不一样的。多数人在动用大笔存款购买贵重物品时,对金额的尾数连看也不看一眼,可是去菜场买菜时却又变得斤斤计较,拼命和摊主讨价还价。人们把钱分在各个账户,比如娱乐消费账户、教育账户、养老账户、投资账户等,归入不同类别的账户会被分开计算。

泰勒说,人们把实际上客观等价的支出或者收益在心理上会划分到了不同的账户中。这种心理账户的存在影响着人们以不同的态度对待不同的支出和收益,从而做出不同的决策。

两个心理学家奇普·希思和杰克·索尔也曾做过一项研究证明心理账户的存在。他发现大多数MBA学生都为吃和玩制定了周预算。希思和索尔询问了两组实验对象,他们是否愿意买一张周末的演出票,其中一组实验对象被告知他们这周已经花50美元看了一场篮球赛——看演出和看球赛属于同一类预算,而另一组实验对象被告知他们这周已经被开了一张50美元的违规停车罚单——被开罚单和看球赛属于不同的预算。实验结果发现,那些看过球赛的学生不大可能去看演出。这是因为学生会把看球和看演出的支出列入同一账户，而汽车罚单支出则列在另一账户。

理查德·泰勒说：赢钱的人似乎并不把赢的钱当钱看，这种心理十分普遍，赌徒常说一句话："用庄家的钱赌。"也就是说，赢钱时，你是拿赌场的钱而不是自己的钱在赌博。我们几乎在任何一个赌场都会看到这种行为，如果一个非职业赌徒晚上赢了一些钱，你可能会发现被称为"双兜"心理账户的情况，如果一个人带了300美元去赌场赌博，结果赢了200美元，此时，他会将300美元放在一个兜里，认为这些钱是自己的，然后把赢得的200美元筹码放在另一个兜里，而通常情况下这些筹码会被用来继续下注。这个就可以解释我老妈的行为了。

十一

接着说更重要的发现，随着对这个问题的深入研究，我还发现了一些很有意思的例子。

在挪威奥斯陆的女职业舞蹈演员通常会去夜总会兼职，她们会把工资、福利金记录在长期账户上，小心翼翼地把它们用于租金等长期费用。但是她们会把夜总会献舞兼职所得的收入和小费记录在短期账户上,这些钱被这些女人用于购买酒精和服装及首饰上,如流水般挥霍一空。一位舞蹈演员说:"不义之财分文不值。相比那些小费,我会更加小心谨慎地对待自己半个月一次领到的工资。"

费城的犯罪团伙成员也会对手头的钱用"干净的钱"和"肮脏的钱"严格分门别类。比如有个叫马蒂的成员喜欢去教堂,他经常从母亲给的钱中拿出一部分,进行小额捐赠,但是他不会拿偷来的钱或贩卖毒品的钱作为捐款。"不,"他否定说,"这是肮脏的钱,这钱不干净。"

现在回到白婷这个案子中。

她是个孝顺的女儿,她想把钱寄回家给父母用,可是她觉得陪酒赚的钱是"肮脏的钱",她的父亲是中学老师,如果接受这些钱对他是个绝大的侮辱。孝顺父母必须是"干净的钱",制作宫灯赚钱虽然辛苦,可是这钱来得干净,拿这些钱孝敬父母问心无愧。于是她把所有的业余时间都用在制作宫灯上,虽然一盏灯只能赚一两百块钱,但这钱她赚得开心。

她把这些卖宫灯的钱小心翼翼地积攒着,每当有个三四千,她就会高高兴兴地把这些钱寄回家去。

所以现在我可以回答你的疑问了。当白婷的包第一次被抢劫时,里面的钱是陪酒的小费,她不在乎这些钱,甚至有点看不起这些钱,于是她阻止别人冒险去追。

白婷把宫灯销售收到的钱放在包里,准备有空给父母汇过去。可是这时她遇到了歹徒。这次她拼死护住拎包,她把这些辛苦赚来孝敬父母的钱看得比命还重要。

詹斌看到的一幕是真实的,但是我们在当时并不理解。

十二

"在我想明白这些道理后,还有最后一个问题,那就是真凶在哪里?"童理说。

"我也正想问你这个问题。"苏瑞光说。

"在回答这个问题前,我先请你回答我一个问题,在鹿州市,一个市民在一周时间内遇到歹徒抢劫的概率是多少?"

"这个吗?我没统计过,只能粗略给出答案,我市一周之内发生的抢劫事件不会超过10起,那么我们的常住人口有300万,那也就是30万分之一吧。"

"不错,那我再接着问你,一个人在一周之内遇到两次抢劫的概率呢?"

"那就是900亿分之一吧?"苏瑞光回答道。

"你有没想过,这么小概率的事情,为什么会发生在白婷身上呢?"

"从概率这个角度,的确是天文数字的概率,可是如果发生那就是发生了,这个概率就是百分之百。"

"之所以会发生这种天文数字的低概率事件,是因为你的计算方法错了。"童理说。

"算错了,那错在哪里呢?"苏瑞光问。

"我再问你一个问题,波音飞机飞过大西洋引擎出现故障的概率为十万分之一,考虑到此类航班的班次较多,这样的风险还是应该避免。因此每架越洋飞机都配有两个引擎,那么两个引擎同时出现故障的概率是多少呢?"

"两个引擎同时出现故障的概率应该为100亿分之一,对吗?"这次苏瑞光已经不确信了。

"当然不是,因为两个引擎发生故障不是彼此独立的事件,如果飞机起飞时迎面飞来一群鸟,那么两个引擎可能同时出现损坏,同样,许多其他的因素也会对飞机引擎造成影响,比如天气变化、维护不当,所以当一个引擎出现故障,那么第二个引擎出现故障的概率肯定要远远高于十万分之一。"

苏瑞光忽然明白了什么:"你的意思是白婷两次抢劫也不是彼此独立的事件,否则也不会发生两次被抢劫这种低概率的事件？"

"你终于明白我的意思了，假如一个人轻轻松松抢到了价值几万块钱的财物，居然没有遇到任何反抗。那么他一定会对这种方法上瘾，这样来钱来得太容易。人会重复他容易来钱的方法，因此很可能是上次那个歹徒再次作案。上次抢劫的地点和白婷常去的夜总会很近，因此歹徒会在那一带游逛，当他再次发现白婷后，他就跟踪了白婷，伺机再次作案。"

童理接着说："我询问了第一次抢劫事件中的目击者，得出了歹徒的基本特征。当我们在现场调查时，发现麻子坡的路非常难认，在三岔路逃跑时歹徒没有走死胡同，也同样没有走有监控的大路——警察查看过这个监控的录像，只走了一条通到山上的小路，轻易地逃走了，这说明他很可能对这一带非常熟悉。于是，综合这几点我提出了寻找歹徒可能的线索。"

十三

童理把白婷母亲送给他的那盏灯笼放在书桌上。

夜晚，他盯着这盏灯笼出神。

在这盏灯笼里，童理看到重叠着一幕幕情境：一个色眯眯的男子，手搭在白婷肩上滑动着，白婷忍着厌恶面带微笑；在夜深人静的时候，她认真地用笔画着灯笼的图案，脸上充满了希望；欢场上挂着金链的客人豪爽地扔出一沓钞票，白婷把几杯白酒一饮而尽，看都没看一眼这些钱；白婷死死地护着拎包，不肯放松，即使歹徒一刀接一刀地刺过来……

假如只用收益和成本，那人们永远无法理解白婷的所作所为。

人性往往比人们想的还要复杂，而这些复杂的情感，其实藏在我们每一个人的内心。即便我们身处阴沟浑身淤泥，连自己都对自己感到鄙夷时，但内心深处却仍然有这么一盏灯笼在微微发亮。

童理划了根火柴点亮宫灯里面的蜡烛，房间在烛光的照耀下一下子熠熠生辉。

海岛之恋

人脑是一部高度易错的机器,不过它总是以某种可预测的方式犯错。

——英国经济学家　尼克·威尔金森

一

童理刚走出鹿州广电大楼,便被一个人叫住。

他回头一看,一个三十来岁、身材苗条、表情略带哀愁的女人站在身后。

"您还记得我吗?"这个女人有点不好意思地问。

童理迅速打量着眼前这个女子,很快他就记起了来人。

"施媛,是你!高中你就坐在我前面,我怎么会不记得,你可是当年我们一中的校花。"

童理记得在高中时还暗恋过她,他当然不会忘记这位少年时代的女神,只不过转眼间彼此都是三十多岁的人了。快二十年过去了,她比少女时代更多了一份成熟的美。

施媛有些不好意思,但这种羞涩一闪而过。

她迟疑片刻说:"有件事情,我想请您帮忙,但又觉得非常冒昧……假如您帮不上忙,一点没关系,因为这件事我甚至不知道该怎么开口。"

"你说哪里的话,只要我能帮上忙,我一定愿意。"

"我实在想不出找谁可以帮忙,有一天我听到您的节目,忽然想到或许可以找您,一来您是大学教授人脉广,二来我觉得您的分析能力强,或许可以找您试试,我也是瞎撞,我还担心您根本记不得我呢。这件事说来话长……"

二

和二十四五岁时媒人踏破门槛截然不同,过了三十岁,就很少再有人来替施媛说媒了。

施媛照着镜子,对自己的容貌和气质还是颇有自信,二十四五岁不将就,那么过了三十更不能将就了,仅仅因为自己年纪大了,就马马虎虎找一个自己不喜欢的,那还不如自己一个人生活。尽管偶尔看到昔日的同学一家三口其乐融融,颇有些羡慕,但随着自己阅历的增加,对另一半的要求却越来越明确。

当然,施媛不是说一定要找个有钱的或者当官的、家里有背景的,但是非得是情投意合彼此说得来的,能让自己动心的,这一点,施媛绝不马虎。可是越这样,就越遇不到自己中意的,于是婚姻的事又拖了好几年,施媛也想好了,以后就一个人过好了。

这个时候,有人给她介绍了王默林。

王默林原来在海岛城市秀沙岛上工作,他在一家公司从底层员工一直做到了公司副总。几年前,他辞去了公司的工作,来到鹿州市一家公司担任高管。这家公司在全国行业里排名数一数二,鹿州市几乎人人知道这家公司,能在这样的公司担任高管,说明这个人还是颇有能力的。

第一次见面是在一家餐厅,王默林虽然只比施媛大三四岁,但看起来要老成得多。施媛原来预想的是一个说话滔滔不绝的商人,没想到这个王默林人如其名,是个相当沉默的人,他一直耐心倾听施媛说话,从不会打断她,只在偶尔插一下话或者点头表示赞同。

假如施媛愿意向对方倾诉,那就说明她对他大致还满意,她心想,这个人相貌虽然一般,但看上去稳重务实,给人放心的感觉。说话虽算不上风趣,但是作为倾听者实在是很称职,假如你有什么事情问他,他也能很快给你一个靠谱的答案。

默林对施媛也非常满意,或者说是喜欢。他总是用一种非常柔和的眼光看着她,这跟施媛以往那些相亲对象——要么是高傲的眼光,要么是谄媚或者色眯眯的眼光截然不同。这让施媛很有好感,于是她答应两人可以继续交往下去。

在日后的接触中,施媛越发相信自己的选择是对的,默林是个很低调的人,丝毫看不出他是大公司高管,穿的衣服、戴的手表和开的车，无一不是最普通的。同时，他最大的优点是能够容忍，更确切地说是自然而然地接受施媛所有的毛病——他也许真心并不认为这些是缺点。

她想，这个男人的内心一定像海一样广阔。

要说默林的缺点，当然也是有的，就是他人比较闷，很少谈论自己。施媛对他过去的海岛生活很感兴趣，总是问东问西，他每次都一言带过，不愿详谈。

最让施媛不满意的是，他对自己的恋爱经历绝口不提。施媛把自己几次恋爱经历爽爽快快都说了，然而默林却故意扯开话题，或者含糊地说没有交往过的女性，这个鬼才信。

他这个年纪，凭他的能力，应该有不少姑娘会喜欢吧。再说，交往过几个女性也再正常不过，何必遮遮掩掩死不承认。这个年纪从没交往过女性才显得不正常。

除此之外，施媛并没有发现其他的毛病，默林也是奔着结婚去的，施媛的父母对默林也颇为满意，这样交往不到一年，两人便结了婚。

三

婚后的生活令施媛感到相当幸福，她确信自己这么多年来的等待是值得的。她从前的梦想有些含含糊糊，现在她感到越来越明确，自己喜欢的就是默林这样的男人。每一天的相处，每一个温暖的言行，让施媛少女时代朦胧的梦想逐渐清晰起来，原来自己想要的就是这样一个家。

当施媛半夜从梦中醒来，她透过月光看着身边这个男人，觉得自己像一艘小船停靠在港湾里，这个男人均匀的呼吸仿佛是有节奏的海浪拍打着岸边，一股幸福感油然而生。

也许是心有灵犀，有几次施媛也发现，丈夫在自己睡去后，用同样的眼光看着自己，她深信，默林也同样深爱着自己。

施媛以为，自己的人生就会按着这个轨迹行驶下去，生儿育女，然后一起变老。

然而这一切，在半个月前的一天戛然而止。

施媛清楚地记得这一天是10月20日，默林在整理行李，他说公司派他去广州出差四五天，最多不会超过一周。像默林的工作，出差是再正常不过的事情，她默默地帮丈夫整理好行李，出门前，默林抚摸着她的头发，若有所思又恋恋不舍。

"这么大个人，怎么像个刚去外地上大学的小孩子啊。"施媛笑道。

默林也笑了，他把行李放上出租车，从车窗里伸出手向她挥手告别。

施媛一直看着汽车消失。

这也是她最后一次看到自己的丈夫。

一开始,默林每天打来电话,陪施媛说一会儿话,当然,他还是很少提及自己的工作,只说你放心吧,一切都好。

大约四天后,默林在电话里说,我事情都处理好了,明天就可以回来了。再之后,他就没有任何音信,电话打过去也是关机。

让施媛真正感到恐惧和不安的是,她找到默林所在的公司。在这之前她很少去他的公司,他的同事中也没有她认识的人。当公司负责人听说这件事后惊愕地说:公司并没有让他出差啊,他只是请了年休假,说自己有些私事要办。

这一刻,施媛觉得天要塌下来了,以往构建的美梦在这一刻突然惊醒。曾经梦中静谧的港湾被风暴骤然摧毁,参差不齐的破舢板被撕成碎片卷上海滩,岸上的灯塔和防波堤土崩瓦解,往日里皎洁的月光顿时被乌云吞噬。

四

童理觉得这件事情有些复杂。

"那么，后来再也没有他的任何消息了吗？"他问。

"是的，从那天他说马上回来之后，就再也没有他的消息了，仿佛是人间蒸发了。"施媛的眼睛含着泪水。

"你有没有报案？"

"这就是我想找你的原因，我从他公司里出来，就马上去公安局报案了，他们也立了案，可是他们认为这是一桩普通的人口失踪案，或者涉及传销组织，或许有别的原因，过段时间人就会回来，这类案子可能太多了，他们只是让我等消息。可是我哪里等得住啊，四处托人打听，刚巧我在电台听到你的节目，虽然您分析的是经济，但是我觉得这和失踪案的道理也有些一样，所以才冒昧找到你。"

经济学和人口失踪案有什么关系，这可不好说，但这件事情中的离奇之处激起了童理的好奇心，更何况这件事对自己这位老同学来说，是天一样大的事情。他拿出笔和本子，又问了若干细节。忽然他想起了什么，说："如果你方便，我想看看你先生留在家里的东西。"

当童理走进施媛的家中，立马感觉到了这个小屋的温暖，房间整整齐齐，每个杯子和摆件都擦得干干净净，卧室的大床上铺着粉红色床单，床头挂着她和王默林的婚纱照，童理盯着王默林的照片看了一会儿，这是一张坚毅的脸，有着深邃的眼神，但这样的人往往让人看不透他在想什么。

"他几乎没有什么私人物件，工作笔记和电脑啥的都放在单位，他很少替自己买东西，他的衣服什么的几乎都是我买的。"施媛说。

突然，她想起了什么，弯腰跪在地板上，在床底寻找。

施媛从床底拖出一个不大的行李箱。

"他这个箱子，我打扫卫生的时候拖把撞到时曾经问他里面是什么，他只是说这是一些以前的东西，然后就不再多说了。并且，这个箱子一直是锁着的，我从没见过里面究竟是什么，我去找个东西把它砸开，看看里面究竟是什么。"

"不用不用，这种密码箱我能打开，所有密码箱开箱的规律都是一样的。"童理赶紧制止了施媛。

童理很快打开了箱子，里面的东西放得整整齐齐，一件式样过时的皮夹克，也许是默林很早以前买的，应该买的时候价格不菲，但显然这个式样早已过时，但默林又舍不得扔。施媛的直觉是这件衣服一定是别人买的。皮衣下面是一部佳能的单反相机和几本影集，童理和施媛一起翻看了一下相册。

"原来默林还喜欢摄影，这个我从来没听他提起过。"施媛自言自语道。

相册里所有的内容都是海岛风光，有渔民出海打鱼的情景，也有女人们坐在一起修补渔网的场景，还有海岛上各种古老的建筑。但最多的是大海。默林特别喜欢拍阴云低沉的海面，波涛撞击岩石。还有些照片拍的是一缕阳光从密布的阴云中射出来，落到海面上金光闪闪。

这些照片拍摄得相当专业。

"我不知道他还是个摄影好手，看来我真不了解他。"施媛感叹说。

在箱子最底下有一个本子，施媛翻开看了一下，全然摸不着头脑，她交给童理，说，你来看看这是啥。

童理仔细翻阅了一下，笔记本上面全部是密密麻麻的数列，有的是六位数，有的是七位数，还有的是八位数，比如843759、54923876等，除此之外笔记本上就没写什么。

"这是不是什么密码？"施媛疑惑地问。

整个笔记本看起来的确像是一个密码本，"这些我拿回去仔细瞧瞧。"童理指着笔记本和相册说。

五

童理打听来的第一条消息，施媛其实已经隐隐猜到了。在10月20日这天，默林并没有买去广州的车票，而是买了去秀沙岛的车船票。

童理想起那个温馨的小屋，他实在不明白，一个男人为什么要抛弃自己的家，去欺骗善良的妻子？秀沙岛上又藏着怎样的秘密？

但童理相信，有些事情，即使看起来非常古怪，却一定有可以解释的原因。

有一件事情，童理在小时候怎么也想不通。那时候他经常去学校边上的一家小吃店去吃馄饨，这家店的老板是个脾气和蔼的中年男人，他对顾客总是彬彬有礼，如果你觉得吃的食物有什么问题，他立马给你重做，毫不吝啬。并且，他对小孩子是最亲切不过了，即使你在他这里做作业他也从不干涉，偶尔没带钱又馋不过，在他这里赊账也没问题。童理曾经一度想，这样好脾气的人做自己的老爸该多好。

可是偶然间小童理听到一件令人震惊的事情，这个老板对自己的家人既凶狠又粗暴，他不但对自己的老婆像是对打工的伙计，对待自己的儿子更是像个暴君，稍有不满意，就把那个和童理年纪相仿还在读小学的儿子暴打一顿。

这件事小童理怎么也想不通。为什么一个对顾客礼貌又友好的人，当他沿着楼梯爬到小吃店上面自己的家中时，他就像满月的狼人，完全变成另一个人？原本彬彬有礼、说话和蔼的他，变得脾气暴躁、怒不可遏呢？

当童理学习了经济学后，他开始用经济学理论解释小吃店老板那些令人费解的行为反差：老板做生意要和其他小吃店竞争，这个行业彼此的竞争是很激烈的，因为如果你想开个小吃店，你不需要太大的资金投入或接受什么专门训练，任何一个普通家庭主妇都能开起这样一家店。

正是由于小吃店这个行业竞争激烈，礼貌和良好的服务才能赢得顾客，招揽回头客。粗鲁的态度和糟糕的服务则会吓跑顾客，最终只能关门。所以市场决定了老板对顾客的服务态度。

而家庭关系则不存在这样的市场竞争，在家庭关系中，他处于垄断地位，于是他就不用收敛他的脾气了。

因此，不管是王默林故意隐瞒或者撒谎，一定有其他原因，那他的动机又是什么？

六

"你收拾一下，学校里我已经请了假，我们一起去秀沙岛走访一下，或许能找到什么线索。"童理说。

"你这么忙，这得耽误你多少工作啊。"施媛颇为意外，满脸抱歉地说。

两人坐火车到了梧州市，再从梧州市上船前往秀沙岛。

客轮鸣响了汽笛离开码头驶向大海。

施媛站在甲板的栏杆前看着大海，远处一些岛屿的轮廓依稀可见。她想，也许在半个月前丈夫就是站在这里看着大海。他一定非常热爱大海，否则他也不会拍这么多大海的照片。

行驶的轮船像巨大的铁犁翻起有些发黄的海水，渐渐地海水开始变得越来越清澈，一些初次见到大海的游客兴奋地指指点点，而更多的是频繁来往于海岛和大陆的乘客，他们静静地坐在船舱里看着电视，嗑着瓜子，童理坐在这些人中间，专心看着王默林留下的笔记本，周围的一切似乎和他毫无关系。

船靠了岸，乘客涌出船舱，其间还夹杂着摆渡的汽车、摩托车和自行车。施媛和童理挤在人群中缓缓下了船。

施媛看着秀沙岛的一切：骑着摩托车的年轻人车喇叭里高声放着流行音乐到处乱窜；热闹的海鲜大排档人头攒动，散发着一股烧烤的油烟味；那些高高低低的楼房像积木一样任性地排列着……这就是丈夫工作了十多年的地方，也许他就在这里吃过大排档，在那里拍过照。

施媛心里喊着：默林，你究竟在哪里？

虽说是远离大陆，但是岛上同样也经济繁荣，市区高楼林立，到处在开发房地产。如果没有四面环海，那么这里和其他城市并没有太大区别。

"我们现在去哪里？"施媛问道，她觉得自己这些年来凡事都已经很依赖丈夫，她对如何开展调查毫无头绪。

两人打车来到一家酒店，酒店有点偏僻，安静整洁，但隐隐有点潮湿发霉的味道。这里最大的好处是房间的露台都对着大海。

童理要了两间房，服务台的中年妇女有些好奇地多打量他们几眼，可能通常到这里来的都是情侣或夫妻。

办好了登记手续，童理拿出一张照片问："麻烦向你们打听件事，上个月的20号到23号，这个人是不是住在这里，你们是否有印象？"

施媛吃了一惊，原来自己的丈夫到了秀沙岛的确住在这里。

"你怎么知道默林住在这里？"施媛轻轻地问道。

"这简单啊。"童理不以为然。

施媛心想，她虽然不知道童理从哪里打听到的，既然他能查到他的车船票购买记录，那么也能找到他的住宿记录。

海岛上民风朴实，一听需要帮助，几个服务员围了上来,但看了后都摇摇头,其中一个说,把小余叫来问问她。很快一个叫小余的胖乎乎的女孩从楼上走下来,她看着照片想了一会儿说:"有这回事,这个人我印象挺深的,因为一般都是夫妻或者情侣住在这里,这位先生是独自一人,所以有印象。"

小余回忆说:"这个人每天早出晚归,好像在办什么事。"

"你见过有什么人找过他吗?"童理问。

"好像没人来找他,他很少待在酒店……我想起来了,是有这么个人来找他,是个年轻女子,年纪看着比这位女士再年轻些。"小余指着施媛说道。

施媛的心猛地一下颤抖。施媛看着比实际年龄小很多,别人说她最多像30岁,那么这个女人可能比自己年轻好几岁,可是默林为什么要偷偷摸摸跑到这里来见一个年轻女子。

小余继续说道:"这个女的长得挺好看的,我忍不住多看了两眼,所以印象挺深的。两人说了一会儿话便一起打车出去了,她只来过这么一次。"

"她说话的口音呢?是不是本地人?"童理问。

"那倒没听见他们说话,男的轻轻地说话,女的则不停点头。"

"这个客人最后一天离开时是带着行李吗？"

"是的。"

"其他还有什么你觉得特别的事情的？"童理问。

"好像没了，要是我想起来的话马上告诉您。"

七

相比城市，海岛的节奏慢了很多，这就有一个好处，使人们有机会观察别人。

第二天小余打来电话，说她想起一件事，她见过这个客人在边上的花店买花。从时间上看，默林下榻的第二天，就去了花店买花。

花店离默林住的酒店步行仅几分钟，里面客人很少。虽然时间过去了这么久，花店的老板娘对默林居然还有印象。

"因为他不像那种挑三拣四的客人，而且价格也没问，当时他指着一捧白百合说，麻烦给我包起来，我问他要不要其他花卉配一下，他说不用了，就这个百合好了。所以我对这个客人有点印象。"

施媛的脸色有点难看。

她曾经研究过花语，白百合代表纯洁、心心相印和伟大无私的爱,丈夫究竟要把这束花送给谁呢?

童理不以为然,继续询问着默林是否是一个人来的?他走的时候是步行还是随即打车等细节。

默林买了送给女人的花,两人还在宾馆碰头……这一幕幕在施媛面前闪过,这大半个月来的惶恐和担忧她一直煎熬着,这一刻她忽然站立不稳,一下用力抓住童理的胳膊……

童理轻轻拍拍施媛的背,仿佛在说,再坚持一下,我们已经离真相很近了。

"接下来怎么办?"施媛问道。

"我们去默林的原工作单位去打听打听。"

默林原先所在的秀沙机电公司有着气派的门面,两只石狮子高傲地看着路上的行人。

公司的办公室主任接待了两人。

"我来得晚,和王默林没有交集,不过我曾听人说起过他,他在公司的口碑相当不错。"年轻的办公室主任说完拿起电话,用秀沙本地话说了一通。

"我们这里人员流动性挺大的,熟悉王默林的人已经不多了,我找了个认识王默林的同事,你们可以问问他。"主任说。

一个穿着蓝色工作服的精干男子来到会客室,童理说明来意。男子说:"默林哥是个人缘很好的人,我和他交往不深,但也受到他不少关照,真是挺感激他的,后来听说他去了大城市,我觉得他工作能力强,大地方才适合他发挥才能。"

"你对他的私人生活了解吗?"童理问。

"这个还真不了解,他工作中也很少提及私生活。和他走得很近的几个同事也都离开了海岛,恐怕现在公司里的人都不太了解。"男子说。

走出机电公司,童理看施媛脸色苍白,让她在路边的石凳上坐一会儿,他到边上的店里去买两瓶水。

童理推门进去,这是家小型超市,只有一个营业员,收款机边上摆着一台彩票销售机,几个老彩民在和营业员聊天。

营业员说:"这可真是奇怪了,我这个人记性特别好,我清清楚楚记得这个客人一年前在我这里买了5注彩票,这个人之前从没在我这里买过彩票,他自己选的号码,结果有一注中了10万元的大奖,我心想,这个人怎么手气这么好,你猜怎么着?这个人上个月又来了,这次他买了20注彩票,也是他自己选的号码,居然他又中了一个八万块钱大奖。你说这个人怎么运气这么好?"

旁边几个彩民也啧啧称奇,童理没心思听他们聊天,付了钱就离开了。施媛喝了水感觉好了点，两人往回走。

　　两人一身疲惫回到酒店。童理和施媛上了楼分别进了房间。童理一直待在房间里没出来，过了个把小时，施媛去敲门。

　　"我们该怎么办？我觉得好沮丧啊。"施媛无助地看着童理。

　　童理没有回答，他把施媛让到露台的椅子上，两人面海而坐。

　　晚凉天净，月华初开。

　　铅灰色的云层包裹着远处黛色的小岛，海水像幽深的幕布，展现着不可知的过去和未来，它们拍打着黝黑的岩石，有节奏的海浪声渐渐变成一种叙述，再接着，这种不断重复的声音让人感觉不到了，天地开始变得格外宁静。

　　两人久久没有说话，仿佛整个世界沉入了大海深处。

八

　　施媛虽然觉得非常感谢童理，但是她也知道，这件事是强人所难了。童理虽然非常聪明，但他毕竟不是职业警察，花费这么多天陪自己做了一番调查已经是非常难得。

尽管没有结果，但她打心眼儿里感谢这个老同学。她没把谢字说出口，她知道，童理为自己所做的一切，不是谢谢两个字能表达的。

回到鹿州市，施媛想，我就一直等着吧，总有一天会有默林的消息的，一个有手有脚的活人是不会突然蒸发的。她去报案的公安分局询问了几次，均没有答案。

日子一天天过去了，仍然没有任何关于默林的消息。妹妹过来陪她住了一阵，生活没有任何异常。要说有什么不同，施媛还真发现了一点。

她每周二、四两天都会收听鹿州人民广播电台经济之声童理的《经济学现场》节目。似乎有种潜意识，听到这个声音会让她安心，可是从回来以后，这个节目临时换了一个嘉宾，童理再也没出现过。是不是他累倒了？施媛发过几次短信，对方回答很简单：放心，一切都好。

一天傍晚，有人敲门。施媛打开门，见是两个警察。一个是中年警察，夹着公文包，很干练的样子；另一个是位年轻女警。

两人出示了证件后进屋坐下，他俩互相看了看，似乎有些很为难怎么开口。这一瞬间，施媛就明白了他们的来意，她知道，自己担心的事情终于要发生了。

"默林他是不是出事了？"

中年警察看了看女警。年轻女警开口说:"我们的确有个不大好的消息……案件还在调查中,您的爱人王默林已经遇害了。"

施媛转身抱着妹妹哭了很久,压抑多日的担忧、恐惧和痛苦如山洪暴发。

"你要相信我们警察,嫌疑人已经被警方控制,案件很快会真相大白。"中年警察说道。"童理教授是你的高中同学吧,在这个案件中,他提供了最关键的证据。"

九

当王默林的案件侦破完毕,涉案人员也均已落网,施媛专程找到童理致谢。

"你是怎么发现疑点的?"施媛问道。

"那个笔记本啊。"童理回答道。

"上面全是数字啊。你在上面发现了什么?难道是某种密码吗?"

于是童理讲述了他的发现——

对我来说,解开这个失踪谜团的关键是找到默林过去的生活痕迹，尽管他工作过的公司里的人对他不熟，但肯定有别的人了解他。

我想到默林所拍摄的那些照片应该就是寻找的方向。

我仔细看了他所拍的那些照片，有几处反复出现，角度极佳。于是我决定再一次去秀沙岛，当然，这件事我没和你说起。

当我来到秀沙岛，拿着照片询问了几个上了年纪的当地人，他们很快便告诉我，这几处地点在哪里。

照片里的一处在渔港，我来到这里，渔港里密密麻麻停泊着大小渔船，有几艘满载的渔船正往岸上搬运着渔获，一箱箱的海鱼和贻贝被装上车。

我在周边来回走访，只要是看到拿着相机看上去像摄影发烧友的人，我就拿出王默林的照片询问，是否认识这个人？

大多数人都是摇摇头，说从没见过这个人。

一个背着长焦镜头相机、年纪稍大的中年男子反复看了看照片，我觉得看到了希望，没想到最后他还是摇摇头。不过这个男子又说："咱们当地有个摄影家协会，协会里的金会长经常在这一带拍照。几乎所有的摄影爱好者都认识他，或许他知道一些情况。"

"您也认识这位金会长？"我问。

男子点了点头。

我要到了这位金会长的电话，打通了电话上门拜访。

金会长五十来岁，皮肤黝黑，如果在路上遇到，你肯定会觉得这是个地道的渔民，而不是摄影师。他两眼有神，似乎随时能把看到的东西记录下来。在他小小的办公室堆满了资料和照片。

说明来意后，他拿起默林的照片仔细端详，然后他缓缓地说出了一句让我感到无比激动的话："这不是王默林吗？"

我连忙问："你知道他的一些情况吗？"

金会长面有难色，一副不知道当讲不当讲的样子。

我对金会长说："不瞒您说，默林已经失踪快一个月了，家人都报了案，他最后一次出现就是在秀沙岛，我受他家人委托想来了解一下默林的情况。"

"啊，默林失踪了啊！"金会长颇为吃惊。

他起身在书橱里翻着一堆影集，从中抽出几本，然后寻找着什么，他拿出一张照片说："就是这张。"

我接过一看，颇感意外。原来是默林和一位年轻漂亮的女子在海边手拉着手的合影。

金会长说："这个女人是默林的女朋友，两人感情很好，默林拍照总带着她，有次我觉得两人的身影和身后的海天似乎浑然一体——你知道的,我们搞摄影的对美特别敏感,我便拍下了这张照片。"

"那么,这个女的现在在哪里,你有她的线索吗?"我问。

金会长迟疑了一会儿说:"这件事情现在想想真是有点奇怪,为什么这么多怪事会发生在他们身上?这个女人五年前发生意外掉进海里淹死了,也不知道她为何一个人在黄昏到没人的悬崖边去散步。现在默林又忽然失踪了……"

十

"她死了?"我惊愕地张大嘴。

"是的,警方说她的死纯属意外,没想到现在默林也失踪了。"金会长说。

我问:"你有关于这个女子的信息吗?"

"我不认识她,但这个简单,五年前本地的晚报曾详细报道过这件事,我认识这家媒体的新闻部主任,我帮你打个招呼,你可以去问问。"

我见到了当时报道这则新闻的《秀沙晚报》的汪

记者。

汪记者一头白发,已经不跑一线了,他调到了资料部。

汪记者记性很好,他清楚地记得五年前秋天的那场意外。

"没错,当时是我报道了这则新闻。真是可惜,这么年轻的一个女孩。当天她吃完晚饭后对家人说有点事就出门了,到了半夜也没回家,家人到处找却找不到,于是报了警,第二天有人发现了尸体。当时警方经过调查走访和痕迹鉴定,最后认定是死者不小心失足落水。警方从死亡时间来推断,可能是黄昏到傍晚这段时间,死者在悬崖边看风景,因天色已暗一不小心掉下悬崖,第二天早上被垂钓的当地人发现了尸体。"

汪记者继续说:"当时家人觉得颇为奇怪,说女儿从没有一个人傍晚去海边散步的习惯,一定是约了什么人,可是警察调查了半天也没有结果。我当时有记下了死者的名字和工作单位,虽然新闻报道中为了保护隐私都没有提及,但我可以找出来提供给你们。"

汪记者翻了半天,找出一本老式的工作笔记,终于翻到那一页,他说:"有了,这个女子叫于珊珊,生前在当地的彩票中心上班。"

"彩票中心？"

"没错，是秀沙彩票中心。"

我心里一刹那冒出一个想法：王默林在笔记本上记录的会不会是彩票号码？可是他为什么记下这么多彩票号码呢？

我随即问："汪记者，你们这个资料室是不是保存着多年的《秀沙晚报》？上面有没有本地每期彩票的开奖公告？"

"没错，每期的彩票开奖公告报纸都会刊登，近十年的报纸都装订成册，我们这里非常齐全。"

"我能翻阅一下吗？"

"没问题。"

我拿到这些报纸，翻到前些年的彩票公告栏，并拿出一直随身携带的默林的笔记本，一边记录一边仔细核对着数字。

我花了很长时间，终于对上了，没错，笔记本上这些数列就是历年的中奖彩票号码。

王默林人间蒸发，于珊珊是王默林的女友，于珊珊在彩票中心工作，于珊珊出了意外落水死亡，王默林的笔记本上记满了这家彩票中心发行的彩票号码……这所有的疑团,究竟是什么线索将它们联系在一起?

我看着手头的笔记本想,数据会说话该多好啊,如果它们会说话,它们会说什么呢?王默林为什么要记录这些号码,这里面隐藏着怎样一个秘密呢?

十一

我很快找到了于珊珊的家,当我敲门后,一个年轻女子开了门。

这个女子是于珊珊的妹妹,叫于贝贝,当我直接说明来意后,于贝贝感到很吃惊,并告诉了我一些事情:

于珊珊和王默林认识多年,感情很深,到了谈婚论嫁的地步,也是为了于珊珊,王默林才没有离开秀沙岛到大城市去发展,凭他的能力是不该待在这个小地方的。

因为于珊珊,他觉得这里非常安逸和温暖。

直到那一天,噩耗传来,于珊珊的意外落海身亡让默林伤心欲绝,于珊珊的父亲受这件事的刺激,不久就突发脑梗,虽然救回了一条命却长期瘫痪在家,她的母亲也是普通退休工人,此时于贝贝尚在念大学,于是默林就一直资助于贝贝直到读完大学。

于贝贝大学毕业回到秀沙岛，默林也离开了这块伤心地。有一年春节，他特地过来和于家一起过年，说自己恋爱了。于家父母高兴中也带着难过。在吃饭的闲聊时，于珊珊的母亲在数落于贝贝时，忽然说了一句：你可千万别像你姐一样的犟脾气，顶撞领导。

默林就追问："珊珊顶撞了领导？她脾气这么好，怎么可能呢？这是怎么回事？"

于母就说于珊珊在落水前和单位领导为了工作上的事情发生激烈争执，也许就是因为这个她才出门散心，却精神恍惚，不小心落水身亡。

默林当时一下愣住了："还有这样的事情，我怎么一点不知道。"

于贝贝说："后来我就听说默林哥早就觉得于珊珊的死很可疑，可是没有任何怀疑的方向，从这天起他就开始调查彩票中心，可一直也没什么眉目，再后来听说默林哥在鹿州结婚了，我们也都替他高兴，并且我从心里也一直把他当作姐夫。"

"今年的10月20日，默林哥突然在秀沙岛来看望我的父母，接着又让我陪他一起去了姐姐的墓地，在墓地前他一直喃喃自语不知道在说些什么，只隐约听到他说让我姐在下面安心。"

"你是不是曾经去默林下榻的酒店找过他?那天默林是不是拿着白色的百合花去了墓地?"

"是啊,你怎么知道?"

"没什么,你接着说。"

"到了23号,默林的电话突然打不通了,这让我很是担心,但我爸妈觉得,也许他这次回来是想和过去做个了结,彻底忘了这里曾经发生过的、让他感到痛苦的一切。"

十二

如果默林和他的前女友于珊珊是被谋杀的话,那么证据又在哪里呢?

警方调查过于珊珊之死,没有发现任何疑点,于是得出的结论是她不小心失足掉落大海。

而默林呢?更是活不见人,死不见尸,无从下手。

我突然想起上次在秀沙一家卖彩票的小超市里,店主说有个人只来买过两次彩票,却每次都买中大奖。为什么会有这么巧合的事情呢?

我联想到前几年的一个新闻,在西北某个城市里,一个彩民抽中了一张特等奖彩票,这张彩票的奖品是一辆豪华轿车。但没想到两天之后,他被告知彩票是假的。这个彩民将彩票中心告上法庭,要求彩票中心履行兑奖义务。没想到这件事情深挖下去,这背后居然隐藏着一个诈骗团伙。

现在所有的线索就是默林留下的那本笔记本以及上面的数字,可是这不过是一些再普通不过的中奖彩票号码。

我反复琢磨,终于慢慢发现了这些数字里的秘密。

也就是说,这些数字自己开口说话了。

这里的道理有点专业和复杂,我尽量讲得简单些让你能明白。

假如你是一位老师,给学生布置了一份作业,要求他们记录一个一元硬币投掷20次以后的正反面,有字的这一面我们记录为A,有花的一面我们记录为B,那么下面两种情形你觉得哪种可能是学生偷懒编撰的,哪种可能是学生老老实实一次次记录下来的?

一个是:ABBBBBBAABAABBABBABB;

另一个是:AABBBABABAABAABBABAA。

你会如何觉得呢?是不是第一个更可疑,更像是编撰出来的？

事实上，这件事和我们的直觉是相反的，如果你没有深入研究这件事，那么很难发现"随机"和"看似随机"之间的区别。如果你投掷了5次硬币，AAAAA和BBBBB的出现概率与其他任何序列的出现概率都是一样的。你不能说它不够随机，尽管它看起来没那么随机。

但是人们对随机性的感知建立在序列的混杂程度上。比如最频繁的猜测随机结果是就BBABA模式。这其实就是一轮B一轮A，多出来的一个B随意混到某一次的结果中。

人们喜欢把B和A分得尽量均匀。相比AAABB或BBBAA，人们更倾向于"充分洗牌"模式如BBABB或BAABA。但同时又认为"交叉洗牌"模式不能太过头了，最不受欢迎的三二分法就是完全交错序列BABAB。

在现实中，如果投掷五次，人们认为BBABA的概率几乎为AAABB的30倍，但这两者的概率是完全一致的。

说了这么多，你可能还是不太理解，这也没关系，我的重点就是，人们对随机有种误解，因此人造的看似随机和自然的真正随机是有区别的。

秀沙岛多年来的彩票发行特奖和头奖,看似号码完全随机,但这是人为的随机,因此这些数字告诉我们,某些人长期在发行彩票中作弊,操控了大奖,然后贪污了奖金。

施媛听得目瞪口呆。

"你千万不要以为数字不会说话,恰恰相反,它们也会告诉我们,哪些是真的,哪些是假的,哪些是人为事先编撰的。"

十三

童理继续讲道——

有一个叫查帕尼斯的人发现,生成随机序列并没有想象得那么容易。1952年,他主持了一场创新性实验。他请约翰·霍普金斯大学的12名志愿者作为被试者写下长长的随机数字序列。每名志愿者拿到了4张画有方框的纸,并被要求每个方框里写一个数字。

所谓的随机,是指每个数字应当有同样的出现概率，且出现时没有规律或顺序。随机数字序列是完全散乱的，不属于任何系统。这个实验中每名被试者在1个小时里要写出2520个数字，这是一项艰巨的任务。正如查帕尼斯所料，被试者们并不特别擅长编造随机性数字。

尽管已经明确实验要求，但他们还是倾向于过多选择某些数字。几乎所有人都很少选0。除此之外，被试者对数字的偏好各不相同。有一个被试者特别爱使用3，另一个被试者则喜欢使用8。

当查帕尼斯观察连续的两位数和连续的三位数时，他发现，几乎所有被试者都用了某些明显一致的模式。10种最不受欢迎的两位数分别是：66、99、00、11、33、44、88、22、77、55，全都是两个数字相同的两位数。

10种最受欢迎的两位数分别是：32、43、21、76、65、10、31、87、86、54。

看出规律了吗？除了两对例外，其他全都是第二位数比第一位小1。

观察三位数，也存在类似的模式。每位数字都相同的三位数，如888是最少有人用的。这意味着，较之真正的随机序列，被试者的表单里很少有同一个数字连续出现的情况。降序的三位数如987，很受欢迎。升序数列如345或234，也都很受欢迎，只不过程度较轻。被试者可能觉得，降序数列比升序数列显得更随机些。321的模式不像123那样能迅速被你认出来。

这些虚构的"随机"数字序列完全不够随机，并且是可以预测的。查帕尼斯的这项研究证明了人类为什么无法捏造随机性。

当骗子在财务数据上造假，或者犯罪分子伪造彩票号码时，他们必须捏造一系列看似正常、没有可疑之处的随机数字。我们现在知道，欺诈性的数字通常会带有查帕尼斯所描述的那种模式。

十四

秀沙岛彩票中心的大奖看似完全随机，但是这些数据却是人为编造的，人为设定的头奖号码会明显具有查帕尼斯实验中的特征，因而仔细研究这些号码的特征，就会露出马脚。

彩票做假需要的是包括公证员、管理高层在内的一个团伙作案，这个团伙为了巨大的利益，犯下了骇人听闻的罪行。

我把这个线索告诉了警方，警方随即展开了调查，通过调取通话记录、监控录像、检查账目、领奖记录，现场走访等一系列手段，事情很快水落石出。

所有领奖人都是彩票中心作弊团伙安排的，他们使用的身份证也均为假冒，多年来这个内部团伙一直控制着大奖号码，作弊私吞金额高达上亿。

当年于珊珊偶然间发现了彩票中心的作弊行为，并声称如果他们不自首就要去举报，他们拉拢不成便决定杀人灭口，故意把她骗到海边，制造出失足落水的假象把她除掉。

默林对这件事本就感到怀疑，得知于珊珊出事前曾和上司冲突后更加感到蹊跷，便开始追查，他也同样研究过这些大奖号码，尽管不知道他用了什么方法，但似乎也追查到了一些疑点，但是苦于没有更多证据，于是想到一着险棋。

默林借口从于珊珊留下的笔记中获知他们的犯罪行为，宣称需要一笔封口费，而实际上是希望在整个交易过程中悄悄录音，然后就可以作为证据交给警方。

不幸的是，犯罪分子已穷凶极恶，他们再次杀人灭口，并把王默林沉尸大海。

这些都是这个犯罪团伙落网后交代的。

事情经过大致如此,唯一尚未确定的就是他们互相推诿,谁才是这一系列犯罪行为的真正主谋。

十五

童理陪着施媛去了秀沙岛默林遇害的海域做了祭奠,对着海面施媛轻声诉说着什么,完了她对童理说:"你陪我去默林常去拍照的地方看看。"

那个海滩有一大片黑色的礁石,大海一遍又一遍有节奏地冲刷着这些礁石,海水呈现出不同的颜色,近处是青蓝色的,远处的蓝色更加深沉。

象牙色的海鸥在天空回旋,它们的羽毛在金色的阳光中闪耀,成群的海鸥大声地嘶鸣着,仿佛正在彼此讲述曾经看到的一切。

海风把施媛的头发吹散,她转头对童理说:"即便在我最感困惑的时候,我只要想到,一个人如果深爱着大海,他的爱一定是异常地纯洁和广阔。想到这里,我对他的怀疑就顿时消失了。"

毒　药

经济学家受的训练，是把自己想成理性的捍卫者，将理性赋予其他人，并提供社会理性的建言。

——美国经济学家 肯尼斯·约瑟夫·阿罗

毒　药

一

一辆满是灰尘的中巴车缓缓驶进鹿州长途汽车站。汽车停稳后，"噗"的一声，车门打开，乘客拎着大包小包陆陆续续从车上下来。

当其中的三男一女四个乘客走下车时，吸引了站台上很多人的目光。

这四人都穿着醒目的传统民族服装。三个男子身穿青色窄袖右开襟上衣，下着多褶宽脚长裤。其中两个年轻后生长得虎背熊腰，身上的衣服都镶有复杂的花边，这些花边的图案由牛眼、羊角、獐牙等组成。而那个年纪较大的长者背有点驼，留着一把山羊胡，衣服上则没有花纹，他在开襟上衣外套了一件羊毛织成的披衫。三人都用蓝布包裹头部，身上斜挎着用细牛筋编织而成的佩带。

那个女子约莫二十三四岁，身上的衣服看上去更考究。她身穿右衽大襟短上衣，下着用多层色布环绕拼接而成的百褶裙。衣服的胸襟、背肩、袖口处用红色、金色、紫色、绿色等明亮颜色的丝线挑绣着各种花纹图案。女子头缠青帕，两边垂下五彩璎珞，双耳戴着用红珊瑚做成的耳饰，脖子和胸前挂着银牌，手上也戴着银镯。

女子身材婀娜，容貌美丽，再加上这一身穿着，使得周围的乘客纷纷驻足观看，仿佛这一群人是来拍戏的。

"胡爷，我们现在该怎么办？"一个年轻人问长者，他被人围观得有点不知所措。

胡爷从包里找出一张纸条，说："曹娃，你按这个号码给童教授打个电话。"

曹娃从怀里摸出一部老式诺基亚手机，照着号码拨通后，把手机交给了胡爷。

"喂，你是童教授吗？我是老胡，就是云南金崖寨的老胡，你还记得吗？"胡爷大声喊着，中气十足。

"胡爷啊，我当然记得。"电话的另一端，童理立刻想了起来。

三年前，童理带着学生考察怒江一带的经济，曾经在金崖寨的头人胡爷家住了半个月，寨子里的人热情好客，胡爷更是一个豪爽的头人，童理颇受胡爷照顾，一直牢记在心，逢年过节都会打电话去问候并寄些礼物。

"胡爷，你怎么这么难得给我打电话啊？"童理问。

"童教授啊，我们寨子里的几个人在鹿州，想办点事，可是这里我们人生地不熟的，所以想请你关照一下。"胡爷说。

"您在鹿州啊,那太好了,您在哪里?我这就过去找您。"童理高兴地说。

当童理放下手头的工作,赶到长途汽车站的时候,看到四人的穿着差点笑出声来。其实在金崖寨,人们也很少这么穿着,大家平时的穿着和汉人没啥两样,除非重要节日或者祭祀等活动。

童理心想,也许他们是第一次到大城市来,觉得要穿得正式些吧,居然把过节的衣服都穿出来了。

胡爷见到童理,激动地说:"童教授,最近身体还好吗?你走之后,我可是经常念叨你。你那个胃痛的毛病还犯吗?我特地给你抓了几贴草药带过来。"

上次在金崖寨童理突发胃痛,胡爷连夜去山上抓了草药,几贴下去居然立竿见影,童理连称他神医。

"这几年好了很多,你那个药太神了,你又帮我带了几贴过来啊,实在是太感谢了。这几位是?"童理指着胡爷身边的几个人问。

"来,我给你介绍一下这几个娃子,这两个是曹云、曹林两兄弟,这个女娃子是祝芳。"

童理忍不住多看了祝芳几眼,这样有着天然美的女子在大城市已经很少见了,仿佛是没有雕琢过的水晶。

当女子发现童理盯着她看时,羞涩地低下了头。

童理问:"胡爷,这次到鹿州是来旅游的吗?"

"不不,童教授,我们是来办点事,到时候还得请你多帮忙。"

"您不用这么客气,有事情尽管吩咐我。不知道你们这次来办什么事情?"

"这个说来话长,等你有时间我慢慢和你说。"胡爷的神色有点凝重。

二

童理把四人接到了学校的招待所,这里离自己家也近,一旦有事过来照应也方便。

按照金崖寨迎接贵客的方式,童理又亲自下厨,做了一桌胡爷爱吃的饭菜,还特地去买了胡爷爱喝的烧酒。

晚上只来了三个人,祝芳并没有来。胡爷解释说,她身体不舒服,自己待在招待所早点休息了。

酒过三巡。童理忍不住问胡爷到鹿州来的目的。两个年轻的后生看着胡爷,面露尴尬之色,胡爷说:"虽说家丑不可外扬,但童教授是自己人,说了也无妨。"

事情原来是这样的。

金崖寨有四个年轻后生结伴外出打工，有一天，其中一个突然不见了，两天后，这个人给另外三个人发了短信，说自己独自南下去打工了。

不辞而别这件事本来就很奇怪，更奇怪的是这个不见了的后生家里除了偶尔收到他的短信告知平安外，就再也没有接到他打来的电话，家里打电话过去他也是关机。这户人家的父母急得要死，便找到寨子里的头人胡爷拿主意。

按照村里的习俗，胡爷祭祀了祖宗和神灵，用牛骨卜了一卦，卦象显示了凶兆。后生的家属悲痛欲绝，胡爷则觉得其他三个后生的嫌疑非常大，得知他们均在鹿州打工，于是带着三个族人来鹿州专程查访这件事。

"人口失踪的案子为什么不报警呢？"童理问。

"报了，这个后生的父母觉得不对劲，很快就去儿子打工所在地的公安局报了案，可是该市打工人口众多，人员流动频繁，警察调查了一下就没法再继续。"胡爷说。

"那么我有什么可以帮得上忙的吗？"童理问。

"你看看能不能帮忙查找其他三个后生的下落，你在这里熟人多，只要找到这三个后生，其他事情我们自己来解决。"胡爷说。

"没问题，只要他们还在这里，找个人我还是有办法的，这件事包给我。"童理说。

"来，胡爷，我们再干一杯，这两位小兄弟，我们一起。"童理端起酒碗一干而尽。

这一晚，大家都喝得有点醉意。

三

胡爷提供了三个人的信息，找人不是难事，童理很快通过派出所的熟人掌握了三人的打工落脚点。

为了尽快找到这三个人，他们分了下工，胡爷和曹家兄弟一起去找其中的两个，童理和祝芳去找另一个。

童理开着他那辆旧桑塔纳，当他带着祝芳出现在市郊腾龙建筑公司的工地上时，工人们好奇地停下手头的活，看着穿金戴银、一身艳丽服装的祝芳。

童理向人打听了一下，据工人们反映说，他们要找的那个乔恩保几天前已经离开这个工地了。

这时已经下午一点了，童理指着一家路边饭店说："祝姑娘，要不我们在这里吃点东西，吃完再接着找吧。"

"童教授，要不您去饭店吃，我边上买两个包子在车里等你就行了。"祝芳有些犹豫地说。

毒 药

"这是为啥？不就是多双筷子嘛。还是你们的习俗不允许和陌生男子一起吃饭？我上次去你们那里也没见到有这个规矩啊。"童理问。

祝芳欲言又止。童理说："祝姑娘，我把胡爷当自己家人，他也当我是自己人，你要是有什么事情，就直说好了，如果是寨子里的风俗，我一定会尊重的。"

"我说了您不要害怕，哎，这要怎么说呢……"祝芳鼓足了勇气说，"我是个养药婆，你是否听说过这个？"

童理吃了一惊。

他在怒江考察的时候听到过"养药婆"，但那只是传说罢了。"养药"就是类似于养蛊放蛊一类的巫术活动。传说中的"养药婆"都是年轻漂亮的女子，一旦村里有人死亡，人们就会首先怀疑是某个"养药婆"干的，因此一般村民都不愿和他们来往，尤其是红白喜事最忌讳他们到场。尽管她们都很漂亮，但村里的小伙都不敢娶她们，她们只能远嫁到外地。

"你怎么就是养药婆了呢？"童理不解地问。

"我父母的感情很好，可是阿爸在我很小的时候就去世了，所以阿妈一直没有改嫁，家里就我和阿妈两人。有一年，我家修房子，按照当地习俗，寨子里的人都来帮忙，当修到储物室的地板时，飞出了一些马蜂，还有另外一些藏在朽木下蠕动,几个小伙子眼疾手快,就要拿开水烫死它们,这时发生了一件匪夷所思的事情,阿妈忽然跪下来,央求大家不要烫死这些马蜂。"

"然后呢?"童理问。

"这还用说吗?大家都明白啊,这是家里养的马蜂蛊,如果弄死了马蜂,家里人就完蛋了。从此以后,阿妈和我就成了养药婆,方圆数十里都知道这件事情,村民和我家之间就竖起了一堵无形的墙。所以无论我走到哪里,都会尽量避开人,尤其是人们在吃饭的时候,如果我刚好走过,他们就会赶紧吐掉嘴里的食物,因为害怕我对看到过的食物下蛊。"祝芳神情黯然地说道。

"怪不得你不愿意和我一起吃饭,那天我请胡爷吃饭你不来,恐怕也是这个原因吧?不过我和你说,我可一点都不在乎这些东西,这个不说是迷信,就算是民俗吧,对我可一点不起作用。"童理说。

"你和胡爷一样,都是好人,他也不在乎,在别人欺负我们的时候,他总是保护我们一家,他是头人,别人都听他的,所以寨子里的人也不敢把我们赶走。"

"看来你受的委屈不少,你今年也有二十三四岁了吧,有心上人了吧?"童理问。

祝芳害羞地低下了头:"曾经有,有个外地的小伙子,是个搞农业技术的大学生,我们第一次见面就彼此喜欢上了对方。当他向我表白的时候,我只好向他坦白了我们家的身世,听到我的这些话,他也和你一样,说这些都是封建迷信,他学的就是科学,怎么会在乎这些东西呢?他找人向我妈妈提亲,我这样的人,只能嫁给外地死了老婆的中年人,遇到这么好一个小伙子,妈妈也很高兴。

"小伙子在寨子里人缘很好,喜欢他的姑娘也很多,于是有些是出于好心,有些是出于嫉妒,告诉小伙子我是养药婆,千万不能娶,要不然会莫名其妙暴毙的,小伙子听了哈哈大笑,说都什么时代了,我们国家飞船都已经上天了。一个老人对他说,小伙子,你可别不信,我就说一件事吧,养药婆是无法从晾衣绳底下走过的,走过的话她就会丢失魂魄,不信你可以试试,如果祝姑娘敢从绳子下面走过去,那么她就不是什么养药婆,你就放心地娶,我们整个寨子里的人都不反对。

"小伙子听了很高兴,觉得终于找到了一个解决方法,不但能得到村民的支持,还能够帮我们一家正名,于是他喊了全寨子的人,在祠堂前的空地上拉了一根晾衣绳,他要全村人看到,他娶的是和大家一样的普通人,而不是什么养药婆。

"这一天,他就站在我边上,满心欢喜地看着我,只要我从这根绳子底下走过,我就可以和心上人在一起了,可是奇怪的事情居然发生了,当我快走到绳子跟前时,我再也迈不动步子了,腿仿佛不是自己的,人一下就失去意识,晕倒在绳子前面。众人一哄而散,老人们说,我们是不会搞错的,她们家就是养药婆啊。小伙子也傻了,愣在那里好久没回过神。"

"那后来呢?"童理问。

"后来他离开了我们寨子,听说去了县城,和他大学同学结了婚生了孩子。没错,别人没有骗他,我就是养药婆。"祝芳说完轻轻地抽泣起来。

"别人信我可不信,来吧,吃了饭才有力气找人。"童理说着把祝芳拉进饭店,他心里产生了强烈的保护这个女子的愿望。

四

童理和祝芳终于打听到了那个叫乔恩保的人的下落。

他正在一处工地的脚手架上干活,一眼看到祝芳,放下手头的工具扭头就想跑。祝芳很有威严地喊了一声"站住"，仿佛是孙悟空说了一个"定"字，乔恩保顿时待在原地不动了。

他看到祝芳仿佛害怕极了，都不敢正眼看他。

"你跑什么！胡爷找你。"祝芳说道。

"胡爷找我干什么？"乔恩保说。

"难道你还不知道，葛铁柱跟你们一起出来打工，现在人没了，你怎么都不跟他家人解释一下原因，老家人的电话都不接，偷偷跑到这个地方。你这么害怕，是不是做了亏心事？"祝芳正色道。

"没，没，我哪有，我不敢回老家，是怕他家人责怪啊，好好地一起出来打工，把人给弄丢了，可是腿是长在他身上啊，我怎么会知道他去哪里了？"乔恩保又看看童理，问，"祝芳妹妹，这位是你老公？"

祝芳脸一红，说："明天你自己去见胡爷，话我已经带到了，不去见的话，后果你自己掂量。"说完把写有胡爷住的招待所地址的纸条给了乔恩保。

回来的路上，童理问祝芳："他会来见胡爷吗？"

"当然会的，"祝芳不假思索地说，"如果他不来，那就是和整个寨子、和自己祖宗为敌了。"

那一边，胡爷和曹家兄弟也找到了另外两个人。

三个人果然都老老实实地来向胡爷谢罪。

胡爷摸着胡子生气地说:"葛二娃子好好地和你们一起出来打工,为啥就不见了?你们倒是给我一个说法。"

一个叫麻老七的后生说:"胡爷,这件事我们也奇怪,前一天还好好的,突然铁柱哥就给我们发了短信,说他要南下打工。这之前我们谁也没听说过这件事,再说真要去,就和我们当面说一下又怎么样呢?难道我们还会把他捆起来不让他去?"

"你们去找过他吗?"胡爷说。

另一个叫熊浩的后生说:"我们到他的宿舍找过他,他被褥啥的都在,可能只带走了钱和随身物品,应该是走得很急。"

"乔娃子,你说说看,你觉得葛二娃子去哪里了?"胡爷说。

"这个可不好说,也许他是被做传销的人骗了吧。"乔恩保说。

"我说你们三人跑什么跑,电话都不接,躲到这个地方来,以为我找不到你们吗?"胡爷说。

"这不是怕葛铁柱家里人怪罪吗?把兄弟都弄丢了,你说我们还有脸回去吗?"麻老七说。

胡爷忽然脸色一沉说:"你们说的话是真是假,很快就会见分晓。"

五

"童教授,我再托你个事情,你能不能帮我找个地儿,要偏僻安静一点的地方,不用太大。"胡爷说。

"这个没问题,包在我身上。"

童理的一个开公司的学生在郊区有个仓库,仓库空了很久,位置也很偏僻。童理问胡爷是否可以,胡爷很满意。

童理向学生借来了钥匙,领着胡爷一行四人以及乔恩保等三人来到仓库。

仓库离主干道很远,外面还有高高的围墙,打开铁门,里面满是灰尘,看来许久没人来了。进门后,曹林随手就把铁门锁上了。

胡爷找了个凳子坐下,曹家兄弟一左一右像两个保镖一样站在胡爷后面。

曹林在胡爷耳边轻声问:"胡爷,你看童教授是不是要回避一下?"

胡爷一摆手:"这个无妨,童教授不是外人。"

乔恩保等三人挤在门边,仿佛在寻找门缝好钻出去。

胡爷喝了一声:"你们三个人都给我过来。"

三个人慢慢挪到胡爷前面,不敢抬头看他。

胡爷声如洪钟："你们应该心里清楚吧，葛二娃子人已经没了。"

三人大惊失色，说怎么可能，一定搞错了吧，说不定葛兄弟正在哪里发财，哪一天就衣锦还乡了。

"放屁！"胡爷呵斥道。"是河神爷告诉我的，这还有错！"

一听河神，三人都不作声了，金崖寨的事再大大不过河神。

"我再问一遍，是谁对葛二娃子下了黑手，这会儿自己说还有活命机会，待会儿河神爷来讨命就来不及了。"

"真不是我，真不是我。"三人带着惶恐纷纷辩解。

"这个不用和我说，你们去和河神爷说。"胡爷说着，让曹云把行李包拿来。

胡爷从包里拿出一个鱼纹黑陶大盆，倒满水后，放入一件鱼形玉器，又点上一束香，嘴里念念有词，忽然间，玉器变成一条游动的鱼，而透明的水却变成鲜红的血色。

曹家兄弟大叫道："河神爷来了。"

胡爷又从行李包里取出一个酒葫芦和一个酒盅说道："你们都是金崖寨的娃子，恐怕不用我多说了，这个就是河神酒，我请来的河神就附在酒里，当你们喝下去以后，河神会深入到你们的内心探知你们是否有罪。如果你是清白的,河神就会悄悄地离开,但如果你是有罪的,河神就会留在你身体里横冲直撞、发怒不止,这时河神酒就会毒性发作,河神爷要让你经过三天三夜断肠之痛后才会死去。"

胡爷从葫芦里倒出一种墨绿色的液体,斟满了酒盅。他说:"河神爷自然知道谁是凶手,有罪的人河神爷绝不放过,无辜的人河神爷也不会冤枉。你们谁先来?"

童理在一边默默地看着,没说一句话。

"我先来,胡爷,"熊浩说,"不做亏心事,不怕鬼敲门,我虽然有愧葛兄弟,没有照顾好他,但是天诛地灭的事情我熊浩是绝对不会去做的。"

熊浩上前一口喝干毒酒。

众人都愣愣地看着熊浩,而熊浩则坦荡荡地看着胡爷。

过了许久,熊浩摸摸自己的胸脯,又摸摸自己的头颅,感觉全身完好无损。

"好孩子。"胡爷上前搂住熊浩说。"河神爷护体,毒酒对你没用。"

"下一个谁来?"胡爷又倒满酒盅,他目光如电,扫到乔恩保说,"乔娃子,你来喝了这杯。"

"我,我……"乔恩保看上去很害怕。

"不是你干的,你又怕什么?你去问问你阿爸、你阿公,咱们寨子里这几十年,河神爷又弄错过哪一件事,王大年把周寡妇家的牛毒死,李善富放火烧了他连襟家的猪圈,河神爷有哪一次是断错的?你要是怕,你就现在认了。"

乔恩保非常犹豫,最后一狠心,上前一口喝完毒酒。

忽然他感到肚子痛,他神情非常紧张,蜷缩到了墙角。童理急着要上前查看,胡爷一把拦住了他。

大约十来分钟,乔恩保渐渐恢复正常,站起身来。

胡爷说:"人不是你害的,但河神爷还是要惩罚你,因为你有愧葛娃子。"

"是,是,河神爷一点儿没弄错,胡爷,葛兄弟走了以后,我去找了他几次,结果在他房间里看见他落下的钱包和存折,我当时只是想他怎么这么粗心,想替他保管而已,等他回来还给他,可是后来缺钱我就把钱给用了,存折都还在的。"乔恩保说。

"你回去给葛二娃爹娘磕个头说清楚,这件事情就算过去了。"胡爷说。

"是,是,我听胡爷的,但是您千万不要在寨子里说这件事,要不我就没脸回寨里了,我活该受罪也罢了,还会害得我爹妈也没脸见人啊。"乔恩保说。

"你们都听好了,乔恩保的事情就留在这个仓库了,出去以后谁都不要说了。"胡爷凛然道。

乔恩保这才放心。

六

"该你了,麻娃子。"

麻老七的汗不停地从额头往下流。

胡爷不紧不慢地再次倒满酒。

"麻娃子,你知道的,要不是你做的,这杯酒就像一杯白水,刚刚你也看到了,但如果是你干的,那你喝下去后肠子就会烂穿,你爸爸虽然是我的好兄弟,但这个胡爷也帮不了你,河神爷才是最大的。"

"不是我干的,不是我干的。"麻老七大喊。

"不是你干的,有啥好怕的?"胡爷盯着他说。

"我为什么要喝这酒,我说了不是我就不是我,难道你们能逼我喝不成。现在都什么时代了,啥事都是讲法律的,你们还搞这一套封建迷信,做什么事情都要讲证据,你们有证据吗?有证据你们报警来抓我好了。"麻老七声嘶力竭地喊道。

"好,好得很。"胡爷说。"曹娃子,你去开门,让他走。"

麻老七没料到居然这么容易就让自己走了，有点迟疑，不知道胡爷葫芦里卖的什么药。

胡爷一指祝芳说："麻老七，这个祝芳你应该认识吧，你爸妈也一定说过她家里的事情。你要这么走了，她今天会做一件事，就是让葛二娃的鬼魂永远跟着你，你喝水他在后面看着你，你睡觉他蹲在床沿盯着你，你这辈子走到哪里，他的魂就会跟到哪里。"

童理这才明白胡爷为何要带上祝芳来找三人。

麻老七浑身颤抖，惊恐不已。

胡爷上前，轻轻拍着麻老七的肩膀说："娃子，你说是痛痛快快承认来得舒坦，还是让葛娃子的鬼魂跟你一辈子来得舒坦。"

麻老七愣在那里，想了许久，突然扑通一下跪下，一边号啕大哭一边说："胡爷，我错了……是我干的，是我杀了葛兄弟。我们喜欢上了同一个妹子，我就去找葛兄弟决斗，谁输谁退出，结果失手杀了他，可我真的是无意的……我当时害怕极了，脑子一热就把他的尸体偷偷扔到废井里去了，还用他的手机给我们每个人发了短信，说是外出打工去了。葛兄弟的手机现在还在我这里呢。"

胡爷点点头，摸摸麻老七的头说："孩子，咱们金崖寨出来的人都是顶天立地的男子汉,你今天就去公安局自首。虽然你做错了事,但还是我们金崖寨的人,敢做就得敢当,从监狱里出来还是一条汉子,你的父母和妹妹我会照顾好的。"

麻老七痛哭流涕,连连给胡爷磕响头。

七

童理和曹家兄弟陪着麻老七来到公安局自首。

麻老七被带走的时候回头和童理他们说:"告诉胡爷,我现在安心多了。"

苏瑞光在公安局听童理讲完这个故事后,感慨地说:"真是好神奇的事情,我做刑警几十年都没听说这么破案的。童兄,你能给我讲讲其中的道理吗?"

"我从自己的理解来解释一下吧。"童理开始从头讲起——

当我第一次看到胡爷他们几个人时,也吃了一惊,我吃惊是因为他们的穿着,其实他们即便在寨子也很少这么穿着。那为什么要穿成这样呢?我后来才明白,这一切都是后面神判仪式的组成部分，服饰能传递出重要的信号，而这个信号就是那个不可思议的神判是庄严而神圣的。

胡爷通过牛骨占卜说葛铁柱不在了，很可能是根据他自己经验的推测，尤其是只能收到短信，电话却打不通，人应该是凶多吉少了。

至于水变成血、玉变成鱼，这究竟是怎么回事，我也没弄清楚，但是其中的道理却很简单，我们在电视上都看过空碗变鱼、空手抓蛇，这道理应该和魔术是一样的。而这一段是为了告诉当事人河神也在场，也是增加之后的神判的神圣性。

前面一切的烘托就是为了之后的神判。支撑神判的是一种迷信逻辑：具有魔力的神灵寄生在毒酒中，能准确地探知被告是否有罪，并做出相应的处理。正是带着这种信念，知道自己有罪的人在喝毒酒时，会认为毒酒会杀死自己并告知世人自己的罪行，或者至少会给自己带来极大的痛苦。而无罪的被告则认为自己对毒酒毫无反应，不但证明了自己的清白，并且会毫发无损。

正因为如此，就会产生两种结果：对于自知无罪的人来说，接受神判可以证明清白并且不受伤害，这可比蒙受不白之冤的代价小多了。于是那些无罪的人往往会乐于选择接受神判，这就是熊浩敢于立刻喝完毒酒的缘故。而对那些自知有罪的人来说，可能遭受极大痛苦甚至搭上性命，他就会心生畏惧，所以麻老七死活不敢喝下河神酒。

从经济学的角度来说，神判对有罪的被告和无罪的被告施加了不同的预期成本，从而使有罪的嫌疑人和无罪的嫌疑人在面对神判抉择时做出不同的选择。无罪嫌疑人接受神判的预期成本，要小于有罪被告接受神判的预期成本，因此，无罪嫌疑人更有可能选择接受神判喝下河神酒。

金崖寨的河神酒神判区分了有罪的人和无罪的人。那么仍然有一个问题，那些无罪的嫌疑人会不会因为喝了毒酒白白死去？这个才是整件事情中最关键或者最神秘的地方。这个问题我困惑了很久，但我最终还是想明白了。

神判由金崖寨的头人兼祭祀来主持，他相当于法官，这个头人也是部落的精神领袖，他擅长用药、制毒以及巫术，他还通晓医药知识，尤其是河神酒的毒药知识，并且自己能够制作烈性药。

这名神判专家，也就是胡爷，他会制作好河神酒，而后监督神判的进行。最关键的地方就在这里，首先胡爷会通过嫌疑人面对神判时做出的不同选择，对嫌疑人是否有罪做出一定的判断。在有了这个判断之后，他可能会操纵审判，在毒酒中做些手脚，使嫌疑人喝下的"毒酒"中根本不含毒液，或者含毒素很低，从而不会产生中毒反应。正是他通过这些药剂上的手脚，使熊浩和乔恩保对毒酒有不同的反应。

也就是说，整个神判过程，主动权并不是交给了超自然的神灵，而是掌握在富有经验的胡爷手中。这也能很好地解释为什么只有熟练配置河神酒的头人才可以主持神判，当然，作为神判专家，他们都会牢牢保守这个秘密，对神判的执行享有垄断权，从而使被告对神灵保持敬畏。

用我们经济学的术语来说，这种神判的结果是一种"自我肯定均衡"，有罪的人会拒绝神判，使他们免受神灵的惩罚。无罪的人会要求神判。由于神判的执行者会操纵神判过程来反映嫌疑人的无辜，因此那些无罪的人通过神判保持了清白，越发坚定了信仰。而金崖寨的人也因此进一步巩固了这种神判有效的信仰。

八

　　胡爷一行马上就要走了，青江市警方发来消息说已经找到了葛铁柱的尸体。

　　处理完案件后，胡爷等人要去青江把葛铁柱的骨灰带回寨子去。童理给他们四人买了一大包他们用得着的食物和生活日用品。

　　童理对祝芳说："祝芳姑娘，有几句话我能不能单独和你说说？"

　　祝芳这时已换上了普通的裙子，她和童理走在校园里，就不那么扎眼了。

　　"有件事，我想了很久，"童理说，"我的确不明白，你母亲当初为什么为了一窝马蜂而使得全家背上恶名。但我猜，是你们家人善良，认为万物有灵，不忍心伤害无辜的小生命罢了。这却导致了村民固执地认为你们一家会下蛊，是养药婆。但这件事也许还有另一个原因，因为你们家只有母女二人，而你母亲却深爱着你父亲，不想改嫁。但在那种环境下，两个女人生存是很难的，而正是通过这件事让族人产生了畏惧心理，虽然让你们受到了排斥，但在无形中却保护了你和你母亲，使得坏人不敢随便来骚扰你们。"

　　祝芳抬起头看着童理，他的话似乎解开了自己长久以来心中的疑团,她明白母亲对父亲那份深藏在心中至死不渝的爱。

两人说着说着就走进校园的一座老式小楼,外面种满了蔷薇,整面墙都是花,里面有个小天井,祝芳跟着走了进去。

"还有一件事我也想明白了,"童理边走边说,"你为什么会在绳子前面晕倒,这也许是你故意的。"

"我故意的?"祝芳惊讶地问。

"是的,当你兴冲冲地准备从晾衣绳下走过,从此就和心上人在一起的时候,你突然害怕了,你知道仅仅这一件事,并不能让你从此摆脱养药婆的名声,这是根深蒂固的观念。这么多年来,你们母女一直承受着一种可怕的压力,可是当你想到心爱的人将和你一起承受这种压力的时候,你害怕了。在这方圆几十里的地方,有一堵墙无时无刻不在围堵着你们一家,就好像你们家人染上了瘟疫,人人避之不及,你们长久被隔绝起来,到处是敌意,你深陷这种痛苦和无助之中,你不愿意你爱的人,还有你们将来的儿女仍然生活在这种痛苦和孤立中,于是你退缩了。因此你潜意识里害怕,或者根本就是你故意,于是就摔倒了。"

童理继续说道:"其实,寨子里有个明白人,他根本不在乎这些,但他却不能说出这一切的真相,因为这些秘密是维系寨子一切道德、伦理和善恶的关键，这个人就是胡爷。胡爷从来不忌讳和你在一起，因为他知道这一切的秘密。事实上，这些千百年来的秘密并不能简单用迷信来解释，它远远比我们理解得更为广博和深奥，这也是那一年我住在寨子里，听着怒江水咆哮的声音、看着天空的繁星闪烁时领悟到的事情。"

"也许，我们家真的是养药婆呢？"祝芳说。

"你抬头往上看。"童理说。

祝芳抬头往上一看，"啊"的一声，人有些颤抖。

头顶上原来是一根晾衣绳。

"这不是走过来了嘛，也没有现出原形变成一只马蜂啊？"童理笑道。

祝芳叹了口气。

童理带着她往回走，操场上阳光灿烂，年轻的男女学生在互相嬉闹。

"你应该有新的人生，和他们一样。你换个环境，会有不一样的人生，还能够遇到真正珍惜自己的人。如果你还想读书，还想上大学，我一定可以帮到你。"童理说。

"你知道吗？这个世界上真正下蛊的方法只有一种，"祝芳说，"就是描绘虚幻的憧憬，给了别人不可能的梦想。"

童理想反驳，刚想开口却又默然无语。

九

童理在车站送别了胡爷一行，胡爷再三感谢童理在鹿州的帮助。童理还给了胡爷青江市学生的电话，说要有问题就找这个学生，之前已经和对方关照过了。

童理把写有自己电话号码的纸条塞给了祝芳，说："那不是虚幻的描述，记得我说过的话，你要是来找我，我一定会帮你的。"

祝芳第一次露出微笑，笑得那么美。

汽车开动了，祝芳在车窗里伸出手向他告别。手上的银镯在阳光下闪着光芒。

童理想起第一次见到祝芳时的样子，那一身靓丽的衣服光彩照人。

他边走边想，其实每个人头顶上都有一根晾衣绳，因为种种，自己无法向前迈过。绳子高高在上，根本不会羁绊住任何人，可是心里的绳子因为种种，让人们不能或者不敢从容地往前走。

跑步机上的男人

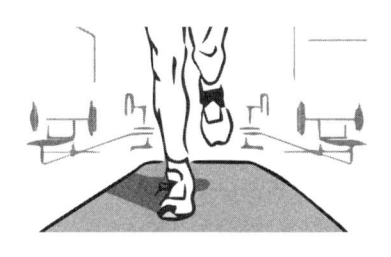

被利益诱惑的人总是心存侥幸,但命运从不放过任何侥幸。

——松本清张《卖马的女人》

一

"离婚？除非你净身出户。"他就是在听到妻子说这句话的时候，开始动的杀机。

他尽量克制自己狂跳的心脏，告诉自己，一切必须做得天衣无缝。

说这句话时，妻子朱莉的语气里充满了蔑视，这把郑宇仅剩的那点自尊也剥得精光。

郑宇不明白，朱莉各方面都很优秀，为什么不愿意和自己离婚。事实上，朱莉的性格遗传自母亲，朱莉的母亲非常强势，在家里说一不二，她一直掌管着家庭财务大权，把父亲捏得死死的，母亲在场的时候，父亲大气都不敢喘。

朱莉当然可以找到一个更好的男人，并且她也不爱郑宇，甚至有点嫌弃，但她更享受掌控一切的感觉，享受这么一个懦弱、听话的老公，可以紧紧地攥在手里，任由自己支配。

郑宇读过不少书，他知道有一种现象，叫作"隧道效应"，如果你迫切并且焦虑地想解决某个问题，思维就会变得狭窄。

比如你非常缺钱,迫切地想弄到钱,这个时候你的思维就会集中在如何尽快弄到钱去应急,去交了房租免得被房东赶到马路上,去交了水电费以免家中被迫停电停水,这些迫在眉睫的事情让你的视野变得狭小,只关注当前,无法关注长远。在这种情况下,你会不顾一切去弄钱,编造拙劣的谎言向亲友借钱,甚至根本不考虑后果去借高利贷。

同样,杀人这件事也一样。如果你迫切地想杀掉一个人,你的思维也会落入"隧道效应",你会自以为想出了天衣无缝的计谋,结果破绽百出,因为你的视野变得狭小,你根本不会考虑到别人会用截然不同的角度来审视这个问题。这时的你就像一只可笑的鸵鸟,头埋在沙子里,就以为躲过了捕猎者。

郑宇想,不能让自己陷在其中,必须以更高的视角来思考这个问题。

他思考了种种方案,反复推演,但总是遇到一个跨不过去的问题,这就是"不在场证明"。

无论多么聪明、多么巧妙的不在场证明,总是有着漏洞,哪怕这种漏洞你根本想不到。即便你从四周仔细审视,没有丝毫破绽,可是别人仍然会用意想不到的角度来审视这个证明,看到存在的隐秘漏洞。

妻子的蔑视和不屑的语气令他狂怒，他恨不得马上下手，可是另一个自我却不停地提醒他：不能冲动行事。

郑宇用上帝视角来审视他的每一个计划，结果发现都不堪一击。

在没有完美的不在场证明前绝对不能动手。

他苦苦思索，终于明白，完美的不在场证据只有一个，就是真实的不在场。

二

童理把跑步机的速度调整到时速8公里，然后开始在音乐中慢跑。

只要有空，他每天傍晚都会去附近的这家健身房锻炼一会儿。

童理觉得，任何一个有人的场所，都是观察经济和人性的窗口，比如健身房。如果有人写一本《健身房经济学》，那一定很有趣，因为他在这里就有很多有趣的发现。

比如，童理发现，当经济不景气的时候，来锻炼的人会增加，这或许是人们的压力增加了，抑或是经济萎靡，人们的不安全感增加，觉得身体才是真正重要的。

再比如说，童理会每天估计一下健身房的人数，他发现，相对来说，年初、月初、周一以及节假日过后，健身人数是最多的。

他对此的解释是，人们都想成为更完美的人，但是总是存在自我约束的问题。于是人们会对自己说："今天时机不好，明天更好一些。"很多事情都需要决心，于是人们会到一个"时间里程碑"时才去实现他们所谓的目标，比如开始节食或去健身房锻炼。人们需要一个起点，并且这个起点的力量巨大。所以会有大量的人在新年到来之际设定计划，把新的一年设定为起点。同样，月初、周一也常是人们计划的起点，但这些计划能坚持几天就不好说了。

健身房也是个社交场所，如果见的次数多了，大家彼此会聊上几句，说说当天的新闻或者聊聊股票行情。

童理就是这样认识郑宇的。

郑宇大约四十来岁，身材微胖，笑容颇有亲和力，给人一种忠厚可靠的感觉。大约半个月前，他开始频繁到健身房来锻炼。他每次来都很有规律，大约都是晚上八点到九点，锻炼一个小时左右离开。

据其他客人讲，他是附近一家公司的销售部经理。郑宇看起来也的确是块干销售的料，他对每个人都是自来熟，和这里的会员、健身教练都能聊得来，并能记下大多数人的姓名和职业,但总体来说他是个安静的人。

"童教授,您来了啊。"郑宇在边上的一台跑步机上和童理打招呼。他已经跑得大汗淋漓,不停地用毛巾擦汗。

"郑经理,今天你来得早嘛。"童理回答道。

"单位今天事情不多,不怎么需要加班,所以来得早点。"郑宇说。

"我之前很少见到你啊。"童理说。

"我其实是年初办了年卡,可是半年都过去了,想想来了没几次,浪费了可惜,就起了兴每天过来锻炼一下。"

"你家不在这儿附近吧?"童理问。

"是啊,这里离我公司近,步行过来七八分钟。公司事多,我每天就在公司里吃了晚饭,七七八八的事总要忙到快八点,然后过来运动一下。我家住在果岭那边,那个地方不是老鹿州人还不一定知道,已经到郊区了,就是地铁三号线到终点再走个十来分钟。"

"我怎么会不知道呢,那一带都是豪宅,那里的巴黎世家现在一平方都要卖三四万了。"

"什么豪宅啊,都是被人炒作,这个价格根本没有成交量。"郑宇说。

"你就住那里?"童理问。

"是巴黎世家边上的楼盘。"

童理心想,边上几个楼盘价格也不便宜。

"童教授,你在电台的节目我也有听,非常有意思。"郑宇说道。

"你这么忙也听电台节目啊?"

"您讲得真不错,我让我们销售员也都听一下,这年头,人得不断学习充电,要不就得被社会淘汰。"郑宇说着加快了跑步的步伐,仿佛脚底的跑步机是一个充电器,正在给自己不断充电。

郑宇对理财很感兴趣,跑步的时候喜欢把前面的电视机调到财经频道,当他对某个股票分析师的意见感兴趣时,就会打电话向老婆请示。

他说话的态度非常温柔:"老婆,我想明天买进一点航空公司的股票,我看最近的石油价格可能会跌,你觉得呢?"

郑宇不开车,他每次锻炼完总是坐地铁回家。

已经过了晚上九点了,郑宇抬腕看表说:"童教授,我先撤了,那明天见。"说完就去了更衣室。

三

"大家好,欢迎收听鹿州市人民广播电台的《经济学现场》节目。"葛娜声音甜美。

"童老师,今天你想和听众聊什么话题呢?"葛娜问道。

"我今天想和大家聊聊钱的事,或者更准确地说,我想和大家聊聊金钱和大脑的关系。"童理说。

"这是挺有趣的话题,有的时候我们说别人'想钱想疯了',有的时候我们又会说自己'对钱没概念',看来我们的大脑和钱真的关系密切。"葛娜说。

"你说的没错,葛娜,不知道你对周润发演的一部老电影有没有印象,其中有个情节,就是周润发用一百美金的大钞点烟。"

"童老师,这我知道啊,这是《英雄本色》里周润发演的小马哥啊。"

"对,没错,小葛,当你看到这个镜头时有什么感觉?"

"把一百美元就这么点了,真让人觉得肉痛,不过也觉得好刺激,所以能一直记着这个镜头。人要这么炫富,我一定会觉得他是个傻子,不过发哥点钱的样子真的让人觉得好酷。"

"金钱无疑是这个世界上最大的魔法之一,它本身就是一张纸,被印上图案,就变得意义非凡了,它成了我们获得众多希望的载体之一。人类是一种心理动物,大脑成就了我们，金钱作为大脑的构想之物深深根植于我们的意识之中，我们依靠金钱获取大多数的生活必需品。所以毁坏金钱，不仅挑战现代人类社会的基础，也几乎是对全人类利益的侵犯。"

"原来这不仅仅是炫富，怪不得我们会对这段情节印象如此之深。"葛娜说。

"对的，这一切都是我们的大脑在作怪。葛娜，我知道你喜欢吃巧克力，在你每次享受巧克力的时候，你的大脑的奖励系统就会做出反应，大脑中的一条通路会被激活，多巴胺飙升，使你感觉很愉悦，大脑似乎在对你说，再来一次，再来一次你会再次得到奖励。"

"童老师原来连我这点小爱好也清楚啊。"葛娜插话说。

"那是。我们再接着说，当我们获得的不再是巧克力，而是金钱，或者仅仅是代表金钱的购物券时，我们的大脑系统同样会释放多巴胺。因此，金钱的奖励会产生意想不到的结果。1953年，来自哈佛医学院的神经学家施瓦布做了一个实验，以测验人用手悬挂在单杠上的能力，想看看人们在放弃之前能承受多长时间来自腕部屈肌的痛苦。实验证明，一般情况下人们平均能够坚持50秒。施瓦布试图用语言以及催眠的方式来激励他们，结果他发现人们的平均承受时间增加到了75秒。他继续新的尝试，他拿出一张5元的美钞,告诉他们如果能够做得比前两次更好,这钱就是他们的了。在20世纪50年代,5美元是个不小的数字,结果受试者体力大增,悬挂的时间增加到了近两分钟。"

"哈哈,这个实验太有趣了。"葛娜说。

"与其说金钱是工具,不如说金钱是药物,它不是化学药物,而是心理药物。因为金钱存在的时间还不够长,否则人类在进化过程中,一定会进化出特定的神经系统来应对金钱。有时候金钱似乎控制着我们——金钱凌驾于大脑之上,有时候我们又能以自己的方式使用金钱——大脑凌驾于金钱之上。所以说,钱真是个怪东西。"童理说道。

四

童理结束健身,拎着包和郑宇一起走出健身馆。

郑宇说:"童教授,耽误你一下,向你请教个问题,我最近在银行买了一些黄金,你觉得最近金价还会不会继续上涨?"

"这个比较复杂,可能要看过两天发布的美国非农数据和失业率,假如公布的非农业就业人数和失业率急剧恶化,金价还可能进一步走高。最近的美元指数也很疲软,黄金应该还是有机会的。"

忽然郑宇抬腕看表,他有些抱歉地说道:"童教授,太感谢了。耽误你时间了。不好意思,我先走了,我赶晚上9点40的地铁,要没赶上那班就得再等二十分钟,等到末班车来才能走了。"

说完,他一路小跑向地铁站奔去。

童理望着他的背影想,这可真是个居家的好男人。如果也有人在家等着自己,该多幸福。

童理还听到了一些关于郑宇的传闻。

这天童理从健身房的淋浴室洗完澡出来,在更衣室换衣服,他听到几个会员在议论郑宇。因为郑宇的公司就在附近,他公司的一些员工有空也会过来锻炼一下,可能就是他们说了关于郑宇的事情。

一个浑身肌肉结实、臀部略翘的教练说:"你认识那个凯特公司的销售部经理郑宇吗?就是那个最近每天晚上都来的那个。他那个老婆又能干又漂亮,非常能赚钱,是一家大公司的高管。和他老婆相比,无论收入还是相貌,郑宇不知道差到哪里去了。"

另一个胖子羡慕地说:"真看不出来啊,也不知道他老婆当年为何看上他。也许就是这个家伙能说会道，才走了狗屎运。"

教练又说道："不过凡事都有两面。据郑宇的同事说，因为两人如此悬殊，郑宇挺怕他老婆的，平时收入都上交给老婆，尽管家里挺有钱，郑宇收入也不低，但他平时挺抠门的，很少请同事吃个饭啥的，就是请人喝杯咖啡也很少见，不过也许不是抠门，是他口袋里真的没钱。"

众人哈哈大笑。

童理对此不以为意，把钱交给老婆，应该也算是美德吧。

事实上，很多研究发现，女性更擅长理财和投资，女性炒股的收益率就比男性更高，并且更能规避风险。女性也能更好地做财务规划，而男性在花钱存钱上常常缺乏自制力，当真正需要用钱的时候往往捉襟见肘。

因此，被老婆管得严，从经济角度来说，无论如何算不上缺点吧。

五

"宇哥，我把文件都放这里了，那我先走了，您也早点休息吧。"办公室的小高对郑宇说。

"好,我再看下明天要拜访的客户资料,你赶紧回去吧。"郑宇回答道。

郑宇把明天要带上的材料整理好,抬头看了看销售中心办公室的挂钟,已经指向20点了。

郑宇舒展了下胳膊,把文件放进公文包里。一只手拎着公文包,另一只手拎着运动包走出大楼,在大门口他和执勤的保安打了下招呼,他似乎跟这里每一个人都很熟,不论对方是领导还是门卫。

郑宇径直来到健身馆。今天人不多,他和往常一样,运动了一个小时,到了21点20分,他去更衣室洗澡。

等洗完澡,郑宇又吹干了头发,刚好和童理一起走出健身房。

郑宇因为有理财方面的几个问题,就赶紧抓住机会请教了一下童理,说了没多会儿,他下意识地抬腕看了下表,已经21点50了,他急着赶22点的地铁末班车,便匆匆告辞。

紧赶慢赶,当他冲进地铁站的时候,就差一点点,只能眼睁睁看着末班车从他眼前开走。

郑宇有些懊丧,和下车的乘客一起走出地铁站,他叫了辆出租车回家。这段路地铁只要30分钟,可是出租车足足开了一个小时，幸亏不是高峰期，要不然一个小时也到不了家。

出租车司机是个爱唠嗑的东北大哥，他和郑宇聊了一路。到了郑宇所在的金色果岭小区，司机说："我知道，这里的房价可不便宜啊。"

小区的入住率不高，非常安静，好多房子还是空着的。他到家按了门铃，没人给他开门，他想也许朱莉已经睡了。

郑宇掏出钥匙开了门。

他蹑手蹑脚进了屋，生怕发出大的响声吵醒老婆。忽然有个东西绊了他一下，他摸到开关，打开客厅的灯，原来是倒在地上的凳子。

忽然，他觉得好像有什么不对劲，客厅里平时都是整整齐齐的，今天却一片狼藉，他快步走向卧室。

卧室的门开着。

郑宇觉得有什么东西横在地上。他顾不得吵醒朱莉，急忙打开灯。

满是血迹的朱莉倒在地上。

他赶紧去扶起朱莉，可是她早已一动不动。

郑宇一边拨打报警电话，一边找小区的保安帮忙。

很快，警察赶到了现场……

六

童理正在学院办公室写备课材料，有人敲门。一个中年人站在门外。

"苏瑞光。"童理喊道。

"瑞光啊，你这个大忙人，今天怎么有空到我这里来？"童理一边去倒水，一边开门见山地问。

"你说的没错。"苏瑞光一坐下顾不得喝水就开始介绍案情。"前天晚上，我市发生了一起命案，死者为女性，今年40岁，家住金色果岭国际小区。根据法医的鉴定，当天晚上9点到10点之间，有人闯进她家并将其杀害。从现场的痕迹来看，歹徒应该是从花园的矮墙翻入，进入室内盗窃，结果被房主发现，可能是害怕房主喊叫，于是在搏斗中歹徒杀人灭口。房间里有明显搏斗和到处翻动过的痕迹，并且有财物失窃。我们基本判断为抢劫杀人。可惜该小区和那一带还没装监控，我们至今还没发现有效的目击证人。死者居住的是别墅，每户人家都相隔比较远，邻居也没听到特别的动静。"

"那么你为什么跟我介绍这个案子？"童理不解地问道。

"是这样的，死者的丈夫晚上11点回到家，发现家中发生了凶杀案，于是立刻报警。当我们调查死者丈夫的不在场证明时，他提到了你。"苏瑞光说。

"我？"童理问，忽然他明白了。"郑宇？郑宇的老婆被杀了？"

"没错，他说他那天20点下了班，就来到健身馆，一直运动到21点20分，然后洗了个澡，他说他在健身馆的时候，你也一直在，直到21点50分，你们俩才在健身馆门口分开。我就是来调查这件事的。"

"我想想，前天我上完课是20点，然后的确去了健身馆。没错，郑宇一直在我旁边的跑步机上跑步，我们差不多同时锻炼完，然后去了休息室淋浴，出来时在门口和他又聊了几句，他说了句'不好意思，童教授，我得赶10点的末班地铁去了'，然后就急匆匆地快步走向地铁站，我还看了看手表，的确已经21点50分了，时间是挺急的。那么，他有嫌疑吗？"

"嫌疑倒是没有，我们只是需要找到他21点到22点间的不在场证明，他20点在单位打了卡，然后20点10分在健身馆刷的会员卡，在21点50分离开了健身馆。接下来他差了两分钟错过末班地铁，然后打了出租车23点回到了家，我们也找到了出租车司机。这一系列时间线都有了证据和目击证人，因此他的确没有作案时间。"

"那你们现在有怀疑对象吗?"童理问。

"目前没有,我们怀疑是流窜作案,正在和全省类似案件做比对。可惜现场也没有留下指纹和生物痕迹,看来是个作案老手。"

七

童理接到鹿州大青山滑翔伞基地老板张富欣的电话,电话里他盛情邀请童理带着朋友到大青山去玩。

童理也正想去看看那里的情况,于是在双休日的时候,童理带着学院里几个年轻老师和研究生去考察。

大青山海拔700多米,没有高楼大厦和熙熙攘攘的人群,只有环抱的群山和飞翔的白鹤。

这里能让人忘记城市的喧嚣。起风的时候,驾驶着滑翔伞的人就会感觉自己自由得像只鸟儿在天空翱翔。

张老板在度假屋备了酒菜盛情招待童理和他的朋友。

"老张,你我这么多年的朋友了,干吗还和我这么客气呢?你这样我下次就不敢来了。"童理说。

"要的要的。"张老板说。"我是来向你报喜的。"

原来张富欣好几年前经营滑翔伞基地,生意一直不大好，这么大的投资却一直亏损，光是想到银行贷款的利息就让他睡不着觉。后来张老板经人介绍，认识了童理。张老板虽然并不相信什么经济学，可现如今也没啥更好的办法了，再说毕竟人家也是教授，见多识广、人脉活络，于是张富欣上门求教。

童理觉得，经济学不是死的，还是要和现实生活结合起来，于是他带着一帮学生在滑翔伞基地做了几天的实地考察。

童理经过研究，最后拿出了一个方案。方案的主要内容就是滑翔伞基地可推出一种10次的年度套票，而这种套票的价格是实际购买价格的五折。

张老板当时就哭丧着脸说："全价我都快亏了，你让我五折卖门票，那不是亏得连底裤都没有了吗？"

"你试试吧，也许有用。"童理说。

童理自有他的道理。

首先，如果套票价格只有五折，这就非常诱人，这会让所有买的人都会觉得很划算，这就是经济学上所谓的"交易效用"。

其次，提前购买会使购买决策和娱乐决策分离开来。最初的购买行为会被认为是一项可以省钱的"投资"，买完这种套票以后，接下来每次去玩都会被看作是"免费的"，不会感到肉痛。

另外，他们还设定了一个规则，如果一年之内没有用完这些票就会作废，但是如果你继续购买下一年度的套票，那么前一年没用完的票会继续有效，这样不但提升了顾客的满意度，还锁定了这部分游客。

最后，滑翔伞运动只是这个基地收入的一部分，吃饭、住宿也是不小的开支，增加了游客，这部分收入也会跟着上去。

张富欣最后听从了童理的建议。

在接下来的几年中，游客越来越多，生意越来越火，甚至外省都有人慕名而来。

张老板三番五次地敬酒，结果童理没喝多少，他自己倒先半醉了。

"童教授啊，你这个主意真是高，有几件事我真没想到。这个票只能自己使用，为了不浪费，这些买套票的游客总要来玩几次，他们大概率还会带一个买全票的朋友来玩，这就给我带来了新利润。"张老板说。

"还有一点，那我真是要说，童教授，你真的高，经济学果然厉害！"张老板说。"你猜猜看，买十次票他们最终来了几次……我告诉你啊，平均下来是五次，我一分钱都不亏，还都是全价票啊，而且钱全部是提前到账，我真是做梦都没想到啊。"

这一点童理毫不意外,买套票的人头脑中计划着多来几次滑翔,让自己的滑翔技术越来越完美,买10次票不但能激励自己学好滑翔,同时还会省一半的钱。他们买票的时候,心里想的全是自己娴熟的滑翔技巧,像鸟儿一样在大青山上空翱翔,而现实呢,毕竟真正下决心来一次大青山并不容易。

忽然,童理想起一个问题,他问张老板:"老张,那些买年度套票的人,都在这一年中的什么时候使用这些票?"

张老板捂着嘴笑着说:"不瞒你说,买好票的两三个月里,他们还会来几次,到后来就再也不来了。"

童理沉默不语,仿佛有什么心事。

八

地铁站的警务室接到乘客举报,说有一个中年男人形迹可疑,常常出现在夜间的地铁候车室。

警察查看了监控录像,果然发现这几天夜里都有一个相同的男人在地铁站里,他并不上车,而是看着来来往往的乘客。直到末班车开走,他才离开站台。

他时而在笔记本上记录着什么，时而在站台来回踱步，时而拿起电子表盯着看。一连好几天，他每天都来。

他一会儿像是在寻找某个人，盯着每个乘客；一会儿又像是个失忆患者，呆呆地坐在那里想什么；一会儿更像是中了邪，无缘无故跑起来，等跑到列车车门处却会忽然停下来。

会不会是有人想搞破坏？警察起了疑心，很快这个中年人被"请到"了警务室。

"你是干什么的？身份证、工作证。"警察不客气地说着。

警察接过中年人递过来的证件看了一下，表情有点吃惊，他说话的语气缓和了很多："童理？你原来就是鹿大的童理教授啊，我听过你的节目啊。您怎么在这里？"

"不好意思，不好意思，我事先没和你们说明，让你们误会了，我就是做个社会学调查，一个关于城市和地铁的研究课题罢了。"

"原来如此，不好意思，打扰你研究了，要不要我们派人协助你一下？"

"不用不用，我一个人就可以了，不给你们添麻烦了。"童理回答道。

警察一脸疑惑地看着离去的童理。

"这些教授可真是够古怪的。"警察心里想着。

童理继续坐在地铁站台前,看着人来人往。

当地铁末班车开走后,童理走出地铁站,此时的地铁站,除了几个工作人员和清洁工,已经空无一人了。

童理拦住了一辆出租车,说去果岭。

司机迟疑了一下,回答道:"大哥,一口价,50块钱,您愿意就上车。"

童理问:"不是按打表算吗?"

司机答道:"打表也差不了多少钱,到那儿总有个20公里。再说了,果岭太偏僻了,从那儿回来根本拉不到客人,得空车回,您要不愿意找别人好了。"

"那我不去了。"童理说。

司机恶狠狠地瞪了他一眼:"随便你,跟你说句实话,你叫哪辆车都是这个价,别人还不愿意去呢!"

说着司机一踩油门把车开走了。

九

童理从新闻上得知,金色果岭凶杀案已经告破,这在他的预料之中。不过他感兴趣的是更多的作案细节。

很快,苏瑞光就来拜访。他狠狠地拍着童理的肩膀,仿佛要把这只肩膀给卸下来："这次多亏了你，我看你干脆到我们刑侦支队来上班吧……不不，你不能来，你来了我们就得下岗了，哈哈。"

"你快别往我脸上贴金了，不是队里所有同志的一起努力，怎么破得了案呢？我就是个提供线索的热心群众罢了，瑞光啊，你快给我介绍一下案情。"

"整个案子基本上是这样的，其实说复杂也不复杂。"苏瑞光讲起真相大白的案情时有些滔滔不绝。

两年前，郑宇认识了比他小七八岁的董妍。和自己妻子比，董妍既算不上貌美，也不会赚钱，可是一来毕竟更年轻、更有活力，二来郑宇在家处处受气，从董妍身上他体会到了从来未有过的体贴和崇拜。

很快，他决心和自己家的"母老虎"离婚，想和董妍永久在一起。

郑宇故意去探口风，说某某最近离婚了。朱莉仿佛X光机看穿了一切，劈头盖脸地骂道："你也想学人家离婚？也不撒泡尿照照镜子，除了我瞎了眼，还有哪个女的会看上你这样的窝囊废！我妈早就说过，你这样的人一辈子都是烂泥扶不上墙！想离婚啊，好，没问题，不过我得明明白白告诉你，你得光屁股滚蛋，净身出户，一分钱也得不到!"

把家庭资产变成零资产或者负资产,让郑宇净身出户,这对朱莉来说并不是一件难事。这些年所有的投资都是朱莉在做,郑宇并不知道到底赚了多少、亏了多少。如果上法院离婚,自己肯定一分钱拿不到,说不定还得背一身债务。但他估计,家产不算这套房子,也至少还有上千万。

如果净身出户,那就相当于把他扒得赤条条,一下子被人从窗户里扔出来。

要是她突然死了就好了,郑宇从这一刻动了杀人的念头。

可是好好的人怎么会突然死了呢?

一旦开始想这件事,大脑就像是一个剧场,那些躲在幕后的演员一个个开始出场,所有可能的杀人方法开始在脑海里预演。

经过反复思索,他设计了一个完美的计划。其实这个计划并不复杂,董妍有个混社会的哥哥,欠了一屁股债正逃到鹿州董妍住的地方躲债。于是三人策划,由董妍的哥哥动手,在郑宇家里把朱莉杀了。这里不仅没有监控,而且住家稀少,在郑宇定时回家的时间开门进去,她通常躺在卧室床上看电视而毫不理会。这时迅速动手杀人,并制造抢劫杀人的现场和翻墙进出的痕迹。

郑宇并没有直接动手,他和董研的关系从一开始就非常隐秘,只要平时不露痕迹,并制造出夫妻恩爱的假象,还是很容易被排除嫌疑的。郑宇开始在固定时间去健身中心健身,这段时间就有很多证人。而他之所以不选择去电影院或其他场所,是因为这样就显得刻意了,跟生活习惯不一致容易引起警方的怀疑。

这天他故意晚点到,磨蹭着错过末班车,然后打车回家。当他在健身馆门口时,还故意和童理说了几句话,因为他需要这个不在场的时间证人。

他的不在场证明不是伪造的,而是真实的。没有人会怀疑他。

董妍和她的哥哥很快落网并全部做了交代,凶器及搜走的首饰、现金也被找到了。

郑宇也对自己的罪行供认不讳,可是他始终想不明白,警方是如何怀疑到他的,他和董妍的联系极为秘密,从不用自己的电话,不可能被人发现啊,同时他也有不在现场的证明,不可能杀人。

当他听说是被一个姓童的教授发现疑点时,大感疑惑。

"我能见见童理吗?我就这个要求。"郑宇说。

十

在苏瑞光的陪同下,童理在看守所见到了郑宇。

"我自己做的事得到了惩罚,这个我认,可是我想不通,我哪点让你产生了怀疑?"郑宇说。

"你太追求天衣无缝了,反而露出了马脚。我说的是你的健身俱乐部会员卡。"

"会员卡怎么了?"

"这张卡是你半年前办的,你办完就很少用,可是半年后你需要有不在场证明,就开始频繁地使用。"童理说。

"这有什么不对吗?我这张可是年卡啊。"

"正因为这是年卡,所以才违反常理啊。在会员卡刚办理的那段时间,会员们信心满满,这段时间内一般去健身房的次数会比较多,也比较有规律。几个月以后,当初的兴奋消失后,每个月到健身房的次数便会下降。刚交完会员费的那个月,人们的健身次数会上升,然后次数逐渐下降,呈现一条下降曲线,直到交第二次会员费。我们业内人士将这种现象称为支付贬值,意思是沉没成本效应会随着时间的推移不断降低。可是在你这条曲线的中间,突然掉头向上,这就不对劲了。"

"可是,这虽然有一些道理,但也不能说明问题,毕竟每个人的情况都不一样。"

"没错,这里可能有很多原因,也许是什么意外原因激发你运动的决心。这不是必然的理由,但确实是我怀疑你的开始。"

"你难道还发现了其他疑点?"郑宇充满疑惑。

"没错,会员卡只是让我怀疑你,有一件事让我确信你肯定有问题。"童理盯着郑宇说道。

"我还做了什么让你确信我有问题?"郑宇觉得不寒而栗。

"有一天,时间是晚上9点30分,我在健身房门口遇见你,你说你要赶9点40分的地铁,要不然得白白等20分钟赶下一班的末班车了。你还记得这件事吗?"

郑宇想了想说:"的确有这么回事,可是我没有撒谎啊,当时我的确去赶末班车了。"

"说完这句话以后,你做了什么?"童理问。

"说完以后?我就急着去赶地铁了呀。"郑宇疑惑地说。

"没错。那我接着问你,案发那天,你是不是也是在健身馆门口和我分手去赶地铁?"

"是的,我故意和你说了几句话,以确保我有不在场证明。"

"你当时在晚上9点50分左右向我告辞,你和我说的是：你要赶地铁，末班车还有十分钟就开走了。"童理说。

"没错，但我说的是事实，没有撒谎。"

"那说完这句话以后，你又做了什么？"

郑宇更是感到大惑不解："我，我就急匆匆去赶末班车了。"

"但是，这两次碰面你忽略了一个细小的差别。"

"什么差别？"郑宇仍然是一头雾水。

"第一次，你为了赶晚上9点40分的车，是小跑着向地铁赶去的；第二次，你去赶晚上10点的末班车，是快步走向地铁的。"童理说。

"可是……可是这有啥区别？"

"这两者区别太大了。我在地铁站整整待了四个晚上，观察了赶20分钟一班的地铁乘客和赶末班车的乘客行为有什么不同。你知道我发现了什么吗？赶末班车的乘客冲进地铁的速度是赶20分钟一班地铁的乘客的一倍。"

童理意犹未尽，继续讲道："之所以会有如此大的差别，是因为人们对损失做出的不同反应。前者需要浪费20分钟时间，所以乘客会慢跑或加快脚步。而错过末班车的代价则完全不一样，这意味着没有下一班车，你必须要多花几十块钱打车回家，所以赶末班车的乘客几乎都是飞奔而来的。

"而你却不同,你只是快走,而不是通常那种慢跑。像我们每天在跑步的人对速度应该是很敏感的,而且当天你一直在我身边跑步,精力充沛,也并不存在身体不适跑不快的可能,因此只有一个解释,你存心错过这班地铁,你早就打算好了。

"既然你存心错过这一班地铁,那说明一定有什么不可告人的秘密,而这个时候刚好凶杀案发生,这难道不是太巧合吗?答案只有一个,你早就知道今晚会发生凶杀案,你就是合谋者。"

给童理带来灵感的正是哈佛医学院神经学家施瓦布的实验。在那个实验中,只需要奖励5美元,就可以使人在单杠上的悬挂时间从50秒延长到两分钟,那么错过末班车得损失50块打车费呢,当然会让郑宇加快脚步一路小跑了。

郑宇瘫坐在椅子上,自己仿佛是一个被拖到地面上的穴居动物,在日光下睁不开眼。这一切的破绽是他做梦也没想到的,完美的不在场证明变得如此不堪一击。

童理静静地审视着他,郑宇还是那么安静、阴郁、温和有礼,从他脸上看不到愤怒,但同样也看不到他的灵魂。

三个人的旅行

错误并不在命运,而在于我们自己。

——威廉·莎士比亚《裘力斯·凯撒》

三个人的旅行

一

年轻的导游森迪不停地往机场大门口张望,显得颇为焦急。

一只宝蓝色拉杆箱的轮子在机场锃亮的地板上滑过,发出沙沙的摩擦声。一个年轻女子拉着它慢慢地走进大厅,这个女子大约二十七八岁,她身材不高,五官精致立体,让人会忍不住多看几眼。

她戴着宽檐草帽,身穿白色连衣裙,走路的样子婀娜又好看。

一个中年男子,约莫四十五六岁,穿着黑色衬衫,戴着棒球帽,衣襟上别着墨镜,他低着头,拖着一个大行李箱,不紧不慢地跟在后头。

"是王金生先生和王太太吧?你们终于来了,可急死我了,我们快登机吧。"导游森迪一边喊,一边迎了过去。

童理看到这个王太太的第一印象,是想起梁家辉的电影《情人》中珍·玛奇扮演的女主角简。

鹿州广电集团为庆祝集团成立20周年,邀请了长期合作的一些优秀栏目的重要嘉宾——包括童理,去东日岛度假,葛娜作为工作人员也一同前往。

"这个王太太可真是个美女。"葛娜忍不住对童理说。

飞机腾空而起,童理悄悄向身边的导游森迪打听王太太的情况。

作为导游,森迪显然知道不少八卦,并且她也热衷收集八卦。她知道童理是大学教授,人脉很广,她很愿意和童理分享一些小道消息。

"这个王先生,名字叫王金生,童教授有印象吗?"

"我好像听说过这个名字,但一下子又想不起在哪里听过。"

"看来童教授不大看电影,这个王金生是星画传媒的大股东之一,那个很火的喜剧《恋爱的错误》就是他们公司拍的。你看电影时,如果留意片头的联合制片人名单,会经常看到他的名字。"

看来森迪知道的还不少。

"可是像他这么有钱的人,好像不应该参加旅行团啊,起码应该来个私人定制旅行。"童理问。

"你这个问题算是问到点子上了,"森迪用手遮着嘴低声和童理说,"这个王金生,听说有两个毛病,一个是特别好色,他总爱揩女演员的油,时不时地和四五线的女明星闹出一些绯闻；还有一个就是特别抠门，业内都出了名。你看这次好不容易带着娇妻出来玩一趟，还报个团。我告诉你哦，就这个团费他还讨价还价，而且还是分期付款的，哎，真不知道有钱人是怎么想的。"

森迪一脸的不屑。

"这个王太太以前是电影演员吗？"童理问。

"不是，据说大学毕业没多久，就进了王金生的影视公司，本想成为一名演员，没想到不多久就成了王太太，两人年纪相差快二十岁呢。外面传闻刚结婚那会儿，王金生当自己的年轻太太是个宝，可是没过几年，又忍不住去拈花惹草了。"

导游森迪觉得和童理分享了这么多八卦，也想从童理身上等价交换回来一些鹿州名人的秘闻，可是童理好像对聊天不再感兴趣，掏出一本书来看。

森迪略觉得这桩生意不太公平，便不再作声。

二

海豚国际度假村非常漂亮，进门就是一个欧式大喷泉，喷泉中心是几个希腊神话人物雕像。度假村四周到处是挺拔的椰子树和棕榈树，树下是一片片像火焰燃烧般艳丽的三角梅。酒店大门采用的是爱奥尼亚式的柱子，柱头上有漂亮的涡卷装饰。走进大厅，里面宽敞而豪华，地板上铺着花纹漂亮的大理石。

度假村里有着大片的草坪，每套别墅都有单独的游泳池。这里设施齐全，有射箭的靶场、骑马场以及桑拿、温泉等，甚至还有摩托艇、热气球升空观光等项目。

如果你在入住酒店的时候选择了VIP套餐，那么所有项目都是免费的。当然，所谓的免费其实你已经支付了。你也可以不选择套餐，那就每一样单独计费。

这里的计费方式有些与众不同。据说开这个度假村的老板原来是在澳门开赌场的，他采用了一种代币的规则。和赌场一样，顾客先购买一定数目的代币，每个项目支付不同数目的代币。当客人离开时，也可以把多余的代币再兑换成现金。

一般的酒店和度假村都会采用消费项目记在房卡上的方式，唯独这里使用的是代币，不过顾客对此也没意见，使用花花绿绿的代币也别有乐趣。

正如童理所料，虽然王先生很有钱，但他并没有选择VIP套餐。童理看到他在服务台仔细研究了所有项目的价格表，然后满意地购买了一小盒代币。

度假村的人并不多。可能也是这个原因,王金生才能和旅行社讨价还价。

自助餐包含在团费里,饮料是免费的,但是酒水需要自费。

在自助餐的餐桌边,王金生夫妇主动和童理、葛娜聊天,他们很快就熟识了起来。

"童先生、葛小姐,你们俩是一对吧?"王金生问。

葛娜咯咯笑着,没有解释。

"王先生是从事影视行业的吧?"童理问。

"没错,童先生对电影也感兴趣?"说着王金生便滔滔不绝地就电影产业发表了一则长篇大论,从院线影院的分账制度一直说到好莱坞是如何避税的。

王太太悄悄在座位下面用脚踢他,表情有点厌恶。

王金生有点尴尬地看看太太,一脚急刹车收住了长篇大论,就差人往前冲了。

"对了,这里附近有家免税店,东西很正宗,好多名牌都有,价格也非常便宜,女孩子最喜欢去逛了,我们明天叫个车过去看看如何?"王金生说。

一听购物,葛娜果然很高兴,连连说好。

听到购物,王太太的脸色才缓和一点,她说:"免税店的东西也不便宜,不要乱花钱了。"

童理搞不清楚她这话是真心话,还是故意说给王金生的反话。

"该花的钱也得花,既然都出来玩了。"王金生尴尬地笑着说。

童理看了王太太一眼,他又想起电影《情人》里的简靠在渡船栏杆上望着远方的样子,尽管王太太的年纪比简大不少,但眼神同样的清澈。

三

导游森迪说的一点没错。

王金生就是一个抠门的人。

免税商场货物琳琅满目,各种大牌奢侈品的广告挂在橱窗中,招贴画里那些神情傲慢的模特仿佛在说:"这些你是买不起的!"又仿佛在说:"假如你背上这款包包,人们该用多崇拜的眼神看着你啊。"

王太太在香奈儿专柜看中了一款拎包,她问葛娜:"小葛,你帮我看看,这款包包我背好看吗?"

小葛看到这款包包时眼睛都直了。"好漂亮啊,玲姐,"梁佩玲是王太太的名字,葛娜喊道,"这款包包你背实在是太好看了。"

  童理并不太喜欢购物，但他喜欢观察人的行为，观察各种商业活动，他不像一般的男人，在商场陪女士购物时满心希望早早离开。购物对他来说，另有一番乐趣。定价、广告、折扣以及讨价还价，都是他感兴趣的范围。

  此时他心里觉得，其实王太太背什么包包都好看，不要说是香奈儿，就是拎着环保袋也会显得与众不同。

  王金生凑了过来，他先是赞许地看着太太背着包包的样子。但是当他拿过包，看了一眼上面的标签，刚才愉悦的表情魔术般地消失了。

  他不露声色地说："玲玲，这款包你背是很不错，但我记得你有一款包包和这只很像……对，几乎是一样的。"

  这种事情肯定不是第一次发生了，梁佩玲嘴巴上轻声嘟囔："那款包包啊，谁知道你原来准备送谁的？"显然她对那个包包的来历存疑，但是手上已经把包包交还到营业员手中。

  王金生略显尴尬，他当作没听见，双手不停地往脑后捋着头发，仿佛是想把刚才这句话捋到身后。

  当他们转到一家珠宝店时，看到门口招牌上醒目地写着"今日全场八折"的优惠信息，王金生就主动拉着太太进去看看。

看了没多久，他一眼选中了一款大溪地黑珍珠项链。

这颗珍珠不但相当大，而且毫无瑕疵，同时还附有权威的鉴定证书。

梁佩玲试了下，白皙的胸口衬着这条珍珠项链，果然好看。

童理想，这颗珍珠仿佛是为梁佩玲而生的，它不但好看，而且非常符合梁佩玲的气质。

梁佩玲点点头，表示喜欢，但看看价格，又收起笑容。

这条项链即便是打了折，但仍然不便宜，也要七八千。

但这回王金生没有犹豫，让营业员包起来开票。

女营业员非常高兴，一边开票一边说："先生，你买的真是划算，我们这个牌子很少打折，一年最多一次。对了，今天不但打八折，还可以享受分期付款呢！"

"分期付款？"王金生愣了一下，豪爽地说，"不用了，我全额付款好了。"说着拿出信用卡去了收银台。

梁佩玲拎着装着珍珠项链的手提袋走出珠宝店，她高兴地挽着丈夫。

童理想，其实王金生这个人虽然小气，但还是蛮会挑东西哄女人高兴的，不过他转而又想，也许……这个女人，还包括其他女演员。

四

几匹蒙古马显然不太适应海岛的气候,显得有些无精打采。它们本来应该在草原上驰骋,却阴差阳错来到了这个海岛。

几个孩子换上了骑装,兴高采烈地在教练的指导下骑马,和马儿的神情截然相反。

童理也喜欢骑马,登山、划船、游泳、滑雪,大多数运动他都非常热衷。

王金生却在跑马场边上抱怨:"一个代币是30块钱,在这里骑半个小时3个代币,那就是90块钱,收费不低啊,好像代币不是钱似的。"

葛娜对王金生出来玩还不停抱怨有些鄙视,这些项目在酒店大厅里都有明码标价,再说了,又不缺钱,还这么抠门。

"别管他,我们去玩。"梁佩玲拉着葛娜和童理去骑马,王金生倚在围栏上看着他们几个骑马,还不时挥手喊道:"玲玲,抓紧缰绳,夹住马鞍,千万别掉下来……"

梁佩玲头都没回,事实上,她骑得很好,坐姿挺拔,非常潇洒。

"王先生挺关心你的,他不太爱运动吧?"童理赶上梁佩玲的马,和她并行。

"他年纪大了,喜欢保养,最多打打高尔夫球,不太爱剧烈运动。"梁佩玲说,此时珍珠项链已经挂在她白皙的胸前。

"丈夫大几岁也有好处,比较成熟宽容,会照顾人。"童理说。

"童先生,其实你也明白,最好的婚姻还是年龄相仿,毕竟我们相差快20岁了。很多时候,我都不自觉地把他当长辈来看待。"梁佩玲说。

"夫妻的相处之道还是能发现对方的长处吧——我没结过婚,瞎说的哦,当你多发现对方的长处,少盯着他的短处,可能相处起来舒服多了。这和谈恋爱正好相反。结婚前要睁大双眼,结婚后就睁一眼闭一眼。其实,王先生对人挺和蔼的,挺容易相处的。"

梁佩玲咬咬嘴唇道:"哎……世上也没十全十美的事情啊……对了,小葛是你女朋友吗?她和你也差个十岁吧?"

"不是不是,她是我工作上的搭档,我们这趟休假,其实是单位安排的。"

"那你千万别让人误会,我觉得这个姑娘挺喜欢你的。"

"不会的,她当我是大哥,或者大叔吧。"童理笑道。

葛娜赶上来,问:"你们两人聊什么呢?我都快赶不上你们了。"

梁佩玲咯咯地笑个不停。

童理觉得这个样子才像她真正的年龄。

这时王金生趴到围栏上向梁佩玲喊道:"玲玲,太晒了,我先去沙滩旁边的椰子林找个躺椅躺一会儿,一会儿你玩够了来找我。"

"好,我知道了,你去吧。"梁佩玲有些厌恶地喊道,她用脚后跟催促着马匹,加快了速度,把丈夫和一些无形的东西甩在了后面。

五

王金生躺在椰子树下悠闲地喝着饮料。

童理从海里游泳回来,一边用浴巾擦着身子,一边拿起一杯椰子汁喝了起来。

如果不是穿着海岛服,而是住院的条纹病人服,那么王先生就活脱脱像个坐在轮椅上来疗养的病人。

王金生看着一波波冲上沙滩的海浪,眼神里忽然有点伤感。

"她们还在海里玩?"王金生问。她们指的是梁佩玲和葛娜。

"是啊,骑完马又去游泳,她们精力够好的,你怎么不去玩?"童理问。

"我也不太爱游泳,在这里躺着挺好的。平时工作太忙,不是谈项目,就是跑片场,也很少带玲玲出来玩。她这个年纪精力旺盛,是该多出来玩玩。"

"王先生,我看你好像有心事似的,其实出来玩,就把工作和其他杂事都放一放好了。你看这个海岛多美啊。"

"话是这么说,不过……"王金生说了一半,又把话给咽回去了。

"怎么,王先生你有什么心事?"童理问。

"童先生,你听说过'肯尼迪家族的诅咒'这件事吗?"

"这个我听说过,就是关于美国总统约翰·肯尼迪家族的诅咒,据说这个家族由于某些难以见光的发家史和滥用权力的行为,而受到神的惩罚。不但约翰·肯尼迪遇刺身亡,他的弟弟罗伯特·肯尼迪也在竞选总统时遭到枪杀。这个家族总是发生倒霉事。"

"是的,肯尼迪总统的哥哥小约瑟夫在二战时的一次轰炸行动中阵亡,他的妹妹凯瑟琳也在一次坠机事件中遇难。他们这一代的诡异事情接着传到了下一代,肯尼迪总统的一个侄子戴维在迈阿密的一家酒店中服用过量毒品导致身亡；戴维的兄弟迈克尔在一次滑雪事故中丧生。而肯尼迪总统的儿子小约翰·肯尼迪也因为驾驶飞机坠入了长岛附近的海里丧生……"

"那王先生为什么这么关心'肯尼迪家族的诅咒'？"童理问。

"其实不单肯尼迪家族有诅咒，我们这个家族也有，成年男性基本活不过50岁，要么是生病死了——这还算好的，要么就是发生车祸意外身亡，还有吵架想不开喝了农药的。我的一个堂兄因为得了哮喘，他非常小心，身边总是带着两瓶急救喷雾剂。有一天他约了客户谈生意，突然哮喘病犯了，他赶紧从包里掏出喷雾剂，结果刚好用完，然后翻遍公文包找另外一瓶，发现丢在车上了，他赶紧回车里去拿，可是又死活找不到车钥匙，活活在汽车边上断了气。"

"这个都是迷信，王先生你别当真。"童理道。

"据我奶奶说，原来家族没有这种厄运，这一切都是从我爷爷开始的。那时他是公社书记，在那个与天斗与地斗的年代，为了多种粮食，他硬是把一座坟山给平了，这座山上有一处明清年间原本是名门望族的家族墓地，从此我们整个家族就开始厄运不断了。"

"这不过是巧合罢了，大家解释不了的事情总要找个理由。你别放在心上。"童理劝慰道。

"谢谢你的好意。不过有的事情也不得不信，凡事冥冥中都有命运在安排。我今年也47岁了。我想，万一在我身上发生这种事情呢？我说的是万一。我要是突然走了，说实话也没啥感觉，可是活着的人呢。玲玲跟了我这么些年，她该怎么办呢？"

"照我说，你这个年纪正当壮年，你真不用想这么多。"

"但愿吧。我知道，玲玲这么年轻就跟着我，也受了不少委屈。她也听到不少闲话，说我在外面和女演员怎么怎么地，这个其实真没有，但我是不会去辩解的，一来有些是逢场作戏，有些是女演员需要炒作，你得配合她们啊。我知道还有人说我抠门，其实我想，我还是节约一点花钱，万一我早早没了，我老婆后面日子还长，需要给她多留点钱。"王金生深深地叹了一口气，仿佛是在交代后事。

"那种是小概率事件，大概和此刻飞机失事刚好掉到我们头上差不多。"童理说，他对王金生原先的看法也有了一些改变，也许事实并不像坊间流传得那么不堪。

"但愿你说的没错。"王金生拿起一只插着吸管的椰子，仿佛病危的患者在拼命地喝救命的药水。

"你们在聊什么呢？"声音从边上传来，原来梁佩玲和葛娜已经游完泳从海里回来了。

穿着泳装的梁佩玲身材凹凸有致，像这个海岛的阳光一样，散发着青春的活力。

"我们在谈男人之间的一点秘密。"王金生笑着说。

六

晚饭的时候，王金生喝了不少酒，看来是想放纵一下自己。

都来到这里度假了，也许童理说得对，干吗老想这些没谱的事情呢？该来的总会来，不该来的也不会来啊。

自助餐很豪华，但是要喝酒就得自己掏腰包。酒店供应自己酒庄的葡萄酒，酒的品质相当不错，它采取两种定价策略，一种是按杯计算，五十元一杯；还有一种是畅饮，可以无限续杯，想喝多少就喝多少，只需付两百元。

王金生在这个夜晚很嗨，他付了两百元，一杯喝完又要一杯。显然他想把这个钱喝回来。

梁佩玲很担心，她对童理和葛娜说："我先生其实也不大会喝酒，不知道为啥今天这么开心。"

童理心想，也许是为了那个家族诅咒感到苦闷吧。

王金生显然有点喝高了，他对童理说："我们这次一定要玩得开心，童先生，还有你、小娜，再加上我太太，我们明天去潜水，我都预定好了，我请客。附近有个地方潜水非常好，不但有珊瑚，还有海龟和小丑鱼，还有——大鲨鱼。"

他咧开嘴，做出一副大白鲨吃人的样子对着葛娜，这个年纪做怪相实在有些可笑。显然他喝多了。

"要死了，你不是心脏不好吗？还去潜水，你行吗？"梁佩玲抱怨道。

"没事没事，我上过潜水课，还有，我还雇了个教练，要是有人不会，可以让他教下。"

童理其实早知道这一带有几处地方潜水非常好，居然有这样的安排，他当然高兴，不过眼下却有些说不出的滋味。

"你今天喝太多了，你又不会喝酒，这样子明天还潜水。"梁佩玲说。

"今天我高兴，哈哈……今朝有酒今朝醉。玲玲，我敬你一杯，谢谢你。"说着王金生拿着酒杯去碰太太梁佩玲手中的橙汁。

"神经病，你也不怕别人看了笑话。"梁佩玲微微皱了皱眉。

她转头对童理说："这个人平时不大喝酒，喝酒就这样子。不过他是真心喜欢你们两个，明天你们没事的话，我们就一起去潜水。"

"好啊好啊,我们一起去。"听到有小丑鱼和海龟,葛娜很感兴趣。

"童先生,你还没结婚吧,我告诉你,要是……要是以后你和小娜结婚的话,生活中什么是最重要的,那我就告诉你……就是身边的家人。"王金生显得异常兴奋。

童理搞不清这是他酒后吐真言,还是说一套做一套。

梁佩玲赶紧打断他说:"好了好了,快别说了,要让人笑掉大牙了。童先生早就和你说了,他和小娜是同事关系,你什么记性啊。"

"我这一生,最幸福的事情不是赚到了什么钱,而是遇到了小玲。"说着,王金生把手搭到梁佩玲手上。

"你说你都这个年纪了,肉不肉麻!"梁佩玲白了他一眼推开了他。

"这么美好的夜晚,怎么能没有酒呢?"王金生转身叫住服务员,"给这三位客人都上一杯酒。"

也许是酒精的作用,王金生抑制不住兴奋:"说好了,今天的酒我请,很高兴在这个美丽的海岛上能遇到你们二位,小娜,你这么漂亮,要是今后想往影视圈发展,你来找王大哥,我负责捧红你……"

"你一个人发酒疯就够了,还要扯上别人……"梁佩玲显然有些生气了。

忽然,王金生胃里的酒泛了上来,他有点尴尬地捂住嘴赶紧往洗手间跑,王太太无奈起身跟在后面。

七

一大早,王金生雇好的汽车已经在度假村里等着了,等童理和葛娜上了车,发现王金生和太太梁佩玲已经在车里了。

王金生靠在汽车后座上,说头好像还有点晕。

这时梁佩玲就抱怨他:"不会喝酒昨晚还喝那么多。"

童理连忙问:"王先生有没有事啊?"

王金生摆摆手说:"没关系的。"

汽车一直开到几公里外的一家潜水俱乐部,王金生已经事先打过电话询问好价格并预约好了。

在服务台前,当王金生要按约定的价格付款的时候,忽然得知潜水用具——氧气瓶、潜水面罩和脚蹼还得单独付一笔押金时,就很不高兴。

"你们这个押金定得也太离谱了,买一套全新的也用不了这个价格。"王金生向俱乐部的服务人员抱怨道。

收银台的小哥抱歉地耸耸肩，意思是这个价格又不是他定的。

童理和葛娜赶紧去劝王金生，并各自付了押金，拿到了潜水器具。

抱怨归抱怨，王金生也只能一边嘟囔一边付钱。

葛娜朝童理挤了挤眼睛，悄悄地说："这个人够抠门了，居然还能请我们一起潜水，这可真不容易。"

不过童理不这么想，如果王先生夫妇俩单独去潜水，那么他们也要雇辆车前往，同样要雇一艘船，也要请一个潜水教练，这个花费都是固定的，那么增加一个人的边际成本就约等于零，何乐而不为呢？所谓请客，其实并没有增加额外支出，还多个玩伴。不管怎么说，他没提出自己和葛娜来分摊一部分费用已经很不错了。

四个人在更衣室里换好了潜水服，等出来时，潜水教练——一个名叫阿斌的小伙子已经在船上等他们了。

阿斌是个淳朴的海岛原住民，皮肤漆黑，肌肉结实，就像一个水生动物。他驾驶着快艇，乘风破浪地向海中驶去。

王金生问："这里离黑礁岛有多远？"

"开快艇过去也就半个小时吧。你们想看小丑鱼，黑礁岛是最好的，包括海龟也是那里最多，不过那里暗流比较多,你们要注意安全。"

船仿佛脱离了水面,飞一般地向着黑礁岛驶去。

"你们这里谁从来没有潜过水?"阿斌问。

"我!""还有我!"梁佩玲和葛娜都举了手。

"好,一会儿我跟你们讲下简单的要领,然后带着你们下水。两位男士潜水都没问题吧?"

"没问题,我潜过很多次了。"王金生和童理一起答道。

船靠近黑礁岛时抛下了锚,阳光经过海水的折射变得斑斓。

阿斌说:"这里大约有三米深,一会儿我们就能看到小丑鱼了。"

王金生显得迫不及待,他背好氧气瓶,戴好面罩,对阿斌说:"我先下去看看,你教下两位女士潜水,我把引导绳系在船上,要我上来你拉一下就好了。"

"那你注意安全。别游开去。"阿斌叮嘱道。

王金生比了一个OK的手势,便翻身下了水。

阿斌在船上和葛娜她们讲了各种潜水要领,然后说:"假如遇到问题,比如氧气面罩进水,你们就做这个手势,我会拉你们上来,千万别惊慌。"

童理觉得有义务确保葛娜的安全,虽然有教练在不会有啥事,他还是觉得要跟着葛娜。大约十分钟后,阿斌觉得两位女士基本要领都记住了，就说："现在我们拉着绳子下水适应一下，记住一定要跟着我。"

阿斌忽然想起了什么，他想到把王金生叫上来跟着他，他知道海龟和小丑鱼一般在哪里可以看到。

阿斌去拉了一下系在船上的引导绳，他觉得绳子的另一头毫无反应。他开始使劲地拽这根绳子，感觉那一头很轻很轻，似乎空无一物。

阿斌把绳子完全拉上了船。绳子的另一头什么都没有。

王金生消失了。

八

阿斌有些后悔，虽然这片海面风平浪静，但实际上海底的情况也颇为复杂，暗流、漩涡时有出现。他不该让王先生一个人下水。

"童先生，你留在船上照顾两位女士，我下去看看情况。记住，你们千万别自己下水！"阿斌说着，背上氧气瓶，翻身跃入水中。

大约过了十来分钟，阿斌浮上水面，他失望地看着船上的三个人。

梁佩玲着急地趴在船边，向着阿斌大喊："怎么了？我老公在哪里？金生，金生！"

"我们这会儿该怎么办？"童理问阿斌。

阿斌也有点蒙了，不过很快他清醒过来说："船上有通信设备，我们赶紧求援。"

阿斌在对讲机里把情况向水上俱乐部详细说了一遍，对方马上报了警。

阿斌再次下水寻找，仍然一无所获。

半个多小时后，水警开着巡逻艇匆匆赶来，船上还带着五六个当地渔民。

水上俱乐部也派了六七个人开着快艇过来帮忙寻找。

一直到天色渐暗，仍一无所获。

水警初步断定是王先生下水后，遇到暗流或者漩涡，被水流卷到了别的地方。

第二天，警察扩大了寻找范围，到了晚上仍然一无所获。那些经验丰富的渔民判断，在通常情况下，是无法找到王先生了，他可能被暗流卷到了很远的地方，随着洋流一直往外漂远了。还有一种可能是卡在某处暗礁之中，无法浮出水面。

警察找了同船的四人做了笔录，童理等人把自己看到的一五一十地和警察详细描述了一遍。

警方问童理:"童先生,你这几天可曾听到死者说过一些特别的话,或者看到一些特别的事情?"

童理想了想说:"王先生和我谈过他们家族的诅咒,说在他们家族中,成年男性很少能活过50岁的,总是会遭遇莫名其妙的一些厄运。没想到这件事真的发生了。"

警察把这些都记录在了本子上。

梁佩玲对警察说:"昨天我丈夫喝多了酒,今天人一直昏沉沉的,还有他心脏也不好,这些原因会不会造成潜水发生意外?"

警察最后告诉梁佩玲,在目前这种情况下,可能最终无法找到溺水者的尸体,让她要有思想准备。

梁佩玲这些天滴水未进,已经哭得不成人样了。她一遍遍后悔地说:"都是我害了他,都是我说要出来度假的,结果害了他。"

警察通知了王先生和王太太的家人,让他们赶过来处理一些事情,顺便也好带着近乎瘫倒的王太太离开。

葛娜和童理的心情也跌入谷底。

虽然他们和王先生不是什么至交,但也彼此愉快地相处了几天。再说王先生也是邀请他们去玩,然后出的事,这让他们感到自己多少都有责任。尤其看到王太太痛不欲生的样子,童理也替她难过。

九

童理和葛娜坐在机场的候机大厅中,听着航班的广播。

落地玻璃窗外的机场跑道上,不时有飞机带着巨大的轰鸣声起飞和降落。

"童老师,真抱歉,本来大家是出来放松一下的,结果遇到了这样的事情。"葛娜充满歉意地说。

"别傻了,这个和你有什么关系。"

"王太太挺可怜的,和丈夫出来度个假,结果得自己一人回去了,人生真是无常。"葛娜感叹道。

童理看着屏幕上来回滚动的航班信息。这几天的经历如同电影一幕幕在他眼前闪回。

"不对,不对,这里面有问题。"童理自言自语道。

"什么不对啊?"葛娜不解地问。

童理没有回答。

"飞往鹿州的T3802次航班开始检票了。"广播里传出可以登机的通知。

葛娜拉起童理,说:"童老师,我们走吧,可以检票了。"

童理忽然说:"小葛,我们得回去,走,我们去办退票。"

"回去？退票？"葛娜一头雾水。

"是的，我们差点都被骗了。那个和我们一起的王金生，根本就没淹死。"

葛娜睁大了眼睛，仿佛白天看到了鬼。

两人打车来到处理这起事故的当地公安局水警支队，并见到了负责人。

童理说："我有重要的情况要汇报。"

十

犯罪嫌疑人梁佩玲很快落网，另一个嫌疑人徐牧也相继在鹿州落网。

在几天徒劳的抵抗后，他们意识到一切都无法隐瞒了，于是分别交代了作案经过。

以下是梁佩玲的供述。

五年前，我应聘去了星画传媒公司，当时我是抱着明星梦去的。

很快，王金生看上了我。我嫌他太老太油腻，可是他是公司的合伙人，我也不敢得罪他。后来被他软磨硬泡，最后终于成了他第三任老婆。

本指望他年纪大能多体贴，好好过日子，可是现实生活完全不是这样，婚后没多久，他所有的缺点都毫不掩饰地暴露出来。

他好色，凡是公司有点姿色的演员，他都想沾手。有些心气高的人离开了公司，有些则不得不被他潜规则。一开始他还会瞒着我，到后来甚至到了明目张胆的地步，在公共场合和这些女演员搂抱亲热。为了追到这些女明星，他花钱大手大脚，买各种昂贵礼物眼睛都不眨。

然而对家里的老婆，他早就腻了。他对我出奇地抠门，虽然给我办了一张银行卡，但只要消费超过200元，他就会收到短信，然后他就气势汹汹地打电话来盘查，问我把钱花在哪里了，和谁在一起。

好色也罢，抠门也罢，我全当没看到，可是他渐渐开始展现魔鬼的一面。他以家暴虐待为瘾，随便找个理由，就在家里痛打我一顿，把我打得浑身是伤。

我想趁着没有孩子，赶紧和他离婚，可是没想到他却死活不肯。他甚至拿着刀威胁我说："我是不会离婚的，你想走？你倒是试试看，看我怎么收拾你。"说完又是一顿拳打脚踢，每一拳、每一腿，用的都是狠劲。

我不知道他为什么就是不肯放过我，也许虐待我是他的快乐，也许是一种疯狂的占有欲。

我以为我的日子永远这么暗无天日，直到有一天，我遇到了徐牧。

徐牧是他们公司的化妆师，他了解我的情况后很同情我的处境，处处照顾我。

和他相处，我第一次有了幸福的感觉。

我决心和王金生离婚，和徐牧重新开始自己的人生，可是却被王金生一再阻挠。

你们很难想象他拿着刀、眼里透露出的那股狠劲。他发誓，如果我要离婚，他不仅会毁了我，也不会放过我的家人。没有亲眼见到这种凶恶的眼神的人是不会明白我的感受的，它透露着残忍和疯狂，仿佛立刻会扑上来杀了我。

我和徐牧商量了各种办法，最后所有的办法都试了，根本就行不通。

我说，只有杀了他，我们才能在一起。

杀人并不是最难的一步，可过不了几天就会被别人发现，因此难的是怎么永远不会被人发现，把事情做得天衣无缝。

我们想了很久，有一天，我看到徐牧惟妙惟肖的化妆技巧，终于想出了一个办法。

我假意都顺着王金生，然后提出想去东日岛度假。刚好这段时间他对那些不停问他要钱要角色的女人也心烦了，于是同意去一起度个假。

我看好了旅行社，然后让王金生付了钱，并告诉周围的人他要和我一起去度个假。

我趁着王金生不注意的时候，让他喝了掺了安眠药的饮料，然后勒死了他。这里我要说一句，当年他也是用这种手段得到我的。这也算以牙还牙吧。

我和徐牧开车到了山里，把他埋在了人迹罕至的深山。

徐牧的身材和王金生差不多，然后他化装成王金生的样子，我们就开始了这场旅行。

徐牧用王金生的身份证登了机，我们到了东日岛就开始寻找目标——今后为我们行为作证的目标。

我们看上了鹿州来的童理和葛娜，看上他们最重要的一个原因是，他们和我们之前的生活没有任何交集，他们不可能识破这个假冒的王金生，即便日后他们看到照片，也无法发现这个破绽。

徐牧长期在片场，很有演戏天赋，我自认也可以成为一个好演员，于是我们合作演了一出戏。徐牧要演出王金生精明抠门的性格，但也不能过火，我则要演出对王金生既厌又爱的复杂心态。

我们按照设定好的剧本演了这出戏，而童理和葛娜就是我们这出戏的观众。

这出戏的高潮是我们得设计一个"王金生之死"，让所有人相信他是潜水发生意外死的。

徐牧提前仔细了解过那一带的情况，他事先租好了摩托艇，将之藏在黑崖岛，当他潜下水后，迅速游向岛的另一边，然后乘坐摩托艇回到东日岛飞往内陆。

而这边，王金生在所有人眼皮底下溺亡，虽然没有找到尸体，可是现场有很多证人，绝对没有人会怀疑他是假死。

我们以为大功告成，骗过了警察，可是万万没想到，这一切居然被警方轻易识破了。

这是我人生中第一次演戏，没想到会如此失败，看来我真的不适合演员这个行业。说到杀人，我并不后悔，我后悔的是把徐牧给牵扯进来，他原本应该是一位很有才华的化妆师。

是我毁了他。

嫌疑人徐牧的供述与梁佩玲的基本一致，只是在杀人这件事上,他一再强调,从下药、勒死到抛尸,都是他一人所为。

十一

葛娜问道:"童老师,整个过程我一直和你在一起,你看到的我大致也看到了,你听到的我大致也听到了,为什么我根本想不到这些呢?你到底从哪里推断出来王金生另有其人的?"

"其实我开始也没在意,可是我和他们两个相处越久,就越觉得他们这趟旅行不是两个人,而是三个人,有一个看不见的人始终伴随在他们身边。"童理回答。

"三个人?童老师你说得好玄乎啊,是王金生的鬼魂吗?说得我鸡皮疙瘩都起来了。"

"哈哈,那倒不是,你听我分析。"童理开始解释自己的推理。"我先说疑点一。我们来的时候,导游森迪跟我说起,王金生是个抠门的人,他不但对这次旅游的团费讨价还价,还使用了分期付款。"

"这有什么问题?"葛娜问。

"你一定没有研究过分期付款这件事。"童理说。"当人们决定出门旅行时，提前支付经费当然也会感到痛苦，但是人们普遍认为预付了费用的旅行，比过后再付钱的旅行更令人愉快。因为如果先付钱的话，付钱引发的痛苦在旅行前就结束了，稍后的旅行就会觉得比较愉快，你脑子里无须总记挂着花费，感觉就像不用花钱就能得到一次度假一样。如果滞后付款，旅行的乐趣多少会因惦记着付款问题而减少，付款这件事会始终挂在你的心头，原本完美的度假夹杂着付钱的担忧。因此，王金生在度假这件事上应该会选择提前一次性付款，而不是分期付款。"

"童老师，你这个怀疑不对啊，可能对大多数人来说是这样的，可是王金生是出了名的抠门，分期付款对他来说很正常，愉快不愉快可能对他来说是次要的。"葛娜说。

"好，那我们假设王金生就是这么小气的一个人。可是你还记得我们去商场购物的情形吗？"

"记得，这个王金生一如既往地抠门，不愿意买包包，最后买了打折的珍珠项链。"

"没错。我也觉得这个王金生很抠门，可是有个细节让我产生了怀疑，王金生购买的珠宝的确打了折，可是当店员提出可以分期付款的时候，他却拒绝了。"

"那没准儿他就是觉得分期付款比较麻烦吧。"葛娜对这个怀疑仍然不以为然。

"从经济学上来说,选择'先付款还是先赊购'的一个重要因素,就是预期你的付款方式对购买产品所产生的乐趣的影响,像旅游产品用过之后再付款的确会减少使用时的乐趣,而购买珠宝等耐用的商品时,因为我们可以一直使用,于是就会选择分期付款。这里的原因就是,人们总是偏向于将支付期限的长短与商品或服务的时间相匹配,所以买房子、汽车和家电、珠宝等分期付款就比较常见,因为这些物品可以使用很多年,先贷款后支付的做法可以使消费与付款完美匹配。另一方面,人们却不愿以负债的方式为那些已经消费过的商品付款,滞后支付旅行费用的方式之所以不受欢迎,是因为它产生的长期成本和短期收益并不能匹配。"

童理接着说:"因此,这个王金生在分期付款这件事上显示出非常矛盾和反常的偏好,在人们通常选择一次性付款的时候,他选择分期付款;在人们通常选择分期付款的时候,他又选择了一次性付款,这种付款方式的极度不一致,让我怀疑这到底是不是同一个人所为。"

十二

"当然,这对我仅仅是开始,更多的怀疑还在后面。我再说疑点二。"童理吸了口气,仿佛是施展某种魔法把自己又带到当时的环境,他缓缓说道,"你还记得这个度假村游乐项目的支付方式吗?这里所有的付费游乐项目都是先购买代币,然后再支付代币。传说这个老板以前是在澳门开赌场的。"

童理接着说:"赌场使用筹码其实是运用了一个行为经济学的原理,当我们把钱兑换成筹码后,我们即使在赌桌上输了,但由于我们支付的不是真金白银,而是几个由塑料做成的筹码,这样会让我们的痛苦大大减少。这些塑料小玩意儿成功地绕过我们大脑中掌管支付痛苦感觉的前额叶皮质和脑岛部分,使它们没有发出痛苦的信号,从而让我们无法及时收手。同时,当我们用钱兑换筹码时,相当于一种预付行为。在日常生活中,我们最无法忍受的付款模式是'计价器运行模式',为每一次消费支付金钱,这会一次又一次让我们感到痛苦。"

"从这些代币中,你看到了什么问题呢?"葛娜问道。

"付钱会引起的不快和痛苦,不要说王金生、你和我,我们所有人都会,最新的神经影像和核磁共振成像研究显示,这种痛苦实际上还会刺激大脑中的某些区域,让人产生生理上的痛苦,越高昂的价格对那些大脑机能的刺激强度也就越高。而使用筹码或者代币的作用就是经济学上所谓的'支付隔离',会大大减轻我们的痛苦。经济学家们研究发现,现金支付这种方式让我们最为痛苦,从钱包里掏出钞票的痛苦会抑制我们的消费欲望,而用信用卡、消费卡等间接方式时,这种痛苦就大大减少。"

葛娜使劲回忆,可是她说自己怎么也想不起来当时的情形。

"来,我帮你回忆一下,"童理说道,"当王金生使用现金购买代币的时候,也就是通常大脑感到最痛苦的时候,他没有一句抱怨,而是愉快地支付了现金。可是当我们后来骑马和享受其他游乐项目的时候,他却在我们面前不停地抱怨这些项目费钱。事实上,使用代币远远没有支付现金这么痛苦,况且购买的时候他也看过价目表。也就是说,在该抱怨的时候他没有抱怨,在不该抱怨的时候他却在抱怨,你说这是不是很奇怪?"

"你这么说,我好像有点想起来了,你是说他的抱怨是装的,故意在我们面前装作某人。"葛娜说。

"小葛,你真聪明,这个所谓的王金生就是要表现出抠门,所以装作爱买打折的东西,装作抱怨游乐项目贵,这么做的目的,就是让我们相信他就是那个真正的、抠门的王金生。"

"我还聪明?我都被人耍得团团转,还给他们当免费的目击证人,我是傻才对。"葛娜吐着舌头说。

"他们两个都是好演员,我们的确差点被骗了,只是他们不知道,经济学会让人露出蛛丝马迹。"

十三

童理接着分析:"我再说疑点三。假如说度假村里有什么性价比最高的项目,那就是到海里游泳,因为这是最昂贵的——你得坐飞机千里迢迢赶到这里,才能享受蓝天碧海白沙。同时这也是最便宜的——在这里,这些不收一分钱。就算王金生再抠门,也不会拒绝这种免费的高性价比娱乐,即便他不会游泳,也可以在浅水区泡一下海水。可是,他始终没有下过水,除了最后一次潜水。他宁可花钱坐热气球,却不愿意下海游泳,这就很让人奇怪了,除非他有什么不为人知的原因,不能下水。"

"那是因为那个人化了妆,所以不敢下水,这个我可万万没想到。"葛娜回想起来是这么回事。

"是的,这个我当时也没想到,直到最后把所有事情连起来才想明白。我接着说疑点四。在我们出发潜水的前夜,这个王金生喝了很多酒,王太太一直说,丈夫不会喝酒。

假如一个不会喝酒的人,并不知道自己能喝几杯,可能只能喝一杯,也可能两杯……那么,他最经济的方法是按杯计价。可是当时,王金生是购买了优惠的无限量畅饮套餐,这就不符合常理了,除非他存心要喝很多,想让别人看到自己喝醉了的样子。"

"对啊,假如不会喝酒,一定是一杯一杯地买。"葛娜说。

"接着我们再说最不寻常的一个疑点。我们在租赁潜水用具的时候,这个王金发抱怨押金太贵,这多么不合常理啊。押金太贵?再贵它也是押金,没多收你一分钱,等我们回来的时候,这些钱都是全部退给我们的。而抱怨押金太贵,很可能是出于下意识的想法——这个想法就是,他当时就不再准备拿回这些押金了。"

"原来如此。"葛娜这个时候才恍然大悟。

"在这次度假中,我回想起这个男人,觉得他时而是王金生,时而又不是王金生,一个人的消费习惯时常附着在另一个人身上,变得互相矛盾。在机场我回想这一切,总觉得仿佛有另一个人始终和王金生和梁佩玲在一起。或者,更合理的解释是,有个人始终在扮演着王金生。"

"怪不得你在机场忽然恍然大悟啊。那么,"葛娜问道,"你到底是从什么时候就开始怀疑他们的?"

"我事后回想，潜意识中可能是从一开始，导游森迪告诉我梁佩玲和王金生之间的八卦——王金生是个好色、对自己妻子抠门并且不负责任的男人——从那一刻开始。"童理说。

"这是为什么呢？"葛娜问。

"那天两人走进机场时，他们互相对望了一眼。这个时候我就在他们身边，他们并不认识我。两人的眼光里透露着对彼此深深的爱意和信任。这种眼里的深情是无论如何也没法伪装的。"

十四

在那个上午，一个身着白裙的年轻漂亮女子和一个头戴棒球帽的中年男子一起走进了机场。他们彼此看了一眼，女子微微一笑。他们明白，接下来是个艰巨而不得不完成的任务，这是他们人生中第一次演戏，也是拿自己的性命出演，但如果稍有疏忽，等待他们的就是无底深渊。

也许会成功，也许会失败。但只要对方一直在自己身边，就什么都不怕了。

茶馆灵异事件

公爵夫人说:"爱,爱是推动世界的动力。"

"有人说,"爱丽丝小声地说,"是每个人关心自己的事。"

——刘易斯·卡罗尔《爱丽丝梦游仙境》

一

"童老师。"一个声音从身后传来。

童理正在学校的操场上跑步,听到喊声,他停下了脚步。

他回头一看,是个瘦小的女生,眉眼细细长长,有点像好莱坞动画片中的那个花木兰,但让人产生一种亲切感。

"童老师,您好,真不好意思,打扰您锻炼身体了。我姓孟,你就叫我艾静好了,我是外贸英语系二年级的学生,虽然不是您的学生,不过我听过您讲课,也听过您电台的节目。"

"艾静同学,你找我有什么事吗?"

艾静显得颇为犹豫,然后吞吞吐吐地问:"童老师,您相信这个世上有灵异事件吗?"

"你找我就是为了这事?"童理有点疑惑,但他想了想还是回答说,"我是教经济学的,从我的理解,极其不可能的事件其实很平常。它们是一组更加基本的法则的结果,这些法则组合在一起,就会导致极其不可能的事情必然发生。根据真正的大数法则,只要给定的机会足够多,任何奇怪的事情都有可能发生。打个比方,如果我们一直扔硬币,扔的时间够长的话,可以肯定地说,在某个时间,我们会连续扔出十个字面朝上。"

"那您的意思是,所谓灵异事件,就是恰巧碰到的小概率事件,其实也没有什么特别的地方。"

"差不多是这个意思,"作为一名老师,童理对学生的疑问颇有耐心,"有些事情你觉得不可思议,其实相当常见。我讲个故事,关于一位名为乔治·布莱森的人一次不同寻常的商务旅行。当时布莱森先生坐火车在圣路易斯和纽约之间旅行,他在肯塔基的路易斯维尔停留了一段时间,这是个他从没有去过的城市。在火车站,布莱森先生询问了当地的住宿情况,并决定住在布朗酒店。之后他登记并入住,房间号是307。布莱森先生突然心血来潮,问服务员是否有他的信件,服务员将标有'乔治·布莱森先生,307房间'的信件递给了他,布莱森这才发现这间房间的上一位客人原来也叫乔治·布莱森。这听起来像灵异事件,其实就是巧合,所谓的灵异事件其实每个人都可能碰到。"

"原来是这样,那我就放心了。"艾静如释重负。

"怎么了?你遇到了什么灵异事件?"童理有些好奇。

"不是我,是我大伯。"艾静回答道。

二

艾静向童理讲述起她大伯遇到的灵异事件——

我的大伯孟齐远在鹿州药王巷开了一家"老孟茶馆",这家茶馆伯父开了快20年,因为大伯做生意很厚道,为人也热情,所以这家茶馆一直生意兴隆,里面有一部分是很多年的老客人,他们把到这里喝茶当作生活的一部分,把茶馆当作是老朋友的聚会点,每天非得到这里来报到一下。

可是最近,茶馆却遇到了一系列灵异事件。

事情是从半个月前的一天开始的。

那天上午,客人照常在茶馆里喝茶,忽然有人惊叫一声,原来茶馆的角落里爬出来一条成人手臂粗的菜花蛇。

几个胆子大的茶客操起家伙打这条蛇,店里的几个伙计也出来帮忙,大家七手八脚把这条蛇砸死了。

这条菜花蛇近两米长,人们一边围观一边啧啧称奇。

忽然有个上了年纪的茶客说:"坏了,坏了,这可要坏事了。"

有人不解地问:"什么要坏事啊?"

这位老年茶客就说:"你们知道咱们这条巷子叫啥名字吗?"

"药王巷啊。"有人答道。

"没错,咱们这条巷之所以叫药王巷,是因为从前这里有个药王庙。上了年纪的人都知道,这个药王庙里的药王菩萨很灵验的,以前这里香火很旺。而这个庙里有一条大蛇,据说这条蛇只吃香客的供品,从来不伤人。老一辈人都说,大蛇就是药王菩萨的化身。"

茶馆里有些年轻人,从没听说过这段掌故,于是凑过来问:"那么后来呢?"

老年茶客接着说:"20世纪50年代,这个药王庙就被拆了,而这条蛇也从此不见踪影了。"

"那你的意思是,我们打死的这条蛇,就是药王庙里的那条蛇?"有人问。

"是不是我不知道。"老年茶客说。"可是大家知道吗?当年这个药王庙的位置就在咱们茶馆这里。今天我们打死这条蛇,估计要招来麻烦了。"

有的人说完了完了，这下得罪药王菩萨了。

也有的人不屑一顾，都哪里跟哪里的事情啊，不就是条蛇吗？

有个小伙子刚刚手拿拖把也加入了对蛇的围剿，这会儿不以为然地说："大爷，咱们都什么时代了，你那个故事啊，是不是电视上看来的？要不，您直接给我们讲讲白娘子传奇的故事得了，这个大家更爱听。"

大家哄然大笑。

艾静讲到这里停了下来。

童理想了想说："可能以前庙里是有条蛇，今天茶馆里又出来条蛇也刚好是巧合吧。"

艾静说："我还没说完呢。如果故事就到这里，我也不会来找您了。"

三

大伯从厨房里出来，看了看这条死蛇，就让伙计赶紧处理了，然后让伙计们该干嘛干嘛，别围着看热闹了。

茶客又回到座位上,一边聊着这条大蛇,一边喝着茶,没过多久,大家就忘了这事,开始聊别的事情了。

刚才那个手持拖把打蛇的小伙子,喝完茶起身跟同桌的几个朋友告辞,然后离开了茶馆。

忽然同伴看到桌上的手机,嘟囔道:"王摩托的手机怎么没拿走?"说完便拿起手机追出去喊:"王摩托,你的手机忘了拿。"

那个小伙子正急匆匆地往前走,这时他离茶馆已有十来米远。听到有人喊,便连忙站住脚转身回头看,忽然听到脑后嘭的一声巨响,巷子边上二楼的晾台上,一只大花盆没放稳,从楼上掉了下来,就掉在小伙子身后两米远的地方。

如果刚刚没人喊他,这个花盆就砸在头上,估计性命难保了。

小伙子脸色煞白,摸着后脑勺,傻愣着站在那里。

茶馆里的人听到声响,也纷纷出来查看。

刚刚那个说故事的老年茶客拍着大腿说:"我怎么说来着,你们看看,是不是应验了?这就是药王爷的诅咒。"

老年茶客说的事情果然开始应验了。

那个绰号"王摩托"的小伙子只是刚刚开始,接下来的几天中,各种奇怪的事情接踵而来。

第二天,老孟茶馆莫名其妙地着火了,好在发现及时,火势也不大,但是茶馆也在扑火时被水浇得一塌糊涂。

茶客们之间在悄悄流传着关于灵蛇的报复和药王爷诅咒之类的事情,说是到这个茶馆里来的客人都要跟着倒霉。

果然,一个茶客在喝完茶回家,就在快到家门口时突然被电动车撞了,虽然没有性命危险,但也是十天半月不能下床。

另一个茶客早上喝完茶,快到中午的时候,突然上吐下泻,到医院检查是食物中毒。

老孟茶馆的匾额是大伯特地找了当地书法家写好刻在木匾上的,在店门口挂了快二十年了,忽然莫名其妙掉了下来,差点砸到人身上。

一个参与打蛇的茶客身体好好的,突然检查出了胃癌,而且是中晚期。

所有茶客都惊恐万状。

"这还真像个灵异事件。"童理说。"不过我认为,这件事本质上还是一些小概率的事情刚好碰到一起,世上哪有什么灵蛇和药王爷显灵的事情。"

"童老师,您这么说我就放心了,多谢你了。"艾静说。

童理忽然想起什么事情,说:"不知道你大伯介不介意请我喝杯茶?"

艾静脸上露出了笑容:"太好了,您看您什么时候方便,我陪您一起去。"

四

药王巷是鹿州城东的一条小巷,巷子不长,只住着二十几户人家,却年代久远。据地方志记载,这个地名最早可以追溯到两百多年前。

巷子四周如今都在大兴土木,透过巷子两边的屋脊,可以看到许多忙碌着的吊车的身影。

童理想,这条百年老巷也许要不了多久,就会被推土机铲平。不过不只是药王巷,整个鹿州都在大兴土木,城市变成了一个大工地,那些满载着从前回忆的场所在推土机下变得荡然无存。

巷子很窄,加上边上停着不少小汽车,就显得更窄了,如果一辆三轮车多装点东西，要通过也很难。

"到了，到了，就在巷尾。"艾静指着前面说。

老孟茶馆冷冷清清，店里只有两三个茶客坐在那里聊天。

一个约莫六十来岁的老人愁眉不展地坐在一角发呆。

"大伯。"艾静喊了一声，老人站起身来，艾静介绍说，"这是我大伯孟齐远，这是我们大学经济系的童教授，我特地请他来坐坐。"

孟齐远双手紧紧握住童理的手，仿佛是抓到了救命稻草："是童教授啊！请坐请坐，您稍等，我去给您沏一壶茶。您喝什么？龙井行不行？"

童理和艾静坐下，不多时，孟齐远亲自端上了茶。

"伯母还好吗？"艾静问。

"老样子，就是腿不大好，还是痛风的老毛病，一犯病就走不了路。"

童理喝了口茶，赞道："孟师傅，您这茶真是不错啊。"

孟齐远叹了口气说："来我们这里喝茶的客人都说，我们老孟茶馆的茶特别地道，要不也不能在这个小地方开20年啊。"

"听小静说，这里发生了一些特别的事情，导致您的生意一落千丈。"童理问。

"是啊,自从一条蛇被打死以后,各种奇怪的事情接二连三地发生,老顾客都不敢来了,我开了20年的茶馆还没遇到这样的事,也彻底蒙了,不知道该怎么办才好。"

童理看着店里的客人问:"这几个是您以前的老顾客吗?"

孟齐远摇摇头说:"以前天天来的老顾客都跑光了,哪里还有胆子来啊。这几个是街坊邻居,到这里谈点事情。"

童理看了一眼这几个人,这是些年轻人,桌上放着手包、香烟和手机,好像在谈什么事情。

"以往这个时候顾客很多吗?"童理问。

"不瞒您说,稍微来得晚一些,就没空位子了。店里那些老客人啊,一天不来就浑身难受,有的都是十几年的老客人了,好像在这里上班一样。你看,出了这档子事,都不敢来了。"老孟一肚子苦水。

"这两天还有奇怪的事情发生吗?"

"有啊,也真是邪了门了。有几个年纪轻、胆子大的,不信什么邪,还是跑到我店里,"孟齐远指着那几个年轻人悄悄地说,"结果也都碰到了倒霉的事情。比如一个做生意的客人,好端端的,突然碰到了骗子,货款被骗了。这两天最奇怪的是,一个小伙子身体好好的,突然得了带状疱疹,腰上长出了很多水疱,年纪大的人说这是'缠腰龙',

等腰上长了一圈后，人就会没命。"

艾静在一边吓得张大了嘴，茶也不敢喝了。

童理不以为然地说："孟师傅啊，这些都是迷信，我们不用去信的。这些发生了奇奇怪怪的事情的人你都认识吗？"

"有几个我认识，是街坊邻居，我看着长大的，路上看到我都会喊我一声。还有几个倒是以前没见过的生面孔。"

"我多问一句，您可别怪我，你最近有没有得罪过什么人啊？"

"我做生意也不图能赚多少钱，价格公道是城东这一片出了名的，要不别人也不可能天天来。反正这个房子也是自己家的，又没房租，怎么着也不会亏到哪里去。我就是看着这些老朋友天天能来，心里就舒坦。说句真心话，无论做人还是做生意，我这个人都坦坦荡荡，不该我赚的钱我一分钱也不会多赚。"

童理点点头："您说的这个，我肯定相信，不过您仔细回忆一下，最近有没有和什么人有过节？"

孟齐远仔细想了想："倒是有这么个事，但也绝对说不上是过节，就是一家房产公司想拆迁我们这条药王巷，来和我谈拆迁费，我当时就拒绝了。因为我也不缺钱花，我就是喜欢这里热热闹闹的，要是不开这个茶馆了，我一定会浑身难受。不过我想这个事情,也不至于得罪人家。"

童理有了兴趣:"你为什么没觉得得罪人家呢?"

"一来,这个事情也有点久了,我们当时都是客客气气地谈,后来逢年过节对方还会上门提点礼物拜访一下,问问我改没改主意,我也请对方喝个茶。我觉得这就像个做生意的样子,不像新闻里那些强拆的,动不动给你停电停水上门骚扰的,做生意啊不能强买强卖,大家客客气气,成了朋友以后更好商量。二来,这不肯拆迁的这条巷子里也不止我一家,好几户人家都对拆迁费用不满意。一家谈不拢这个事情就没法做,于是也就搁下了。"

"您还记得这家房地产公司的名字吗?"

"好像叫……众汇房产,没错,就是这个名字。我还有拆迁负责人的名片,我给您找找去。"

五

"老同学,有事找你帮忙。"童理对苏瑞光说。"我想和你打听一个人,你公安局里认识的人多,能不能帮我想想办法?"童理想向苏瑞光打听的是众汇房产负责拆迁工程的负责人李建民。

苏瑞光和药王巷所在的近河派出所董所长关系很好，苏瑞光就委托董所长帮助童理调查这个人。

"我管理的辖区有好多处地方涉及众汇房产的拆迁工程，但是要说暴力拆迁，被市民举报的事情还真没有。这个李建民和我们也经常打交道，我对他也很熟悉，要说有商人精明的习性吧，他肯定有，但是干违法的事情，恐吓欺诈老百姓，我觉得他还真不是这样的人。"董所长说。

"那董所长，您看能不能帮我约一下？我想找他问点事情。"

"没问题，我约他，他一定答应。对了，还有一个情况，最近药王巷这一片的拆迁工作正在紧锣密鼓地开展，拆迁压力大了，也不定这小子会搞出什么花样。"

童理在李建民的办公室里见到了他。这个人四十来岁，理个平头，一脸的精明。

看到童理，他就上前紧紧地握住童理的手，"您就是童理教授，董所长的朋友吧，来坐，请坐。"李建民满脸热情的笑容，且这种笑容能长久地保持，仿佛它是生长在脸上的纹路。

"我来向您请教一些问题。"童理说。

"啥请教啊，您是大学教授，我向您请教才对，只要我知道，我一定对您说。"

"是关于药王巷拆迁的,这个事情是不是您这里负责的?我想知道一下整个工程的概况,这个不知道涉不涉及你们公司的商业秘密,您方便说吗?"

"啥商业秘密啊,"李建民哈哈大笑,"报纸上都已经登过了。我们啊,就是想把这块地谈下来,做成一个大型的商业综合体,这对鹿州的经济也会起到提升作用。"

"那假如药王巷的拆迁最终没有谈拢,对你们公司的项目是不是影响很大?"

"这个嘛……要说影响,肯定是有的,规划要重新修改,但总的来说,所占的份额并不是很大,当然,能谈拢是最好的。"

"药王巷老孟茶馆的孟老板你认识吧?"

"认识啊,老孟是个好人啊,我拜访过他好多次。"

"听说老孟一直不同意他的茶馆拆迁,但是茶馆最近遇到一些稀奇古怪的事情,快开不下去了,这个你听说了吗?"

"有这事?我还真不知道……等等,童教授,你说这话的意思,是不是说我派人搞了鬼,让老孟的茶馆开不下去,然后逼他拆迁?"

"我不是这个意思,就是来向您打听一些情况。"

"我这么跟你说吧,我爸是参加抗美援朝的老革命,身上还有好几处弹片呢。我们家向来家教严格，虽然我也知道，有些人干拆迁，什么事情都做得出来，但是我跟你保证，这种乱七八糟、背后搞鬼、欺负老百姓的混账事情，我李建民是绝对不会做的。"李建民说这话时非常气愤。

"您别误会，董所长都跟我介绍了，你管理的拆迁项目，他们所里从没收到一起投诉。这个我相信你，那你的拆迁工作一般怎么开展呢？"

"简单地说，就一个字，钱。我们有我们的心理价位，拆迁户有拆迁户的心理价位，之所以没谈拢，就是价格不到位。这个您是教授，比我们更明白。当然具体工作也没这么简单粗暴，我的做法还是和人交朋友，看看人家有什么需求，有什么实际困难，我这里再涨点，他这里再降点，多谈几次，大家都是朋友了，有什么想法都直说好了。能谈成，皆大欢喜；谈不成，还是朋友。"

童理点点头，他也赞成这种方式，让价格发挥作用，于是接着问："那有没有可能是你手下的人捣乱？"

"没人敢，你放心，谁这么做，我让谁立马滚蛋。"李建民斩钉截铁地说。

"你觉得现在给出的药王巷拆迁价格合理吗？"

"这个怎么说呢？相对于市场价格，这个价格是相当到位了，城东这一块拆迁，这个价格不能说最高吧，前三还是有的，老百姓不吃亏的。不过对我们公司而言，给这个价格也觉得不吃亏，毕竟修改整个规划浪费的资源更大。好在这个事情也不算很急，我们慢慢谈，我相信总能谈出一个结果。"

"嗯，我明白了，耽误你时间了，多谢您了。"童理说。

"别这么客气，童教授，下回您要有时间，叫上董所长，我们一起吃个饭。"李建民把童理送到门口，仍然保持着他的笑容。"有件事你尽管放心，我李建民虽然是粗人，但偷鸡摸狗、乱七八糟的事情，我是绝对不会做的，改天我也去看看老孟。"

六

李建民的话到底可信吗？真相到底是什么呢？

难道真的是药王爷显灵吗？

显然不可能。

纯粹概率上的巧合？一连串的小概率事件？

好像也有点难以解释。

走着走着，童理又绕到了药王巷。

巷子里有户人家正好在办喜事，这家人的儿子娶新媳妇，长长的豪华车队显然无法开进这条巷子，只能远远地排着队停着。

耳边不时响起鞭炮声，一派喜气洋洋的景象。

童理从这群人身边擦肩走过。

五花八门的衣服仿佛是挂在巷子上空的万国旗，电线木杆和房屋外墙上则贴着出租房屋和放贷公司的小广告，几个年轻人站在门口抽着烟看热闹。

童理看着药王巷两边的房子，这些房子都颇有年头，有些栏杆和梁托雕刻得颇为精致。想到这些房子也许不久就被夷为平地，大厦拔地而起，不知道是该高兴还是惋惜。

"孟师傅，我刚好路过，进来喝杯茶。"童理走进茶馆，一眼看见坐着发愁的孟齐远。

孟齐远一脸憔悴，仿佛一夜之间老了很多。

"童教授啊，快请坐。"孟齐远看见童理赶紧招呼。

"还是只有这么几个顾客吗？"童理问。

"哎，我看啊，只有关门了。"孟齐远叹着气。

"这两个顾客是你们店里的常客吗？"童理轻声问。

"多年的客人都不敢来了，这几个小伙子和上次你看到的一样，也是街坊邻居，平时也不大来，可能年纪轻胆子大不信邪吧，但这样下去我看是撑不下去了。"

偌大的茶馆只坐着两位顾客。

这是两个年轻人,桌上放着新款的诺基亚手机和中华香烟,正在谈着什么事情。

两人和孟齐远都挺熟。一个小伙子回头说:"孟叔叔,我看您啊,拿了拆迁款关门享享清福算了,这生意还怎么做啊……我从小就是你看着长大的,我这么说你可别生气。"

另一个小伙子有些不高兴:"胖子,你可别这么说,什么药王爷,乱七八糟的。孟叔叔,你可别信这些,过段时间生意自然会好的,您啊,别担心。"

孟齐远说:"小波啊,谢谢你啊,你奶奶出院了吗?"

"哎,"小波叹了口气说,"还在医院躺着呢,只不过护理和医疗都挺花钱的。"

"你经济上要有困难记得和孟叔叔说啊。"

"谢谢孟叔叔记挂啊。"小波颇为感动,站起身和胖子离开了茶馆。

七

等小波和胖子一离开,孟齐远转身就把茶馆的门关上了。

"您这是怎么了？"童理问。

"有件事情，我憋在心里好难受，又不知道和谁说，童教授，刚好您来了，我就和您说说吧。"

"到底发生了什么事情？"

"不怕你笑话，童教授，我真是撞见鬼了。"孟齐远哭丧着脸说。

"您遇到了什么事情啊？您别着急，慢慢说。"

"前天晚上大约11点，我从茶馆收拾完出来往家走。整条巷子黑黢黢的，只有一盏昏暗的路灯。天特别地闷，感觉要下大雨的样子，我看到远处的云层忽然亮了一下，接着有闪电在天空划过，远远传来几声闷雷的声音。

"也许快要下雨了，我心想，于是我加快脚步往前走，忽然感觉头顶上有亮光发出，我抬头一看，吓得差点腿一软瘫倒在地上。原来巷子楼上房子的老虎窗里，探出一颗蛇头，大约有水桶般粗细，吐着红色的信子。整个蛇头发着绿光，两只眼睛直勾勾地盯着我看。

"我吓得魂都掉了，忽然绿光消失了，楼顶上一片漆黑，蛇头不见了。我拼命揉眼睛，心想是不是自己整天琢磨药王庙的这件事产生了幻觉。可是接着，在后面一栋房子的楼顶又出现了这条蛇的身影,一两秒后它出现在更远的那栋房子上方,这条蛇正在巷子的楼顶上悄无声息地飞快游动。就这样,大约十几秒钟,它已经游到了药王巷的巷口,最后这条发着绿光的蛇翻过屋顶不见了。

"我的心脏仿佛要跳了出来,腿也挪不动了。其实我也搞不清是自己亲眼所见还是幻觉,我也不敢和别人说,怕引起大家的恐慌。难道真的有蛇仙显灵吗?"孟齐远睁大惊恐的眼睛,仿佛这一幕还在眼前。

"这条蛇从巷子这一头的房顶游到巷子的那一头,你说总共十几秒钟?"童理问。

"可能吧,那时候我特别紧张,记忆也有点混乱,但好像是这样的,只一眨眼的工夫,蛇就游远了。"

"当时有没有瓦片什么的掉下来的声音?"

"这好像倒没有,我感觉这条蛇仿佛是幽灵,行动起来像是在贴着屋脊飞行,无声无息的。我活了这么久,还是第一次看见这样的场景。"

童理也说不出个所以然,只能劝慰道:"孟师傅,一定是这几天你心思太重了,整天想着这件事,所以眼前出现了幻觉。"

"如果真是这样就好了,可是我明明亲眼看见的啊。"孟齐远叹着气说。

八

童理离开老孟茶馆,沿着孟齐远说的方位仔细查看。

童理设想着各种可能性:会不会夜晚有人穿着黑色的衣服,举着一条发光的蛇装神弄鬼呢?

童理很快否定了这个猜想。这里的房顶高高低低,房和房之间还有高高的防火墙,即便在平地,有人举着巨蛇也没有办法在十几秒钟内从巷头跑到巷尾,并且还不碰落瓦片,这几乎是不可能的事情。

在十几秒的时间内,一条巨蛇从房顶的这一端游到了那一端,总共一百来米的距离,这究竟是怎么一回事?难道真的发生了灵异事件?

当然,世界上并没有什么药王爷或者蛇仙,那事情就必然有另一种合理的解释。

童理在四周查看,药王巷的背面街区已经开始拆迁,这里是一片工地,吊车、铲车、挖掘机正在忙碌地作业。这些身形巨大的工程车正发出奇怪的呜呜声在施工,它们仿佛是科幻片里的某种外星生物,只不过这些外星生物不会吃人,只是吃人的记忆罢了。

童理想着,毫无疑问,整件事获利最大的自然是开发商。如果孟齐远同意搬迁,那么整个综合体工程不但不用修改方案，而且还可以提前工期，这里面的利益巨大。

如果是开发商或者李建民一伙干的，他们又是怎么做到的呢？

看着这些工程车，童理想到一种可能性。如果在巷口和巷尾架起两辆大吊车，把吊臂悬挂在药王巷屋顶的上空，两个吊臂之间拉一个钢索，然后用一个滑轮挂一条发光的巨蛇模型，滑轮用动力牵引，那么十几秒滑完近百米完全不成问题。

能摆出这么大阵仗的只有开发商了，李建民也许撒了谎。

不过这里仍然有很多疑问无法解释，比如他们是如何做到整件事情毫无声息，在寂静的夜晚动用了工程车却不发出一点声音？这条蛇又是如何做到活灵活现地在房顶游动？事先如果没有排练过，这条巨蛇很容易被房顶的铁丝网、天线、晾衣绳或者其他什么东西挂住，他们又是怎么做到的？

九

"你现在是不是要去市政府参加一个新闻发布会，我刚好顺路，送你一程。"在电台门口，童理遇到正要出去的葛娜。

葛娜上了车。

"葛娜,很少听你提起你的父母,他们是干什么工作的?"童理问。

"我爸爸是儿童图书的插画家,《月亮河的狐狸》这本书您看过吗?这本书就是我爸爸画的,还得过安徒生插画奖呢!"

"我听说过那本书,果然是知识分子家庭出身,那你妈妈呢?"

"我妈妈呢,是个外科医生。"

"外科医生啊,挺厉害的啊。"

"这个事情说来话长,我外公外婆都是医生,他们希望自己的女儿也成为医生,可是我妈妈一点也不想当医生,她胆子小,不敢解剖动物,更不要说解剖人体了,她还晕血。可是外公外婆在填报志愿的时候,自作主张给她报了医学院。"

"那你母亲去了医学院怎么办?"

"是啊,开始是很痛苦,可是既然要干这一行总要克服这些恐惧,我妈妈算是意志力强大的,解剖到一半就呕吐,呕吐完了继续解剖。她为这不知道偷偷哭了多少回。晕血这件事也一样,但她知道不管怎么艰难,这道坎儿她必须跨过去。"

"你母亲挺伟大的。有些人就是没法克服晕血。你做事的劲头也和你妈妈挺像的。"

"我哪有？他们对我算宽容的，从来不逼我学这学那，高考也随着我，我说要学新闻，他们也毫无意见，就是说这一行风里来雨里去自己要想明白。"

"是啊，你们这行是挺辛苦的。"童理说着打开汽车收音机，里面正在播报国际新闻。

"土耳其第一大城市伊斯坦布尔的一家咖啡馆前晚发生炸弹爆炸事件，造成3人死亡。土耳其警方怀疑，是反政府的土耳其工人党策划了这起袭击事件。发生爆炸的咖啡馆位于伊斯坦布尔的加拉塔大桥下。当地居民和游客喜欢前往那里品尝海鲜大餐。警方调查认为，爆炸可能由遥控装置或定时器引爆……"

"土耳其也真是不太平，"童理随口问道，"葛娜，你觉得如果一家咖啡馆发生爆炸后，是那些老主顾先陆续回到咖啡馆里，还是那些平常不太光顾的客人先回到咖啡馆？"

葛娜回答道："这个嘛，我想应该是那些偶尔光顾的客人吧，毕竟老主顾要承受更多次的爆炸风险。如果我经常去那家咖啡馆，那我很有可能就不再去了。"

童理点点头。

葛娜在市政府下了车，回首和童理告别。

童理继续开车回学校，路上他忽然想到一个问题，他意识到自己之前的猜测完全错了。

十

艾静走出教室，童理在门外焦急地等着她。

"你还有课吗？"童理问。

"今天没课了。"

"好，我们去你大伯那里一趟，我找他有点事。"

"没想到童老师这么关心我伯父的事。"艾静感激地说。

两人到了老孟茶馆，发现茶馆已经关门了。两人敲门后，孟齐远出来开了门。

"孟师傅，今天你怎么不营业了？"童理说。

"一个客人都没了，这么多怪异的事情发生，不知道接下来还会发生什么，还是关门算了。"孟齐远无奈地连连摇头。

三人进了店里坐下。

"孟师傅、小静，关于茶馆发生的灵异事件，我想了很久，我想我现在有答案了。"

"童教授，这究竟是怎么回事？你说会不会是开发商在捣鬼？"孟齐远攥紧了拳头，迫不及待地问。

"我曾经和您想得一样，但我们可能是冤枉他们了。孟师傅，你现在听我慢慢解释。咱们不急，有的是时间。我们先扯得远一点，你和小静有没看过一部老电影叫《贵妇还乡》？"

"《贵妇还乡》？"两人一起疑惑地摇摇头。

"那你们先耐心听我讲。"童理说。

"瑞士有个剧作家叫迪伦马特。1956年他写的剧本《老妇还乡》上演，取得巨大成功，从此名声大噪。1964年福克斯公司还把它翻拍成电影《贵妇还乡》，由英格丽·褒曼和安东尼·奎恩主演。

"这个故事是这样的：62岁的亿万富婆克莱尔回到了家乡居伦城——一个贫穷的小城镇。全城的人们都为她的回乡欢欣鼓舞，因为只须这个富婆稍发善心，便会使这个可怜的小城镇起死回生。

"克莱尔慷慨许诺捐献给居伦城10亿美金，但是她附带了一个条件，就是买下负心人一条命。原来45年前，克莱尔与少年伊尔热恋并怀孕生下孩子，但伊尔不仅抛弃了她，还制造伪证，克莱尔因此不得不背井离乡，从此过着颠沛流离的生活，并且一度沦为娼妓，孩子也在病痛饥寒中去世。几经辗转，她被亿万富商看中，在富商去世之后，克莱尔继承了巨额遗产。

"市长代表市民拒绝接受附带这样条件的捐款，所有人也都声称，宁可不要钱，也不会不顾道义。然而事情却在悄悄发生变化，居民的消费水平慢慢增长，对店铺的赊账也逐渐上升。人们对自己的收入预期开始增加，大手大脚花那笔看不见的钱。终于有一天，大家一致同意抛弃伊尔。最后克莱尔留下了10亿美元，如愿报了仇。"

老孟看上去有些迷茫，而艾静似乎有点听懂童理的意思了。

童理接着说："现实世界中，比如当员工提前得知下一年的工资调整方案，他们会怎么做呢？根据标准经济学模式，如果下一年的工资出乎意料地高，那么员工应该现在支出更多，如果下一年的工资出乎意料地低，那么员工就应该减少他们的支出，你们觉得是这样吧？

"但是有个叫谢伊的经济学家研究了加入美国工会的教师行为，他发现人们的行为并非按照标准的经济学模式，这其中还存在'棘轮效应'：当教师将来的工资出乎意料地高时，他们的确支出更多，但是当他们未来的工资出乎意料地低时,他们却没有减少支出。

"克莱尔之所以能报仇,也是因为经济学上的'棘轮效应'在起作用:人们的消费习惯形成之后有不可逆性,即易于向上调整,而难于向下调整。当居伦城的市民得知有一笔可能得到的巨款在等着自己,于是就会调整自己的支出模式,开始大手大脚地提前消费。然而一旦失去获得巨款的预期,人们形成的消费习惯却很难向下调整,人们依然会大手大脚花钱,最后因严重透支处于财务困境的居民不得不答应老妇的要求。"

十一

童理开始切入正题。

"你们一直没有注意到一个问题,就是当开发商提出拆迁补偿方案的时候,药王巷的居民大多并没有同意,老练的开发商也没有'一次下注',而是条件逐步提高,不断加码,这让民众有时间琢磨这些条件对自己的意义。

"尽管药王庙的居民并没有拿到这些拆迁款,可是在他们心目中已经拥有了这笔钱,于是他们开始抬高自己的消费,而这些居民的亲戚或者朋友们,也认可了他们即将拥有这笔钱,因此在他们看来,药王巷的居民都是有钱人了。

"在这里我观察到了这样一个现象,巷子里的居民支出已经大大高于收入了。你们是否注意到,巷子里停满了家庭小轿车——很多人家开始购置小汽车。可是他们的实际经济条件并没有达到这个水准;很多年轻人不再工作,而是选择在家闲逛,因为工资这点收入,对他们来说已经看不上了;巷子里晾晒的衣服有各种名牌,你们也可以看到,那些狭小的房子里已经塞进了各种名牌家电,放在户外的空调外挂机也都是进口的……

"他们的婚庆排场也相当地大,租用一个车队的豪华车。这里的小年轻虽然很多并不上班,却用着最新款的手机,抽高档香烟……这一切都是因为他们认为自己很有钱,并且房地产公司在不停地抬高他们的预期,让他们觉得自己越来越有钱了,可以任意消费了。

"然而事实很不幸,他们的口袋里并没有多出一分钱。那么他们消费的钱从哪里来呢?答案就是借贷。他们有的向银行借款,有的透支信用卡消费,你们有没注意到巷子里到处贴着的贷款公司的小广告,不少居民用高息借款消费,放贷公司得知他们将拆迁,也乐于将钱借给他们。

"那么这种行为的最后结果是什么呢?就是有一天银行和放贷公司突然找上门来,可是他们却无钱可还。这个时候,他们开始迫切地希望能够和房地产公司达成协议,早早地拿到这笔巨额拆迁款,可是这个时候的障碍是什么?那就是您的老孟茶馆。

"只要有一家不同意拆迁,这个协议就无法达成,那么这也意味着他们的拆迁款无法到手。可是另一边,放贷公司开始穷凶极恶地催款,银行也开始威胁要把他们拉入信用黑名单,不单是那些大手大脚花钱的年轻人,药王巷几乎所有居民都陷入了入不敷出的财务危机。

"于是,居民私下里偷偷商量,怎么样才能让孟师傅您妥协。有人旁敲侧击和您谈了几次,被您一口拒绝,于是有人提出,只要茶馆生意兴隆,您就绝对不会同意拆迁。但是如果制造出一起灵异事件,让老孟茶馆尽早关门大吉,这样孟师傅您也许就会妥协。

"虽然也许有不少厚道的居民并不同意这种有些下作的办法,但是他们也迫于财务或子女的压力保持了沉默,于是,药王巷的居民上演了一场类似'东方快车谋杀案'的灵异事件,所有的人互相配合,有的人放蛇,有的人扔花盆,有的人假装被车撞,还有的装作得绝症……

"现在我来解释一下孟师傅您晚上看到那条发光的巨蛇。如果有人恶作剧,那么一个人根本没法做到这件事,他是无法在这么短时间内,把一条发光的道具蛇从巷头的房顶上移动到巷尾的。开始我认为这是开发商搞的恶作剧，通过吊车悬挂钢索用滑轮带动道具蛇。可是我却搞不懂，为什么巨蛇会如此活灵活现，仿佛是在屋顶游动，这是如何做到的？

"我最后想明白了，答案其实要简单得多，"童理抓过桌上的筷子，用五六根摆成歪歪扭扭的一字型，"就是那天晚上有很多药王庙的居民一起参与了这件事情，他们准备了好几条相同的道具蛇，就像这里的每一根筷子，当前面那条蛇的绿光熄灭后，后面那户人家立刻把手头的道具蛇灯光打开，这样一个接一个，于是看上去就像是一条发光的蛇在屋檐上飞速游动……"

十二

老孟直勾勾地盯着童理，过了半晌，他喃喃地道："是我拖累了邻居。其实我也有感觉，之前不少邻居来婉转地劝我签拆迁协议，而且这些奇怪的事情大多发生在我认识的邻居身上，只是我没往这上面想。我不太清楚他们身上发生的这些事情，其实他们大可以直说……也许，他们认为我把这个茶馆当作自己的孩子，没有商量的余地，才想出这种办法来。"

艾静劝慰说："大伯，这怎么是你拖累邻居呢？他们千不该万不该，不该用这种下作的办法来逼你搬迁啊。"

"哎，都是钱造的孽啊，几十年的老邻居了，那天小波和我说他奶奶住院很费钱，现在想来才明白这层意思。"孟齐远说。

"这也不奇怪，为了钱，有夫妻反目的，有兄弟绝交的，人性在金钱面前常常就是这么脆弱。"童理感慨地说。"钱还有个古怪的特性，就是一旦数目巨大，就仿佛有了生命，甚至自有一套道德准则，钱的力量变得很可怕，我们以为自己可以随意掌控金钱，其实早就被它掌控了。"

艾静问："童老师，您是什么时候开始怀疑这些事情不是偶然的巧合，而是大伯的邻居做的？"

"这里的答案就是'勇气的成本'。"

"勇气的成本？"

童理分析道："有一天，我偶然从广播里听到一起伊斯坦布尔咖啡馆爆炸案，当时我在想一个问题，在爆炸案过后，是那些老主顾还是那些偶尔光顾的普通客人先回到店里？我的搭档小葛说，老主顾会经历更多次的风险，因此，应该是偶尔光顾的客人先回来，我当时觉得也对，这也符合老孟茶馆的实际情况。

"可是当我想到我的搭档小葛讲的故事时，我意识到我错了。她说她妈妈当年考上了医学院，但是非常害怕解剖尸体，并且还有严重的晕血，不过为了学医，硬是一一克服了下来。

"从经济学的角度来说，一个未来的医生克服对人体解剖的恐惧以及晕血是一件值得去做的事情，因为你只需要付出一次或者几次，收益却是一辈子的，这种勇气的付出就相当值得，你会在今后的职业生涯中不断受益。可是对普通人来说，这种勇气的付出，收益就要小得多了。

"再举个在生活中的例子，如果你是司机，第一次开车上路，那么克服开车的恐惧就是一件值得做的投资，因为今后每一次上路你都会受益。

"同样道理，对那些每天要光顾茶馆的老主顾来说，克服药王爷的诅咒带来的恐惧也是一项值得去做的'投资'——我们可以把在勇气上的投资看成是一项固定成本，而不是可变成本，人们并不是每次上茶馆时都要和自己的恐惧作斗争，而是选择一次性克服恐惧或者根本不克服。

"茶馆老主顾和普通客人克服恐惧花费的成本是相同的，也就是第一次克服恐惧时付出的决心，而收益却是截然不同的，老主顾们远远高于普通客人。老主顾们可以每天受益。

"当发生了这一系列灵异事件,并且人人皆知的情况下,谁应该先回到茶馆里呢?显然是那些曾经天天光顾的老主顾们,而不是偶尔光顾的客人。因此,符合逻辑的只有两种情况,一种是所有客人都因为恐惧不敢来了,还有一种就是老顾客先回到茶馆里。

"然而我们看到的情形却完全不是这样的,当老顾客还没有回来的时候,一些不大来的街坊邻居反而来到茶馆。既然付出相同的克服恐惧的成本,得到的收益却低得多,那为什么他们会先回来呢?除非知道这些诅咒和恐惧并不存在,或者他们另有目的,那就是继续制造恐慌和谣言……"

孟齐远沉默不语,自始至终并没有一句埋怨。

十三

几个月后。

"童老师。"艾静在教学楼叫住了童理。

"是你啊,你伯父现在怎么样了?"童理问。

"上次的事情伯父一直让我感谢你,后来伯父签了拆迁协议,整条药王巷都被改造拆迁,这里的居民也皆大欢喜。我伯父用拆迁款在城北买了一个店面,开了一家更大的'老孟茶馆',现在的生意比原来的还好。他让您有空去坐坐。"

童理对这个结局感到颇为满意。

"你知道吗,在伯父的新'老孟茶馆'开张的时候发生了什么事情?"艾静问。

"难道又发生了什么灵异事件?"童理好奇地问。

"在伯父新茶馆开张那天,原来药王巷的所有居民都从四面八方赶来捧场,所有家庭都送了花篮,每个人——不分老少,他们有的和伯父握手,有的向伯父鞠躬,祝贺伯父生意兴隆——这里既有说药王庙灵蛇故事的老人,也有那个被车撞的中年人,还包括那个腰上长出'缠腰龙'的年轻人——当然,他们已经什么事情都没了。这让伯父感到特别高兴。最后所有药王巷的居民还在老孟茶馆门口合影了呢,大家决定把老孟茶馆当作药王巷老街坊经常聚会的场所。"

人们握手、寒暄、拍照,互道挂念,仿佛什么事情都没有发生过。

无声告白

他坐在车后座上,似乎朝左边挪了挪。好争得几秒,为他的余生再看她一眼。

——玛格丽特·杜拉斯《来自中国北方的情人》

一

山坡上的篝火映着满天的繁星,吉他传来动听的音乐。一群年轻人正在露营,他们喝着啤酒,烤着肉串,唱着歌,不亦乐乎。

一对年轻人悄悄离开人群来到边上的树林中,他们迫不及待地拥抱在一起,远处火光投射出的人影在树林间跳跃。

突然女子推开男子,指着不远处的树丛说:"那、那是什么?"

那边树林黑魆魆的,偶尔有远处的亮光一闪,也看不清什么。男子壮着胆子往前走,忽然间他看清楚了眼前的东西,顿时毛骨悚然,原来树上挂着一个人。他发出一声恐怖的尖叫……

警察很快赶到并封锁了现场,他们搜查了周围的遗留物,法医对尸体做了初步检查。

警察发现,这是一起故意伪装成自杀的凶杀案。凶手用绳索勒紧死者颈部,导致被害人窒息死亡。被害人在悬尸时已死亡，因为血液流动停止，所以悬吊部位痕迹较浅，淤血较少。而如果是上吊，会由于血液大量受阻，勒痕显现出明显的青紫色，并且全身也有缺氧后的青紫色。

在凶杀案现场周围没有发现搏斗痕迹，因此警方大致判断这里是凶杀案的第二现场。死亡时间初步判断为两天前。凶杀案发生次日，一场大雨把山上的痕迹冲刷得很干净，警方并没有发现有价值的车轮痕迹或者脚印。

警方通过失踪人口排查，很快查到了被害人的身份。

死者名叫李德成，今年55岁，原是开河二中的语文老师，后被学校开除，现从事一些小买卖。

李德成的生平污点很快成为调查本案的焦点。

李德成曾一度被评为市优秀教师，也是学校的明星教师。十年前，突然有三位女性站出来，指控李德成当年在学校以辅导和补课为名强奸和猥亵女生的罪行。

李德成毕业于某名牌大学中文系，年轻的时候谈吐儒雅，又擅长文学，颇受学生崇拜。然而长久以来也流传着关于这个人品行不端的传闻，比如会重点关照漂亮的女生，课后经常把这些女生留下来单独辅导。

直到1998年，几个他当年教过的女学生联合将他举报，告发他当年在学校诱奸、猥亵甚至强奸女生，一时舆论哗然。

然而李德成矢口否认，认为是他人恶意诬告。警方接到报案后展开了调查，因为时隔多年，这些女性没有拿出有力的证据，因此最终无法当庭定罪。不过，学校仍以李德成行为不检、有违师德的理由，将他开除教籍。

警方认为，采取绳勒致死一般推断凶手为健壮的男性，但也不排除有女性协助。

二

当年控告李德成的三名女性，成为警方调查的重点对象。而这三名女性也因当年那场影响巨大的举报，不同程度地改变了自己的人生轨迹。

林嘉怡是三名受害女性之一。当年她鼓足勇气面对公众，揭开自己内心最痛苦、最隐秘的伤疤，只想将坏人绳之以法，没想到是这样的结局。

在她最需要家人安慰的时候，却得不到丈夫的理解，在打官司失败的几年后，夫妻争吵不断，丈夫嫌她丢人，最后婚姻以离婚收场。从此，林嘉怡对婚姻和男人彻底失望。

她一直在银行从事客户经理工作，且没有再结交男友，社会关系相对简单。案发这段时间，银行正在外地组织封闭式培训，因此她没有作案时间。

郑晓蕙也是受害者之一。她的父母在当地颇有势力，其父经营着一家颇具规模的企业，曾多次扬言要找人弄死李德成。

郑晓蕙后来在父母的介绍下，认识了现在的丈夫，是个退役射击运动员。据说夫妻感情不错，二人还育有一个女儿，并继承了家业。

凶案发生时，郑晓蕙夫妻二人正在为一笔外贸订单赶工忙碌，工厂里多人可以作证。

三人中最惨的是应婉婷，在官司失败之后一直神情恍惚，最后导致重度抑郁症，无法工作，一直长期住院。她家中没有兄弟姐妹，只有父母时常前去探望，案发时她也一直在医院。

在李德成被学校开除后，老婆也和他离了婚，他做过水果生意，也做过辅导教材生意，结果每每都有流氓上门寻衅，有好几次还在晚上被蒙面人殴打，弄得李德成焦头烂额、苦不堪言。

李德成在学校任教多年，受他伤害者众多，可能远不止这三人，因此这些事情也很有可能是当年没有站出来的受害者和家属干的。另外，李德成从事买卖多年，也不排除生意场上结下什么梁子。不过目前，警方先从已知的三位受害者入手展开调查。

警方的重点是调查与三人关系密切的男性。

假设她们是凶手，对三人而言，杀人的方法似乎只有两种：一种是她们至亲的人干的，他们愿意为其铤而走险；另一种就是买凶杀人。从杀人的利落手法，买凶杀人的可能性似乎更大。

因此警方特地调查了三人的财务状况和资金往来，特别是近期有无大笔可疑的支出。

林嘉怡虽然是工薪阶层，但银行收入还可以，自己也没有什么重大开销。多年来她一直从事理财投资，且账目清晰，若要支个几十万甚至上百万雇凶也不是没有能力，但警方对她多年资金的明细调查后发现，并无去向不明的资金或其他任何可疑之处。

应婉婷没有收入来源，长期靠拿退休金的父母接济，买凶杀人似乎不可能。

重点是郑晓蕙，工厂资金往来账目繁多，公司下面还有子公司，个人消费也数目巨大，如果通过现金支付买凶费用，根本无从查找。

于是，调查陷入了僵局。

三

阳光透过云层,照在岩壁上。童理贴着岩壁往下看去,这个高度让人有些双腿发软。

三年前,童理加入大学的登山俱乐部,不久以后,他就觉得像在训练馆攀个岩什么的都是小打小闹,已经无法让他感到刺激,于是他在网上找到了一个由资深登山发烧友组成的登山俱乐部,一有空就去户外训练,并乐此不疲。

在这个登山俱乐部,童理结识了顾伟,同时顾伟也成了童理的登山教练。

顾伟在这个俱乐部很有号召力,这种号召力来自他的登山技术。

这次,顾伟和童理二人组队,攀登被认为是整个鹿州登山最有难度的山峰——老鹰峰。

其实老鹰峰并不是很高,整个山峰岩体不到一百米。它的难度在于它的陡峭,好几段峰坡是接近90度的垂直岩壁。另外,由于老鹰峰靠着江边,在这里攀登,还会经常遇到强烈的劲风干扰。

顾伟在童理上面,他在岩壁上安装钢锥,然后让系着同一根攀岩绳的童理沿着自己的路线慢慢往上攀登。

顾伟不停地回头提醒童理，记住攀登岩壁最基本的要领是三点固定，在双手双脚支撑住三个支点的条件下才能移动第四点。

童理觉得这真是一件令人不可思议的事情，当自己把安全带系在攀岩绳上时，两个人的生命便连在了一起。

他抬头往上看，顾伟正利用岩石裂缝熟练地往上攀登，同时寻找下一处合适的岩石，以便把那些螺旋钢锥牢牢打入岩石。顾伟的每一个动作利落潇洒，他的手指是如此有力，仿佛像是一枚枚钢锥，深深地插入岩石。

其实对于顾伟这样的登山老手来说，老鹰岩还有一个致命的危险。就是那些向阳面的岩石经过长期的日晒和江风的侵蚀，会变得不像它外表看起来那么坚固。

童理每爬五六米就不得不停下来歇口气，大概上行到离地50米高的时候，意外发生了。童理探身去抓一个离自己较远的支撑点，重心一下子移到了左脚上，这时一个钢锥突然松脱，童理脚一滑，人立刻往下坠，惊慌失措的他紧紧抓住绳子，人就像秋千一样荡在空中前后摇摆。

命悬一线让童理真切感受到了死亡的逼近，他的心脏几乎要跳了出来，肾上腺素一下子飙升，他不知道这些有些风化的岩壁上的钢锥能否承受自己的体重，也许很快这些钢锥会一个接一个崩溃，两人一起跌落山崖。

童理绝望地看着顾伟，他没有喊救命，因为童理知道，如果这个时候顾伟为了自保放弃安全绳也是合理的。毕竟每个人都有求生的本能，稍有不慎，就会搭上自己的性命。

然而顾伟并没有解开系在自己身上的绳子，他慢慢靠近童理，一边大喊："童理，别慌，别用力挣扎，我来帮你，剩下的钢锥足够支撑你的体重。"很快，他爬到童理身边，伸出一双有力的手。

"抓紧我，别放开。"顾伟说着紧紧地抓住童理，将他从死亡线上拉了回来。

"谢谢你，顾伟，你刚刚救了我的命。"

"我是你的教练，我不会丢下你的，这是我的职责。"顾伟不以为然地说道。

童理的腿已经彻底软了，无力再往上爬。于是两人缓缓往山峰下爬。

四

苏瑞光拿出一大袋资料放在童理面前。

他向童理介绍了李德成凶杀案的经过和进展，希望童理能再次帮助警方。

"我和队里请示过了，这些是两人的基本资料和账目往来资料。我知道，这就是大海捞针，我们虽然找不到办法，但我相信你可能会有办法。"苏瑞光说。

"可是，这个推断是建立在买凶杀人的基础上的，事实上，买凶杀人有很大风险，假如凶手在另外的案件上犯了事，可能会一并交代出来，这就是个随时会引爆的雷，如果是缜密的人，就不会安排买凶，而是寻找可靠的人下手，或者最可靠的办法是干脆自己动手。"童理说。

"你的分析有道理，我们正在排查和他们关系密切的人，同时调查范围也扩大到最近和李德成有来往的人。但要说恨不得杀了他的，最有可能的还是这几名女性，或者其他我们不知道的女性受害者，毕竟，这种事情毁了她们的一生。"苏瑞光说。

童理叹了口气说："如果这个李德成没有被冤枉的话，那死了也活该。"

"话虽这么说，但我们警察的任务是找出真凶，无论被害人是怎样一个恶魔，我们的责任就是还原真相。"苏瑞光说。

"那瑞光，帮忙归帮忙，你可别太指望我能发现什么，我觉得重点还是得从死者身上找起，比如他的通信记录和短信什么的。"

"死者的手机至今还没找到,可能被害的时候被凶手拿走了。手机的通话记录我们可以查到,但来往的短信和聊天记录我们就无法获知了。"

童理看了一眼厚厚的资料袋,心头毫无把握。

回到家里,童理仔细地审查着苏瑞光交给他的林嘉怡和郑晓蕙的这些财务账目。

童理觉得,查看账目这件事未必不科学,其实从某种意义上说,财务状况是最好的个人历史记录者。它像是另一种日记,反映了一个人更真实的生活。当然,你也不能指望账目上凭空出现一笔标着"买凶杀人"的巨额开支。

童理记起一段历史:1870年的一天,人们在意大利佛罗伦萨近郊的普拉托小城,发现了15万封中世纪意大利商人留下来的书信和账目。

这些书信的主人是一位名叫弗朗西斯科·达蒂尼的商人。他生于1335年,主要经营以羊毛产品为中心的多种业务,在佛罗伦萨、比萨、热那亚、巴塞罗那等多个城市都开设有分店。书信写于1370年至1410年之间,其中还包括约500册会计账簿、约300册合作经营的合同,以及保单、船运提单、汇票、支票以及私人信件。

达蒂尼的经营范围很广,他从东方的拜占庭帝国进口铅和明矾,从黑海进口奴隶和调味品,从伦敦进口英格兰羊毛和毛织物，从马略卡岛进口羊毛，从威尼斯进口丝绸，从伊维萨岛进口盐，从突尼斯进口皮革，从西西里岛进口小麦，从加泰罗尼亚进口甜橙。达蒂尼还在1399年于佛罗伦萨开设了银行，并加入金融行会。

这些书信和账目后来就成为一个研究当时经济和社会状况的大宝库，内容之详细让人惊叹。人们从这些往来账目上可以真实了解当时的社会经济状况和人们的生活水平、财务水平以及风俗习惯，通过这些账目，人们还原了达蒂尼的生活细节，即便是大作家巴尔扎克或狄更斯，恐怕也无法媲美这种高度真实的记录。

眼前这些资料非常详细，十多年来的资料都在，它详细记录了当事人的收入状况和理财消费习惯。当然，这些数据也过于枯燥，看着看着，童理不禁合上了眼睛。

五

在梦里，数不清的数字仿佛雪片一样飘落下来，最后变成雪崩的积雪滚落下来，把童理压在下面，不能呼吸。

童理猛然从噩梦中惊醒，原来胸口压着厚厚的资料。

童理把他认为重要的数字都写在家里的一块大黑板上，

在这些数字里,他看到了郑晓蕙和丈夫经营企业时的艰辛和起伏,也看到了林嘉怡生活的平静和心灰意冷的单调。

此刻他对着写满数字的黑板发呆,仍然没有收获。但要说完全没有收获,也不尽然,他还是有个小小的发现,郑晓蕙和林嘉怡两人都有定期向一家叫作安心疗养院的账户汇钱,已经很多年了,童理猜这是应婉婷住的精神病疗养院,找苏瑞光一核实,果真如此,原来她俩都长期在资助应婉婷。

浑身是汗的童理去洗了个澡,从冰箱里拿出一瓶啤酒,然后打开电视,瘫倒在沙发上。他想轻松一下。

电视上正在放一部家庭生活肥皂剧,虽然没头没尾,但不用看,童理也能猜出之前的狗血剧情。

一个长相粗鲁的丈夫从米缸底下翻出了这个家庭最后的积蓄,往口袋里一塞又要去赌场,妻子扑过来死死抱住丈夫的腿,哭着说这些钱是留着给孩子上学的。丈夫一脚踢开妻子,骂骂咧咧地走出家门……

童理想,这个电视剧的编剧可真欠揍,这样编故事通过大脑吗?

他喝着啤酒,忽然他停住了,他想到了另一件事情。

他飞快地回到这块黑板前,再次若有所思地想一个问题。

"我怎么没想到呢?"童理心想。

"你怀疑她?"苏瑞光在电话里问。"你找到什么证据了。"

"这个一两句话说不清,我以后跟你详细说。要说证据也没有,我只是怀疑。"

"我们早已经在调查了,但翻遍她的资料也没有发现她有任何可疑的通话记录,以及和可疑人员的来往的线索,简单地说,林嘉怡的生活就是两点一线。"

"瑞光,你和我一起上门去了解一下情况。"童理说。

六

苏瑞光敲了敲门。

"谁啊?"门里传出一个女子的声音。

"我们是警察,请问你是林嘉怡女士吗?有些事情想向你了解一下。"苏瑞光说。

门开了一条缝,露出一双警惕的眼睛。里面仍然用防盗链挂着。

苏瑞光把证件亮了出来,女子说:"你们稍等。"

不一会儿,门开了,女子说:"请进来说话吧。"

童理打量了一下眼前这个女子。

林嘉怡穿着一身灰色的便装，表情带着略略的哀伤。她是个漂亮的女子，但像那种长久被埋在地下失去光泽的文物，显得特别灰暗和冷漠。

林嘉怡为两人端上了水。

"我们开门见山地说吧，李德成被杀的事情你听说了吧？"苏瑞光说。

"是的，这个畜生早就该死了。"林嘉怡淡淡地说。

"6月12日那天你在干吗？"苏瑞光问。

"你们的同志已经来问过了，我当时在外地培训，有我们行里的20多个同事可以作证。你们是不是怀疑我，说实话，我还真希望是我干的，可惜我是个女的，要不然一定亲手杀了他。"林嘉怡毫不避讳地说。

"当年这件事除了你们三个，还有其他受害者吗？"苏瑞光问。

"一定有，这个畜生害的人可多了，只不过她们有的碍于家庭，或者害怕社会偏见，不敢出来指证罢了。"

"你觉得谁有可能干这件事，我是说杀了李德成这件事。"苏瑞光问。

"我怎么知道？是罗宾汉或者是梁山好汉吧。反正这是件替天行道，为女生讨回公道的事情。你们怎么称呼他我不知道,我称他为英雄。"林嘉怡说。

"你和你的前夫还有来往吗?"童理单刀直入地问。

林嘉怡愣了一下,冷冷地说:"你是说那个自私鬼啊?我哪知道,我给他丢了多大的脸啊,离婚以后我们就不来往了,听说他早就出国去了,已经有了老婆和孩子了。"

"你还有什么亲人或者男友之类关系密切的朋友在鹿州吗?"童理问。

"没有,我父母都不在本地。我没有男友,也不需要什么男友,我一个人挺好的,干吗还去找一个累赘回来。"

童理沉默了一会儿,转头四下看了看房间。房间和主人一样,整洁而灰暗。

"这几年有没有其他受害者曾经联系过你?"苏瑞光问。

"当时告他的时候有,的确有人提供了一些线索,但我承诺替她们保守秘密,所以恕我不能奉告她们的名字。"林嘉怡说。

"你那个同学应婉婷最近的状况还好吗?"童理问。

"应婉婷?她最近不是特别好,幻觉越来越严重。"

两人又问了一些问题,苏瑞光临走前留下了电话说:"那打扰了,如果你想起什么有价值的线索,请你打电话给我。"

他们走下楼梯。

"刚才林嘉怡端水的时候你有没注意到一个细节?"童理问。

"你是说她的手腕上有道陈旧性割伤?"

"是的,你也注意到了啊。"

"这说明当时这个判决以及后来和丈夫离婚这一系列事情对她的打击有多大。怎么?你发现了什么问题吗?"苏瑞光问。

"这还说不上,她一定知道得比我们更多。我猜她一直在和某人联系,但我们却无法知道她是怎么联系的。"童理说。

两人已经走到了马路上,林嘉怡所住的那栋楼正好对着马路,童理抬头向楼上林嘉怡的房间望去,露台上晒满了衣服,五颜六色的衣服在风中飞舞,格外好看。

而林嘉怡正站在露台上望着两人,当她看见童理抬头看她时,朝他微微点了点头。

两个负责调查的警察汇报说,林嘉怡的作息太有规律了,平时两点一线,最多去下菜场,双休日她会出去逛一下,坐着公交车全市没有规律地闲逛,也会拿出相机拍一些街景。

"整个行程她有停下来和人聊天吗?"苏瑞光问。

"没有看到她和任何人接触。"警察回答。

"她有可疑的通话和短信吗?"

"没有,她的手机和电脑都在我们的严密监控下,即便换了电话卡,只要从她本人所在位置的手机发出的信息,我们都能监控到。"

苏瑞光开始感到怀疑,童理的分析到底有没有道理?

童理也同样想不明白,自己的推理中到底漏了哪个重要的一环?

七

外语系的董皓助教约了童理晚上一起酒吧喝酒。董皓三十多岁,未婚,人长得很英俊,毕业于英国剑桥大学,教授欧美比较文学。在学校里,有很多年轻的女老师追求他。

董皓的另一个英国同学带着两个年轻女孩一起来到酒吧。其中一个女孩身材高挑,长相迷人,一双眼睛仿佛会说话。

这个女孩手拿着折扇,慢慢地扇着。当她听到董皓介绍童理时,很高兴地说:"一直在电台听您的节目,今天这么巧,碰到真人了。"

童理满脑子还是那个案子的事情，他想：自己的推断是不是错了……这个推断只是一个大概率，如果出现错误也是情理之中……那真相又在哪里？

这个漂亮女孩显然是董皓喜欢的类型，他不停地向这个女孩献殷勤，他自信于自己的才华和外表，会让女孩喜欢上自己。可是忽然他不说话了，兴趣转向了另一个女孩。

拿着折扇的女孩好奇心很强，不时地向童理请教这请教那。酒吧里太吵，童理也没仔细回答，只是说，嗯，可能吧，我想想，你说的没错之类。女孩有点失望，临走还问童理要了电话。

走出酒吧，董皓有点吃醋地说："童兄，你没看出来吗？这个女孩喜欢你。"

"是吗？"童理奇怪地问。

"她跟你表白过好多次啊，你都没发现啊？"

"表白？怎么可能？我怎么不知道？"童理一头雾水。

"我还真以为你学识渊博呢？原来你也有知识盲区啊。"董皓笑了。

"你快说说，到底是怎么一回事？"

"你有没注意到那个女孩手里拿着一把小折扇？"董皓问。

"我看到了啊，这不是天有点闷热，女孩子带一把扇子又怎么了？难道扇子上有写着什么吗？"童理问。

"看来你是真不知道，你没注意到，那个姑娘一直在把玩这把扇子吗？"

"那又怎么样呢？"

"她是不是在看着你时在自己胸前慢慢扇动这把扇子？"董皓问。

"我可没注意，这有什么特别吗？"

"这个女孩子用的是种扇语，当她在胸前慢慢扇动扇子，这个扇语是说'我还没有男朋友'。"董皓说。

"也许这个是巧合吧？"童理说。

"你说的没错，可是接着，这个女孩打开扇子遮住脸的下半部，这个扇语是'你喜欢我吗'。"

"也许……这还是巧合吧。"童理的语气已经没有刚才那么肯定。

"不是巧合，她的确是在用扇语发信号。当我继续插话和她聊天时，她把扇子交到左手，用左手摇扇，这个扇语是'你不要向我献殷勤'。所以我就立刻不说话了。"

"这么看来，她的确是在用扇语。但是，她怎么确定我们会懂呢？"

"她可能觉得我们都留过学，并且你学识这么渊博应该能懂，同时扇语又能把说不出口的话说出来吧。"董皓说。

"这个倒真是有趣,我之前还真不知道。"童理说。

"哈哈,我再告诉你一个秘密,在你向她告辞时,她打开扇子,支着下巴颏,这个扇语的意思就是'我希望下次同你早点见面'。怎么样,要不要我帮你约一下?"董皓说。

八

童理之前思考过一个问题,但并没有找到答案——林嘉怡离婚后为人低调谨慎,并且已经对男性彻底失望,据调查说,她平时都穿着灰暗色的衣服,也不爱打扮。那么她露台上为何有好些鲜艳的衣服呢?这些漂亮的衣服究竟是穿给谁看的呢?她是不是还有别人不知道的一面,或者有什么隐瞒的事情?

在她灰暗的人生中,彩色的那部分究竟是什么呢?

童理此刻忽然想起了他大学里关注过的另一样东西——旗语。

据史书记载,在明代郑和下西洋的船队中,便已经有了旗语通信。史书上写道:"昼行认旗帜,夜行认灯笼,务在前后相继,左右相挽,不致疏虞。"船队白天悬挂和挥舞各色旗带，组成相应旗语，在天气不好，能见度差的时候，还有铜锣、螺号配合使用。到了晚上则使用灯笼，才使得各艘船之间能保持通信并不致相撞。

在甲午海战中，双方舰队的通信都是通过旗语。到了二战期间，虽然已有了电报，但旗语仍是海军必不可少的通信工具，比如在偷袭珍珠港和中途岛战役中，日本舰队的旗舰会升起"Z"字旗，因为Z是最后一个英文字母，表示"绝无退路"，在日本的旗语中就成了"帝国兴废在此一战，诸君应当加倍努力"的意思。

18世纪末，一个叫克劳德·沙普的法国人在法国境内建造了一连串旗语台，每个旗语台都是由桅杆和扶手组成，桅杆的顶端是通过滑轮升降的大旗。在一大群童子军的通力协作下，在巴黎和布雷斯特之间传送信息只需要几个小时；而如果由人骑马送信的话，即使最快的信使，也需要几天时间。

华尔街也曾一度使用过旗语。在19世纪30年代，在每个营业日，人们都要爬上位于华尔街的纽约股票交易所顶层，通过旗语向哈得孙河对面的泽西市的人们告知纽约股票交易所的开盘价格，对方接到消息后再转向下一个尖塔或是山丘上的人打旗语。当时每隔6英里或8英里就安排一个人在楼顶或者山丘上，手持大旗和望远镜接收和传递信息。这样大约30分钟后，开盘价格就可以传到费城。

如果旗帜很够传递消息，那么林嘉怡露台上的那些晾着的衣服呢？从理论上，不同的衣服也能传递不同的信号。

林嘉怡长期在银行工作，对金融比较了解，也许她也同样知道当年华尔街使用旗语传递信息的故事，这个或许启发了她。

童理决定先不对苏瑞光提出自己的推测，他想解开这个谜后再告诉苏瑞光。

九

林嘉怡的露台上那些衣服在风中摇摆，仿佛是一群隐形的人正在舞蹈。

林嘉怡每天白天晒出衣服，傍晚收进，如果下雨天，露台上就空空荡荡。

童理无法发现其中的规律，只有每天把它们拍下来。

他无法破解这些谜团，可是有人擅长，比如鹿州大学数学系的陆教授就专门研究密码。

当童理把这些照片交给陆教授时，这个戴着高度近视眼镜的干瘦老头顿时来了兴趣。

"衣服组成密码?这个我倒是头一次听说。不过从理论上说,这个完全可行,衣服有不同颜色、不同类型,不同的衣服可以代表不同的符号或者字母。这个不难破解,如果里面真有密码的话。"陆教授说。

这个对这个老头来说,也许真的是小菜一碟。没过多久,陆教授就打来电话,让童理去他办公室一下。

"这个只是摩斯密码的一种简单变形,按照衣服的式样、长短以及几种基本颜色,通过你给的照片,我运用一下计算机程序,就能确定对应的字母。"陆教授对这个密码显然不太过瘾。

"那这些照片上的衣服表达的是什么意思呢?"童理迫不及待地问。

"我把破解的意思都写在照片上了。"陆教授说。

他没有多问,这个年纪他知道如果别人想告诉他,自然会说,别人没说,就别多问。这个世界的秘密太多了,但他只对数学世界的秘密感兴趣。

童理拿起一张照片,旁边写着"保重"。

另一张照片写着"谨慎"。

还有一张写着"我也是"。

在最后拍摄的一张照片上写着"博物馆"。

童理随即打电话给苏瑞光,告诉他自己的发现。苏瑞光派人密切注意林嘉怡的行踪，很有可能她会和嫌犯在本市博物馆碰头。

果然第二天，林嘉怡去了博物馆。

这让苏瑞光等刑侦队员非常兴奋，他们等待已久的真凶可能就要露面了。

十

两个警察扮成情侣走在林嘉怡后面，不时地低声汇报情况。另外几个警察则在博物馆各个出口守候。

因为是周六，博物馆人很多，林嘉怡在博物馆漫无目的地闲逛，一会儿看看特展厅的汉代漆器，一会儿又去书画厅看看明清书画。

大鱼马上就要出现了，所有人注意力都高度集中，不漏过任何细节。

最后，林嘉怡离开了博物馆。

但侦查人员始终没有发现她和谁有过密切接触。

难道推断有错？难道她有所警觉？

苏瑞光和刑侦支队的同事调取了博物馆的录像，反复观看，自始至终没有发现任何疑点。

假如林嘉怡发出了碰头信号,那她一定会和另一个人在博物馆碰面,可是她明显并没有和任何人接触,哪怕短暂的眼神交流。

她的眼神始终停留在那些文物上,并没有四处察看,像是找人的样子。

童理也把这段博物馆的监控录像仔仔细细看了一遍,从林嘉怡进入博物馆一直到她离开,童理始终没有发现任何疑点。

他拿出本子,把林嘉怡在博物馆的行走路线,以及她仔细看过的文物都一一记录了下来。他想,也许沿着林嘉怡走过的路线再走一遍,会获得什么启发。

童理来到博物馆,这时的博物馆不比双休日,游客已经很少了。他拿出笔记本,沿着上面记录的路线从一个馆到另一个馆,在林嘉怡仔细端详过的文物前也仔仔细细地看上半天,但始终没有发现任何线索。

童理最后走进了陶瓷馆,笔记本上写着,林嘉怡在馆中的北宋官窑八棱瓶前看了三四分钟。当时看这个瓶子的人不多,因此她也不可能和身边的人交流。

展厅里光线暗淡,童理走到这个宋瓶前,射灯的光正好照在这个瓶子上,童理仔细看着这个瓶子。瓶子为天青色,仿佛是雨后的天空,表面有冰裂纹,样式古朴简洁,是典型的宋代瓷器。

瓶子虽然很漂亮,但童理看了半天,也没有发现什么特别之处。正当他要转身离去的时候,瓶子的后面出现了一个小女孩的脸。这让他注意到这个展柜的特殊:这个展厅的走廊呈"匚"型,这一排展柜都嵌在墙中,它既是展柜,也是两边走廊的隔断。这个放八棱瓶的展柜,前后都有玻璃,也就是说,走廊另一端的人也能欣赏到这件文物。

本来展柜另一端的人是隐身在黑暗中的,但如果像那个小女孩一样,把脸凑近玻璃,那么在射灯的光线晕染下,是可以看清玻璃后面的人的表情的。

那么,林嘉怡可能是盯着这个宋代瓷瓶,也可能是盯着另一边的某个人。

童理看了下笔记本,上面记着详细的时间,下午2点30分。

很快,童理找到熟人调取了当天展馆展示宋瓶的另一边走廊的监控。

果然,有个男子同一时刻在走廊的另一边也观看这个宋瓶,并且他在这里待了足足有10分钟。

在2点30分的时候,这个男子眼睛一眨不眨地盯着这个瓶子——或者说盯着这个瓶子另一边的林嘉怡,足足看了有三分钟。

"能不能放大这个人?"童理说。

博物馆的监控画面清晰度很高,放大后人脸清晰可见。

童理感到非常惊讶,因为他认识这个人。

他正是登山俱乐部的顾伟。

十一

"顾教练,上次登老鹰峰出了意外,我还想再试一次,你能陪我一起去吗?"童理打电话给顾伟。

"没问题啊,上次差点丧命,你居然还不害怕,这么锲而不舍,倒是挺对我脾气的。"顾伟在电话的另一头夸道。

"明天怎么样,你有时间吗?我们还是一早在大青山登山俱乐部碰头。"童理问。

"没问题。"顾伟回答道。

一大早,两人一身登山装备,沿着大青山的山路向着老鹰峰出发。一路上古树参天,溪水潺潺,越走人烟越稀少。大约一小时后,终于来到老鹰峰的峰底。两人吃了点东西补充一下能量,检查完装备又休息了一会儿,便开始挑战山峰。

这一次仍然由顾伟寻找攀登路线,设置钢锥。童理沿着顾伟的攀登路径往上前行。

吸取了上次的教训,顾伟把螺旋钢锥钉得更加结实。他不停地回头关照童理,在哪里着力,重心放哪里,哪里要小心。

岩壁上没有一点灌木,也没有立足之地,他们沿着Z字形山路向上攀登,每爬上一段小平台才能松一小口气。两个小时后,两人成功登上了老鹰峰,这次没有意外发生。

峰顶是个刚刚能容下两三个人站立的小平台,从峰顶眺望,一边是连绵的群山,一边是流淌的江水。峰顶的景色是如此壮观,即便是冒着危险攀登,在这一刻看来也是非常值得的。

"顾伟,怎么从来没有听你谈起过你的家人?"因为疲劳过度,童理坐在地上,看着远方问。

"我父母很早就去世了,我也没什么兄弟姐妹,自己一直是一个人,所以也没什么好说的。"顾伟说。

"顾伟,其实今天特地约你来登山,是有件事。"童理回过头盯着顾伟说。

"什么事情?"顾伟非常诧异。

"这次和你出来登山,其实是想听你说说自己的故事,你之前没有告诉任何人的故事,你一个人承担的痛苦,你的等待和折磨,你在销声匿迹后的岁月里,一点一滴关于你的故事。"童理平静地说。

顾伟愣住了，他一脸疑惑地说："童理，我听不懂你在说什么。"

"你听得懂的。顾伟，不，周勇，是你杀了李德成这个浑蛋。为了这件事，你足足等了十年吧？"

顾伟喃喃道："你胡说八道什么？你说的话我一句也听不懂，你一定认错人了吧？"

"听不懂没关系，我来给你讲讲事情的经过。你和林嘉怡是一对非常恩爱的夫妻，有一天，当你得知林嘉怡藏在内心最痛苦的秘密，也就是学生时代被李德成这个恶魔玷污后，你发誓要给妻子报仇。你鼓励她把当年的事情向警方说出来，并找到更多的受害者，你想让法律惩罚这个恶魔。可是结果让你失望了，因为证据不足，无法让李德成接受法律的制裁。你想杀了李德成，可是这么做警察很快就会怀疑你。但你绝不想放过这个禽兽，你在思考了几年后，觉得只有时间才能让你摆脱嫌疑实施报复，于是你和林嘉怡表面上因为彼此不和离了婚，但实际上一直在等一个时间，这个时间，也就是不再有人会怀疑到你的时候，你就可以为妻子和那些受害者报仇。你们对外宣称夫妻感情破裂，其实一直保持着联系，耐心等待时机。你出了国整了容，并更改了身份，悄悄回到了鹿州。"

"你肯定疯了,你知道自己在说什么吗?"顾伟大声喊叫,他的情绪显然失控了。"不可能,你不可能知道这些,没人能发现的。"

"是的,过了十年,不会有人再怀疑你了,可是你们还是做错了一件事。"

十二

"你和林嘉怡1995年结婚,1998年你们向警方报案,举报李德成利用教师身份强奸猥亵女生,同年法院审理此案。2002年,你们对外宣称夫妻感情破裂正式离婚,是不是这样的?"童理问。

"这里有什么问题吗?"顾伟的心理防线已经崩溃。

"这个自然没有破绽,可是有一件事,你们万万没想到,林嘉怡的理财记录透露了她真实的生活。"童理说。

"理财记录?这个我更不明白啊。"顾伟说。

"一个女性在婚姻中的不同状态,理财的风险偏好是不同的。比如单身女性会比已婚女性更偏向保守。因为女性会在潜意识里把丈夫当作另一项资产,与股票、债券和不动产合等合并作为一个投资组合。一个忠诚且恩爱的丈夫就是一项低风险资产，正是这种额外的低风险安全资产加入，已婚女性就敢于去购买风险更高的资产来平衡自己的投资。所以说，已婚女性并不是真的比单身女性缺乏谨慎性，她们只是从另一个角度来看这个问题。"童理解释说。

"你说得太复杂，我不大听得懂。"顾伟说。

"那我简单地说，我研究了林嘉怡的理财风险偏好。1995年以前，她还是单身，这时她的理财风险偏好非常谨慎，所以只购买了一些国债和低风险理财产品。1995年以后，她在婚姻中获得了安全感，她的理财偏好开始加大风险，开始购买股票，高收益信托。她的风险偏好随着婚姻的稳固逐渐加大，这说明婚姻让她得到满足和安全感。"

童理接着说道："在1998年到2002年间，你们对外界宣称两人夫妻感情破裂，林嘉怡声称你不但不信任她还嫌弃她，但是她的理财态度却表现出一种截然不同的状态。理财组合告诉我，她仍然十分信任你，你仍然作为一种低风险资产在平衡着她的理财组合。在这几年中，林嘉怡继续在加大投资的风险，比如还购买了高收益的杠杆基金，这说明她的安全感没有一点缺失，你仍然是她强大的依靠。即便到了2002年你们两人离婚以后，她仍然没有调整她作为单身女性的风险偏好，这说明她仍然有强大的精神支柱，这个支柱就是你。"

顾伟沉默不语，他万万没想到，理财偏好也会透露出真相。

童理想，如果没有那天的电视，他也许永远不会发现这个问题。电视中好赌的丈夫就是高风险的资产，因此妻子只能采取最保守的理财方式——把钱藏在米缸里，来平衡自己家中的那个赌徒丈夫带来的风险。

童理接着说道："假如你们夫妻关系破裂，你嫌弃她并且埋怨她，这时婚姻的风险便大大加剧了。如果丈夫是一种债券的话，那么这种曾经是低风险的债券就沦为垃圾债。因为这种垃圾债，整个投资组合的风险就大大增加，妻子一定会降低实际的理财风险，来平衡整个投资组合。"

"我承认你说的有一些道理，可是这一切不过是你的推理，一切不是都要讲证据的吗？事实上，我和林嘉怡离婚以后再也没有联系过。"顾伟说。

"没错，我们需要证据，这些只是间接证据，一个怀疑的理由罢了，当然不能成为定罪的证据。可是你们之间的联系，这个总是证据吧。你们通过露台上晾晒的衣服进行的每一次联系，你们在博物馆的每一次四目相对的监控视频，这些总可以成为证据吧。另外，只要调查一下你案发当日的行踪，恐怕不难找到更多新的证据吧。如此干净利落地勒死被害者，需要的不正是像你这样过人的臂力吗？"

十三

"你有没想过一件事情,"顾伟恶狠狠地盯着童理,"这里一个人都没有,如果你在登山的时候出现一点意外,就像上一次,这是再正常不过的事情。"

"我当然想过,这也是我特地和你来这里的原因。"童理平静地说道。"顾伟,你曾经在这里救了我的命,我也愿意再次把命交到你手里,作为朋友我真心劝你一句,快去自首吧。顾伟,你不是坏人,你和李德成不一样,他是人渣,破坏了多少家庭的幸福,他罪该万死,而你只是太爱你的妻子。听我的话,你去自首吧。"

顾伟的眼神渐渐平和下来:"童理,谢谢你,你是个好人。当我遇到嘉怡的时候,我觉得老天对我太好了,我们彼此都毫不怀疑对方就是自己一生的挚爱。我觉得我们即将迎来幸福的人生,可是很快,我发现嘉怡总是被噩梦惊醒,仿佛有什么事像毒蛇一样紧紧地缠绕着她。我一再追问,她终于告诉了我事情的真相,原来嘉怡在中学期间被这个人渣多次玷污。从此,嘉怡就生活在这种阴影下。这件事情让她痛苦不堪,于是我鼓励她勇敢地站出来,揭发这个道貌岸然的恶魔,结束这种痛苦。可是即便事实确凿,却由于没有证据,仍然让这个人渣逃脱了法律的制裁。"

顾伟深吸一口气继续说道:"我们万万没有想到,这个人渣由于所做的一切,最后被学校开除,老婆也和他离婚,他不但不反省,反而开始报复举报她的学生。他不停地更换手机号码,用变声软件向受害者打电话,在电话里叙述那些无耻变态的细节来刺激受害人,我们即便报警,也拿他没办法。很快,应婉婷精神失常住进了医院,而嘉怡也患上了严重的抑郁症。有一天,她在浴室割腕自杀,幸亏我发现得早。从这一刻,我拿定主意,既然法律不能制裁他,只有我亲自来讨回公道。嘉怡开始死活不同意,但我心意已决。我说:'这不单是为了你,而是为了所有被他侮辱的女孩子。这种人一定要受到惩罚的。'接下来的事情都是我一个做的,我通过网络冒充年轻女性和他聊天,把他骗到了郊外,在他什么都没搞清楚的时候就勒死了他,并制造了自缢的假象。"

"顾伟,虽然你杀了人,可是只要能尽早自首,还是会得到宽大的量刑,毕竟你们都是受害者。我一定会帮你找最好的律师。这么做现在还来得及。"童理诚恳地说。

"不,我只要让那个人渣得到他应得的下场就够了。其他的我已经无所谓了。离婚后这八年,我辞了工作、换了名字,和过去割断一切联系,这也是我从事登山教练这个职业的原因——训练我的忍耐力和爆发力,并且可以自由地安排时间。你说得很对，我们俩之间的确是通过衣服排列成摩斯密码来发消息的。但是她对我杀人这件事一无所知。这八年中，我和嘉怡约定，只有在她发出信号后，我们才会在特定的时间，在博物馆那个宋代瓶子前见面。我们不说一句话，只是隔着展柜彼此看着对方。我们的眼神明确地告诉对方，我们彼此相爱，愿意为对方做任何事。"顾伟露出了笑容。

童理想到两人只能隔着玻璃互相看着对方，却不能说话，心头一阵难过。

顾伟看着远方说："有人说，爱就是每天醒来时的一个吻，就是做好的早餐，就是坐在自行车后座要去上学的孩子，也许真是这样的。但你知道我是怎么想的吗？我觉得爱就是隔着玻璃看着对方的眼睛，就是想要触碰又不得不收回的手。"

"顾伟，听我一句劝吧，这样你们夫妻将来还有在一起的日子，就算坐牢，可未来的日子还很长，你们还可以长相厮守。"童理苦苦劝道。

"童理，我就不陪你下去了，原谅我这个教练的不称职。你沿着刚刚我们上来的路下去，那些钉子足够坚固，你一步一步小心地往下爬，注意好重心。其实，从我杀了李德成那天起，我就预感迟早会有这种结果。当我把那具沉重的尸体挂到树上那一刻时,我就知道我们再也回不去了……我虽然舍不得嘉怡,但我早已做好了和她分别的准备了。我们的每一次见面,都是向彼此告别的一部分……还有,你如果真心想帮我,那请你告诉警察,一切都是我干的,嘉怡对于我想怎么做、什么时候做一无所知。所以这件事和嘉怡没有任何关系。自始至终,杀人的事情她绝对没有参与,从引诱李德成上钩到实施报复,都是我一个人做的。希望你能替我和警察说清楚。童理,我拜托你了。"

说话间,顾伟解开系在攀岩绳上的安全扣朝着悬崖扑下去,童理一把抓住顾伟的手臂,可是他实在太重,根本支撑不了多久。

"抓紧我,别放开。"童理声嘶力竭地喊,他想起顾伟也这么对他喊过。

"谢谢你,童理,请你告诉嘉怡,我爱她。"顾伟挣脱了童理的手,掉落山崖,仿佛一只俯冲的鹰。

在这一刻,他的眼前出现了宋瓶后面林嘉怡的脸。

十四

林嘉怡在刑侦队的问讯室中始终一言不发,她不说知道,也不说不知道。无论问她什么问题,她都是这样沉默着。

童理在单向玻璃后看着林嘉怡。

"让我和她谈谈吧,可以吗?"童理问苏瑞光。

苏瑞光请示了支队领导后,童理走进问讯室。

童理坐到林嘉怡前面,背对着摄像机,他表情和蔼,柔和地说:"林嘉怡,你好好想想,你们两个人,为了这么一个人渣,搭进本来好好的人生犯不着,主动说的话,两人都能重新开始人生。"

林嘉怡没有说话。

童理一边说着,一边用手指轻轻地敲着桌子,显得语重心长。

童理又把同样的话差不多重复了一遍。他讲得很慢。

林嘉怡突然盯着童理的手。

童理接着说:"你还年轻,也是受害者,你好好想想,把想说的都说出来,憋在心里多难受啊。"

他说得很慢很慢,仿佛非常吝惜自己的力气,就像一个贪吃的孩子吝惜自己最后一格巧克力。

忽然,林嘉怡眼泪止不住地往下流,最后放声痛哭。她哭得几乎要断气,仿佛灵魂被子弹击中撕成了碎片,又仿佛是刚刚来到世界攥紧拳头哭泣的婴儿。

"我……什么……都说。"她哽咽着艰难地说。

十五

童理对着林嘉怡一边用手指叩着桌子一边说话。他敲着桌子,用林嘉怡能听懂的摩斯密码告诉她:他已经走了……他都揽下了……他说他爱你。

后　记
当推理小说遇到经济学

大约在一个半世纪前（1849），英国历史学家托马斯·卡莱尔提出：经济学是门"沉闷的科学（dismal science）"。很多人都同意这个观点，一提起经济学，就会想起其中复杂的公式和图表，这似乎比恐怖小说更恐怖。

这件事情关键在于你怎么看，经济学也有着非常有趣的一面，正如美国侦探小说作家雷蒙德·钱德勒所说："没有沉闷的题材，只有沉闷的头脑。"

罗伯特·弗兰克是康奈尔大学的经济学教授，他有一个研究助理，最初这个助理只想学习比较文学，然后继续攻读该领域的研究生，对侦探小说的英语、德语和日语文本进行比较研究。很快她就意识到，侦探的工作与经济学家非常相似：从简单模型开始，收集数据，解释观察到的行为模式，于是她选择了经济学。

当代的经济学研究领域早已不仅仅局限在供给、价格、工资、货币、市场等传统领域，它越来越多地引入心理学、生物学、博弈论、脑神经学以及遗传进化学等，几乎涵盖了人们行为的方方面面。美国经济学家罗伯特·巴罗就说："任何社会行为，包括爱情、犯罪都受经济思维的支配。"

原哈佛大学校长，美国经济学家劳伦斯·萨默斯更是直截了当地说："毫不夸张地讲，除了厨房的洗碗池，经济学家已经研究了一切事物。"

在我完成了几部经济学随笔作品后，对经济学那种剥丝抽茧的思考方式深感着迷，很多问题的答案看似是成本和收益，然而当你凿开这一层后，还能发现另一个地心世界，那就是进化和基因，每一种看似不理性的行为绝不是凭空产生的。

经济学的思维方式和推理小说的思维方式颇为相似，都是去发现表象之下的问题实质，绕开一个个惯性思维（凶手的故布疑阵），顺着线索一路寻找，最后直达事物的核心（找到真凶）。既然侦探们的工具可以是对雪茄烟灰的研究，或者是对毒药成分的掌握，那分析案情使用经济学工具同样合情合理。

事实上，推理小说从诞生起，就已经和经济学紧密关联在了一起。

在柯南·道尔的小说《红发会》中，福尔摩斯得知长了一头红发的当铺商人杰贝兹·威尔逊遇到了一件奇怪的事：有一个所谓的"红发会"，它是依照美国一名红发百万富翁的遗嘱设立的，用遗产的利息让红头发的男子有个舒适的差事。只要入选，就可以舒舒服服只干很少工作，每

后 记

年便可拿到二百英镑的津贴……

另一个故事《铜山毛榉案》中，一位家庭女教师向福尔摩斯求助，她被主人要求剪成短头发，穿上指定的衣服，就能获得远远高于社会平均收入的工作。这位家庭教师之前的雇主支付的工资是每月4英镑，而这位新雇主则慷慨地从年薪100英镑起步，这让福尔摩斯大为生疑。

这两个案子破案的关键都是价格，当价格违背了市场规律，必然有其他原因。在《红发会》中，之所以有人愿意让红头发的威尔逊抄抄书就能拿到高薪，其目的无非是想支开威尔逊，以便从他的当铺挖一条通往银行金库的地道；而在《铜山毛榉案》的故事里，雇主愿意支付远远高出市场价格的教师薪酬，其不可告人的目的是让女教师假扮自己被囚禁的女儿，好让女儿的情人看到后死心离开，以免他与女儿结婚来分享财产。

同样，在阿加莎·克里斯蒂的小说《低价租房奇遇记》中也有类似情节。鲁滨孙夫妇在伦敦的繁华地段以不可思议的便宜价格租到了一套公寓，大侦探波洛听说了这件事后，仔细调查伦敦不同地区公寓房租价格，并最终发现了问题的真相。

罪犯会通过种种说辞掩盖犯罪真相，但经济学却很容易让这些说辞露出原形。在这里，经济学和推理小说遇到了第一个交叉点，就是利益。苏格兰哲学家大卫·休谟说：人们的获利一定要和支出与风险成比例。犯罪也是为了获得收益，同时也要考虑成本和风险。

在推理小说中讲究"动机"，而在经济学中，"动机"可以用另一个术语概括，那就是"激励"。美国经济学家曼昆说，所有经济原则中，最重要的就是人们会对激励措施做出回应。无论多么复杂的动机，一定有某种激励在其中。东野圭吾的《嫌疑人X的献身》中，数学天才石神的激励是爱和救赎；松本清张的《零的焦点》中，室田佐知子的激励是名誉和自尊；西村京太郎的《敦厚的诈骗犯》中，五十岚的激励是自己去世后家人的生计保障……

1969年，以色列两位心理学家丹尼尔·卡尼曼和阿莫斯·特沃斯基在希伯来大学相遇，他们同时被对方的头脑吸引，尽管两人性格迥异，但互为知己。也许他们没有意识到，两人正在开拓一项伟大的事业，把心理学引进经济学，这门学科后来被称为"行为经济学"。

行为经济学对人行为的研究，本身就像是一个推理小说的解谜过程，经济学家们发现了生活中种种反常的、不理性的行为，同时揭示出这些非理性行为的真正原因。这时，经济学和推理小说便有了另一个交叉点，就是对人性的关注。

后 记

在社会派推理小说中,重要的不是如何杀人,而是为什么会发生这一切。诸如松本清张这些社会派推理的先驱把复杂的人性刻画得入木三分,而行为经济学家则是把人性的种种复杂表现理论化,卡尼曼、理查德·泰勒等人创造了一系列名词来定义人们种种奇怪的行为。

在写作的过程中,我越来越感到,真正吸引我的已经不是什么经济学了,而是人性。这真是让人着迷的一样东西,你了解得越多,越感到困惑,你越想把握,越觉得自己一无所知。

当我们对某种行为深恶痛绝时,会冷不丁发现自己的影子。善和恶往往彼此交织,存在于每个人身上。作家亚历山大·索尔仁尼琴在《古拉格群岛》中写道:"要是坏事全是阴险的恶人干出来的,那只需要把他们从人群中分离开来消灭掉就好了。可善恶之线贯穿着所有人的心。有谁愿意消灭自己的一半心呢?"

每天坐在电脑前不停地敲击键盘,脑海里是一个虚构的世界,这个世界中经济学这个看不见的证人正在出场,而窗外则又是一个新世界。我们正身处一个充满变革的时代,同时也是一个容易迷失自我的时代。我常常自问:这些写作究竟意义何在?这个时候,我会想起安徒生《野天鹅》的故事,公主艾丽莎为了解除施加在变成了天鹅的哥哥们身上的魔法,沉默地编织着那些荨麻披甲。

  我想我所做的同样也是编织,编织我们这个时代的故事。我希望,这些故事有一天也会成为带着魔法的披甲,让我们更了解真正的自己。